U0075849

小書痴的下剋上

為了成為圖書管理員不擇手段！

第三部　領主的養女 II

香月美夜——著
椎名優　繪　許金玉　譯

本好きの下剋上
司書になるためには
手段を選んでいられません
第三部 領主の養女 II

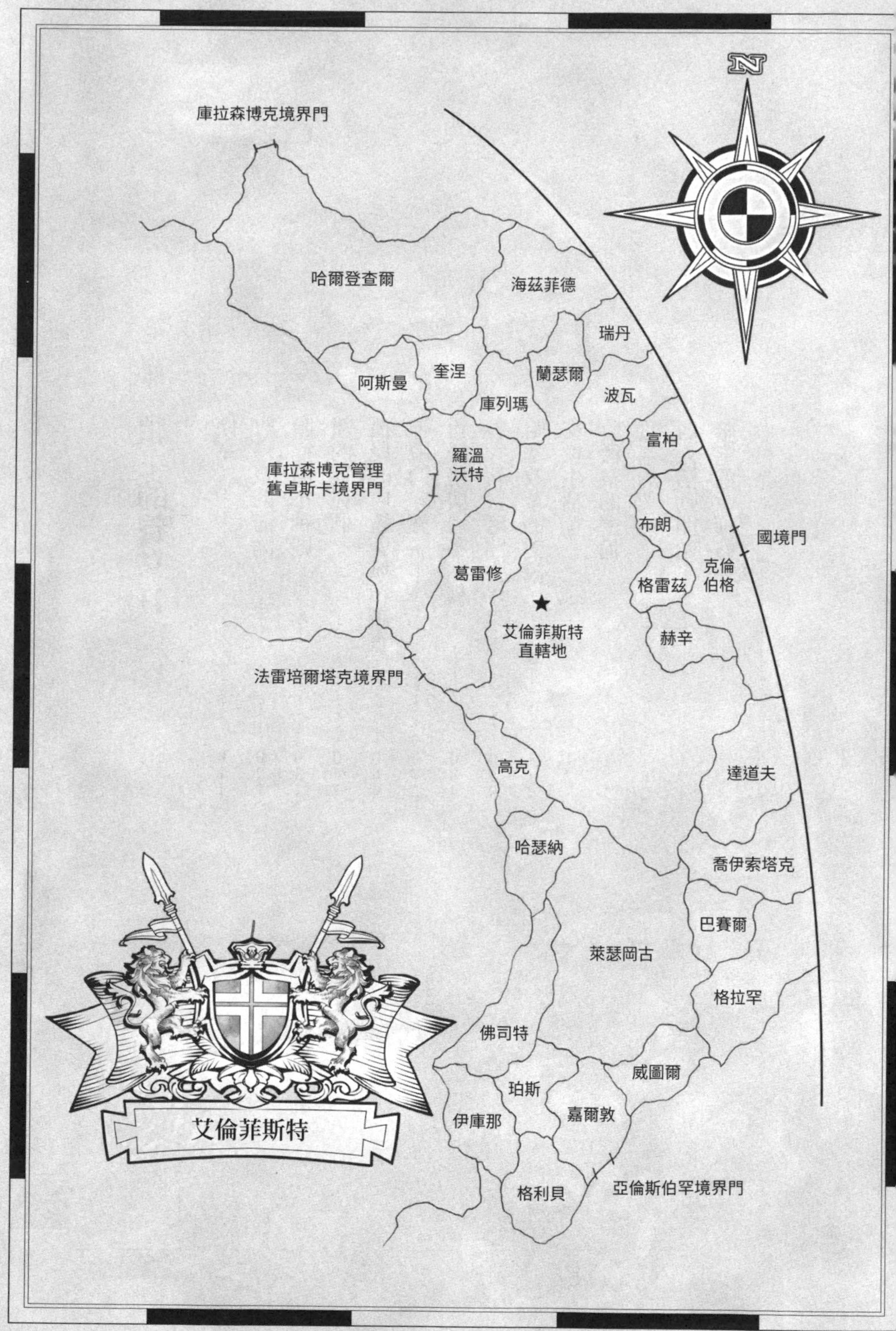

N
庫拉森博克境界門
哈爾登查爾
海茲菲德
瑞丹
阿斯曼
奎涅
蘭瑟爾
庫列瑪
波瓦
富柏
羅溫
沃特
庫拉森博克管理
舊卓斯卡境界門
布朗
國境門
克倫
伯格
葛雷修
格雷茲
★
艾倫菲斯特
直轄地
赫辛
法雷培爾塔克境界門
高克
達道夫
哈瑟納
喬伊索塔克
巴賽爾
萊瑟岡古
格拉罕
佛司特
威圖爾
珀斯
嘉爾敦
伊庫那
格利貝
亞倫斯伯罕境界門
艾倫菲斯特

CONTENTS

第三部 領主的養女 II

序章……011
收穫祭的討論……021
哈塞的小神殿……031
新的孤兒們……047
孤兒的處置與城鎮調查……064
神殿的守護……072
新任務與過冬準備……084
義大利餐廳開張……099
哈塞改革的討論……113
交換生活……127
收穫祭的準備……173
哈塞的契約……182
商人活動開始……194
哈塞的收穫祭……208
收穫祭……224

舒翠莉婭之夜……236
善後……252
我的過冬準備……264
終章……278
韋菲利特的一日神殿長……287
哈塞的孤兒……315
尤修塔斯的潛入平民區大作戰……327
後記……347
卷末漫畫——
「輕鬆悠閒的家族日常」
作畫：椎名優……350

登場人物

第二部 劇情摘要

成為青衣見習巫女以後，梅茵在神殿成立了工坊，給予了饑腸轆轆的孤兒們工作與食物，又為了印刷技術反覆與古騰堡們摸索實驗，每天都過得無比忙碌。然而某一天，卻遭受到了神殿長夥同他領貴族的襲擊。為了有能力可以保護家人和侍從們，梅茵決定成為上級貴族的女兒羅潔梅茵，更成為領主的養女。

領主一族

羅潔梅茵

本書主角。從士兵的女兒變成領主的養女，也改了名字，但內在還是沒有改變。為了看書，不擇手段。

斐迪南

齊爾維斯特的異母弟弟，是羅潔梅茵在神殿的監護人。

齊爾維斯特

收養羅潔梅茵的艾倫菲斯特領主，羅潔梅茵的養父。

芙蘿洛翠亞

齊爾維斯特的妻子，三個孩子的母親。羅潔梅茵的養母。

韋菲利特

齊爾維斯特的長男，現在成了羅潔梅茵的哥哥。

卡斯泰德

艾倫菲斯特的騎士團長，羅潔梅茵的貴族父親。

艾薇拉

卡斯泰德的第一夫人，羅潔梅茵的貴族母親。

騎士團長一家

艾克哈特

卡斯泰德的長男，目前在騎士團工作。

蘭普雷特

卡斯泰德的次男，韋菲利特的護衛騎士。

柯尼留斯

卡斯泰德的三男，羅潔梅茵的見習護衛騎士。

羅潔梅茵的近侍

安潔莉卡

見習護衛騎士。中級貴族，沉默寡言的夢幻美少女。

奧黛麗

侍從。上級貴族，艾薇拉的朋友。

黎希達

首席侍從。熟知三名監護人孩提時期的上級貴族。

布麗姬娣

護衛騎士。中級貴族，基貝．伊庫那的妹妹。

達穆爾

護衛騎士。繼續擔任護衛工作的下級貴族。

平民區的家人

昆特
梅茵的父親。

伊娃
梅茵的母親。

多莉
梅茵的姊姊。

加米爾
梅茵的弟弟。

平民區的商人

班諾	奇爾博塔商會的老闆。
馬克	班諾的得力助手。
路茲	都帕里學徒。
谷斯塔夫	商業公會的公會長。
芙麗妲	谷斯塔夫的孫女。

神殿的侍從

法藍	負責管理神殿長室。
吉魯	負責管理工坊。
葳瑪	負責管理孤兒院。
莫妮卡	神殿長室與廚房的助手。
妮可拉	神殿長室與廚房的助手。

羅潔梅茵的專屬

艾拉 專屬廚師。 **羅吉娜** 專屬樂師。

其他貴族

奧斯華德	韋菲利特的首席侍從。
莫里茲	韋菲利特與羅潔梅茵的教師。
尤修塔斯	黎希達的兒子，收穫祭同行的徵稅官。

其他

雨果	義大利餐廳的廚師。
哈塞鎮長	與前任神殿長有深交。
利希特	哈塞鎮長的親戚兼助手。
坎托納	負責處理哈塞印刷業的文官。

第三部

領主的養女 II

序章

伊娃把茶杯放在不會妨礙到多莉的位置上，然後坐下來，注視多莉手上的動作，因為顧客希望不只花朵，還要做出能感受到秋天果實氣息的髮飾，所以為了回應這強人所難的要求，多莉一結束學徒的工作回到家，立刻心無旁騖地做起秋天用的髮飾，而且吃完飯了以後接著繼續做。伊娃喝了口自己杯裡的茶，觀察著工作的進度，看準了多莉應該可以暫時停下來的時機，開口攀談。

「多莉，妳聽說了嗎？就是年幼神殿長昨天在成年禮上做的事情。」

「今天工作的時候勞菈詳細告訴我了，因為她的姊姊有參加成年禮。」

伊娃也因為鄰居有個婦人的女兒出席了夏季的成年禮，所以才剛在井邊聽說這件事，看來多莉也已經在工作的地方聽說了。

「雖然我們也跑去神殿看梅茵，但儀式進行期間，大門不是都關著嗎？我今天聽到這件事以後，真是嚇了一跳。聽說梅茵居然跟星祭的時候不一樣，因為大家都不認真祈禱，要求大家重新祈禱吧？」

多莉說，伊娃苦笑著點頭。為了看一眼羅潔梅茵擔任神殿長的模樣，不只星祭，他們一家人又在夏季的成年禮跑到了神殿門前，但儀式期間因為大門緊閉，看不見內部的情況。大門打開後，正式成年的年輕男女們紛紛走出禮拜堂，大家都小心著別讓加米爾被擠壓到，同時專心地看著羅潔梅茵的身影，所以沒有去聽周遭人們在說什麼。跑到了神殿去的一家人誰也沒有發現，但今天卻到處都在討論成年禮發生的事情。

「勞菈說她的姊姊大吃一驚呢，因為祈禱不一樣，祝福的量也真的不一樣。」

多莉在正好告一段落的地方停下雙手，站了起來，一邊笑說一邊移動到放有茶水的位置，因為在星祭的結婚儀式上給予了真正的祝福，年幼的神殿長已經是居民議論紛紛的對象了，這次又在夏季的成年禮上要求大家重新祈禱。與神殿長有關的傳聞更是一傳十十傳百，讓人都要納悶，以前大家曾這麼熱烈地討論過神殿的事情嗎？

「可能是因為星祭那時候的事情傳開了，昨天的成年禮上很多人都對真正的祝福感到好奇，所以表現得心不在焉吧。」

「可是神殿長是貴族大人，聽到她說『大家都不認真祈禱，再重來一次！』，一般平民都會害怕，覺得自己做錯事了吧。梅茵明明也該知道啊，真是的。」

多莉鼓起了臉頰說。

「是啊。可是，神殿長雖然年幼，卻能給予真正的祝福，我想神官長不會容許平民用好奇或輕視的眼光去看待她吧。」

遠遠站在祭壇上的神殿長看來就像是真正的貴族大人，伊娃一瞬間都要懷疑她真的是梅茵嗎？因為訂做髮飾的關係，獲准在孤兒院與梅茵見面的多莉還說過：「梅茵的動作優雅到了讓人大吃一驚，我都快認不出她了。」確實正如多莉所說，看在父母眼中，梅茵也簡直像是變了個人。為了成為貴族，梅茵是不是正硬著頭皮苦撐呢？伊娃擔心得不得了。

「一定是為了要以貴族大人的身分活下去，梅茵才會重新給予祝福吧。」

「嗯……我倒覺得一定是因為梅茵又想到了什麼奇怪的事情，才會這麼要求大家呢，因為以前就算不認真祈禱也沒關係啊。」

多莉噘著嘴唇說。的確有這個可能——伊娃忍不住笑了出來。

「因為梅茵以前就會基於自己覺得可行的理由，開始做些莫名其妙的事情呢。不過，現在她是貴族大人了，就算做一樣的事，我想身邊的人也不會任她擺布吧。」

「但是聽路茲說，她的內在好像一點也沒變喔？都怪梅茵要大家重新祈禱，現在秋天要舉行洗禮儀式的孩子們都被威脅說，要是沒有認真祈禱，就得不到真正的祝福了。我想以後大家都會認真祈禱了。」

喝完了茶，多莉坐回原來的椅子，重新開始編織髮飾。之前多莉一直對髮飾感到不滿意，重做了好幾次，現在終於快要完成了。

「這次看來很順利，快要做好了呢。」

「……這都是多虧了梅茵寫信教我怎麼做。只有我一個人，根本做不出這麼多種樹木的果實。」

「但看著那些畫滿線條的信，多莉還能知道織法，也只有妳才做得出來喔。」

因為知道多莉一直看著梅茵的信，反覆摸索嘗試，所以看到髮飾總算要完成了，伊娃感慨萬千。除了多種果實造型，多莉還使用了高級的極細絲線，一片一片地編出花瓣，再利用明膠把織好的花瓣捲在花蕊上，讓花瓣帶有柔軟的曲線，製造出立體的效果。為了這個髮飾，奇爾博塔商會還給了多莉新的金屬鉤針，所以成品比最一開始做的髮飾還要美麗又精巧。

「因為三天後就要提交了，我打算修到最後一刻。只有幫梅茵做髮飾這份工作，我絕對不會被任何人搶走……因為這可能是我唯一能見到梅茵的機會了。」

聽說奇爾博塔商會的人告訴多莉，等梅茵更常在城堡裡生活，就沒辦法再見到面了。多莉的藍色雙眼綻放著堅定的強烈光芒，幾乎是瞪視地望著髮飾。

當天晚上，伊娃對正在晚酌的昆特轉述了自己與多莉的對話。

「……聽說梅茵會越來越少待在神殿，也沒辦法再見到她了。甚至可能沒辦法在舉行儀式的時候，待在遠處看著她……再說秋天的洗禮儀式也因為有很多鄰居的孩子要受洗，我們本來就沒辦法去看了吧？」

梅茵因為很少與鄰居往來，喪禮也已經結束了，祭壇上與祭壇下又有一段距離。根據多莉與路茲的形容，言行舉止也判若兩人，所以伊娃認為應該很難有人能夠認出，梅茵與年幼的神殿長其實是同一個人，但是，要是伊娃他們特別跑去神殿，那就不一定了，因為儀式結束過後，如果還探頭往神殿裡張望，會讓人覺得很奇怪，而且要是有人追問起來，她也不知道該怎麼回答。

「畢竟簽了魔法契約，我當然會和梅茵保持適當的距離，但還是想在近距離下看看她呢。我還是很擔心她。」

「因為只有伊娃沒辦法就近見到梅茵啊。」

昆特是守門士兵，神官們要從艾倫菲斯特的神殿移動到哈塞的神殿時，他已經確定會擔任隨行的護衛，所以能在哈塞見到梅茵。看著昆特那麼雀躍期待的樣子，伊娃此刻有些羨慕。

「多莉提交髮飾的時候，妳跟她一起過去如何？」

「不行啦，我得照顧加米爾。」

「我可以問問看有沒有人能和我交換休息的日子。既然現在的多莉可以獲准去孤兒院長室，伊娃應該也可以吧？」

伊娃的父親從前是大門士長，在有數名貴族出席的士兵會議上，她曾被叫去幫忙端送茶水。當時學會的儀態與用詞，和現在的多莉他們差不了多少，所以只要拜託奇爾博塔商會，也許伊娃能和還在接受訓練的多莉一同前往神殿。否則等到路茲和多莉的言行舉止都磨練到了足以站在貴族大人面前，屆時不管伊娃再怎麼懇求，也會因為在貴族面前不夠得體而被拒絕吧。

……孩子們的成長速度很快。真的就只有現在了。

伊娃心中升起了難以形容的焦急。

「而且我會說只能趁現在，不光是因為禮儀。等到梅茵住進領主的城堡裡生活，怎麼想也不可能再見到面，因為我們別說城堡了，根本進不了貴族區，而且妳現在是暫停工作在照顧加米爾，只要我請人和我交換休息的日子，我也能幫忙照顧，但一旦妳重新開始工作，要休息就難了吧？」

……昆特說得沒錯。

伊娃緊捂著胸口。要見到成為貴族的女兒，真的就只有現在了。

「昆特，麻煩你問問看其他人，能不能讓你三天後工作休息。」

伊娃向奇爾博塔商會提出懇求，希望能讓自己在提交髮飾的那天同行，最終她獲准來到了孤兒院長室。

「媽媽，在這裡要叫羅潔梅茵大人才行喔。」

「我知道。」

懷有加米爾的時候，法藍希望她先別進出孤兒院長室，所以這天還是伊娃頭一次踏進孤兒院長室。

……原來是這副模樣啊。

雖然聽多莉他們描述過，但光聽到「開門進去後就是客廳，光客廳就比我們家還要大，還有很多從來沒見過的豪華家具」，實在很難想像出院長室的全貌。伊娃一邊環顧四周，一邊在法藍的帶領下走上二樓。房間裡有樓梯這件事也令伊娃感到新奇，覺得很不可思議。

「羅潔梅茵大人，奇爾博塔商會的人到了。」

「法藍，謝謝你。」

羅潔梅茵坐在雕有精緻圖案的豪華椅子上，帶著在家裡從未見過的完美笑容回過頭來，但下一秒，她立即摀住嘴巴，壓下吃驚的「嗚咦?!」怪叫聲，瞪大了眼睛，雖然馬上重新露出了優雅的笑容，但由此可知女兒一點也沒變。

伊娃差點要笑出來，路茲和多莉似乎也一樣。兩人都帶著努力憋笑的表情，聽著班諾開口問候。

「這位是每次都與多莉一同製作髮飾的工藝師，本日帶來向您問候致意。」

照著事前說好的，班諾介紹伊娃是製作髮飾的工藝師。羅潔梅茵微微一笑起身。

「我一直非常愛用兩位製作的髮簪，請到另一個房間讓我看看新髮簪吧。」

說完，羅潔梅茵向騎士和侍從下達指示，打開了位在偌大床鋪後頭的一扇門。院長室已經這麼大了，裡頭居然還有房間，伊娃驚訝地走進那個房間。

一關上房門，羅潔梅茵馬上變回了伊娃熟悉的梅茵，瞪著路茲叫道：

「路茲，你怎麼都沒告訴我！我嚇得心臟差點要停止跳動了！」

「這不能怪我啊，是昆特叔叔請人跟他交換了休息的日子，他才能幫忙照顧加米爾，因為弗伊的妹妹秋天會參加洗禮儀式，他們不能來神殿，所以很臨時才來拜託我。妳要是不喜歡，我就再也不帶她們來了。」

「對不起，我只是嚇到而已。我很高興，以後有機會再帶她們過來吧。」

看見羅潔梅茵用平輩的輕鬆語氣與路茲交談，就知道無論穿得再華麗高貴，內在還是梅茵，並沒有改變，但是，伊娃不曉得他們一家人究竟到怎樣程度的交流，都還在契約魔法的許可範圍內。不知道該怎麼開口和羅潔梅茵攀談，伊娃張開了嘴巴又閉上，思索言詞。身為母親，她應該要謹言慎行吧。看著一起走進這間房間的騎士達穆爾，伊娃如此判斷。

達穆爾是從見習巫女時期就擔任護衛的騎士，和伊娃也見過面。她知道達穆爾是性格溫和的好人，但他畢竟是貴族。一旦在這裡做錯了什麼事，她再也無法見到女兒。

「……看到您平安無恙，教人安心不少。」

左思右想了好一會兒後，伊娃對於好久沒能在近距離下見面的女兒，只能說出這麼見外的寒暄，但是，羅潔梅茵還是顯得非常開心，露出了害羞的微笑。這是想撒嬌時的表情呢，伊娃心想，但在這個場合下，她不能有任何疼愛女兒的表現吧。

「多莉，把髮簪交給羅潔梅茵大人吧。」

班諾說，多莉輕輕點頭，用恭敬的動作取出髮簪。這是她在家裡練習過了無數遍的動作。一開始還很僵硬，現在已經變得非常流暢，但多莉還是不甘心地說：「梅茵更厲害。」親眼見到了羅潔梅茵的儀態以後，只能對多莉的話表示贊同。

「羅潔梅茵大人，這便是新做好的髮飾。」

大朵的淡黃色花朵先是一片片地編織好花瓣，再用明膠黏捲在花蕊上，讓花瓣像真正的花一樣帶有立體弧度，所以成品非常華美奪目。為了增添秋天的氣息，還點綴了可愛的橘色樹葉和紅色果實，是多莉使出了渾身解數完成的自信之作。

「可以麻煩妳幫我戴上嗎？」

羅潔梅茵說完，轉身背對伊娃。伊娃先用確認的眼神看向班諾和多莉，最後看向達穆爾。達穆爾像是在說可以，微微收起下巴。

伊娃拿起多莉做的髮飾，走向羅潔梅茵。對著比以往更漂亮又更有光澤，還編織著複雜造型的頭髮，伊娃用緊張得有些顫抖的雙手，慢慢戴上髮飾。同時，伊娃尋找著達穆爾看不見的死角，輕輕地撫過羅潔梅茵的髮絲。對於想向母親撒嬌的女兒，這是伊娃此刻竭盡所能可以給予的回應。

「好看嗎？」

近乎呢喃的微弱話聲聽來帶著哭腔，一想到女兒甚至渴求著這麼微不足道的肌膚接觸，伊娃整顆心揪了起來，眼眶跟著發熱。

「是的，非常……非常適合您。」

伊娃的聲音也跟著顫抖，雖然羅潔梅茵回過頭來，但伊娃不曉得自己是否好好地露出了笑容，但是，仰頭看著自己的那對金色眼睛閃爍著水光，好像隨時會喊著「媽媽」，撲上來抱住自己。以前梅茵偶爾會好像不知道自己身在何處，感到十分不安，渴求起人的體溫，那種時候就會露出這種眼神，但是，剎那間流露出了愛撒嬌梅茵的表情後，羅潔梅茵像是清醒過來，換上了死心的落寞微笑。

「羅潔梅茵大人，這個髮簪非常適合您。」

班諾說，毅然斬斷了兩人之間想伸手但又不能伸手觸碰的氣氛，羅潔梅茵這才轉過頭去。這時，她臉上已經掛回了貴族大人應有的完美客套笑容。

「多莉，這個髮飾真是太出色了，甚至超乎了我的想像呢。」

一旦談起生意上的事情，便沒有伊娃出場的餘地。伊娃往後退了一步，目不轉睛地注視羅潔梅茵。明明伸手就能觸及，自己的身分卻不能伸手觸碰，讓伊娃十分懊惱。

……貴族當中有人能夠抱抱現在的梅茵嗎？我好擔心。

收穫祭的討論

戴上母親和多莉為我做的髮簪，我出席了秋天的洗禮儀式。

好像是因為夏季的成年禮上，我說過不認真祈禱就得不到祝福這件事流傳開來，所以看起來和我差不多大的孩子們都一臉認真地獻上祈禱。希望大家的信仰能從此越來越堅定。我一邊這樣心想著，一邊給予祝福。這次因為不會見到家人，所以我的情緒一直有些低落，秋天的洗禮儀式就這麼結束了。

「本日第三鐘開始要舉行會議，請往會議室移步。」

洗禮儀式隔天，聽了法藍告知的行程，我偏過頭。

「我以前從來沒聽說在神殿會舉行會議，是什麼樣的會議呢？」

「這樣說來，羅潔梅茵大人是第一次出席吧。洗禮儀式隔天都會召開會議，決定貴族區的洗禮儀式要何時、在哪裡舉行，又要派誰前往。此外，秋季的會議還要決定收穫祭的指派地點，春季則是決定祈福儀式的指派地點。」

法藍答完，我拍向掌心。就是去年因為我還未成年，也不想把好處分給平民，所以把我摒除在外的那個會議，但從今年開始，我因為身為神殿長，每次都要出席，去年的我真的就是徒有其名的青衣見習巫女。

「法藍，但是我完全不了解領地內部的情況，可以在會議開始前，簡單為我說明一下嗎？」

因為要等到韋菲利特學會所有文字，才會指派教師來教導我們地理和歷史，但是收穫祭時我得前往領內各地，總不能一無所知就出發。

「……說明領地內部的情況需要地圖，但接下來沒有時間向神官長商借地圖了。地圖不急，現在先向您說明收穫祭。」

收穫祭是前往農村慶祝這一年來的收穫，並向諸神獻上感謝的祭典。青衣神官與文官必須分別指派一人前往，文官負責徵稅，神官負責舉行儀式。原來在農村，居然是收穫祭的時候同時舉行洗禮儀式、成年禮和結婚儀式。

「因為農村人口不多，才會同一時間合併舉辦。」

因為春天的祈福儀式緊接在漫長的過冬生活結束之後，糧食所剩不多，再加上所有人都準備著要返回夏天的住處，所以並不適合舉辦慶賀的祭典。順便說明，在由稱作基貝的貴族管理的農村，不只要舉行儀式，還要回收小聖杯。不同於到了農村後只要給予祝福即可的祈福儀式，收穫祭感覺相當忙碌。

「羅潔梅茵大人，第三鐘響了，請前往會議室吧。」

召開會議的房間就和學校的教室差不多大，好幾張桌子併成了偌大的長方形。我很快地掃視青衣神官，儘管全員都到齊了，卻還有一半以上的位置都沒坐人，可以清楚看出神官的人數嚴重不足。

在大家的注視之下，我沿著長桌向前走，往法藍為我拉開的椅子坐下。居然自己一個人坐在長桌的短邊，好像太不可一世了。我這麼心想後，轉念又想，但我現在是神殿長，在所有人當中身分地位是最高的。

……只是因為神官長看來更高高在上，我馬上就忘了自己才是最高負責人呢。

「接下來，開始針對秋季的洗禮儀式以及收穫祭進行討論。」

由斐迪南負責主持，因為只是陳述已經決定好的事項，所以會議的進行速度很快。中途艾格蒙對於分配方式和去年不一樣表達了不滿，但斐迪南只是用極度鄙視的眼神瞪了他一眼說：「你怎麼會以為待遇還能和去年一樣？」就讓艾格蒙閉上了嘴巴。

看來新的神殿長上任之後，因為青衣神官們在神殿的待遇還是沒有改變，本來他們還提心吊膽，但馬上就自以為可以繼續過著如同既往的生活吧。太天真了。

「只是神殿長羅潔梅茵沒有嚴懲不貸，不代表你們的行為都能得到寬恕。倘若不願服從神殿長和神官長的決定，不妨考慮離開神殿。」

對於連回老家也無容身之處的青衣神官，斐迪南直言要他們「有不滿就離開」，聲色俱厲地給了下馬威之後，再發表貴族區洗禮儀式的分配。

「請問為何神殿長和神官長都不去主持洗禮儀式？」

「我和神殿長在城堡還有貴族該盡的職責，還要等候騎士團的召集，這些都不是能交由青衣神官來處理的事情。能夠交給你們處理的事情，會盡可能由你們來分擔。我也會根據你們對神殿的貢獻，決定日後工作的分配。」

「原來如此，我明白了。」

斐迪南曾經說過，前任神殿長完全撒手不管的文書工作，他最終會慢慢分配給其他青衣神官，但看來會是很久以後的事了。

「……會議到此結束，別忘了各自確認行程與進行準備。」

結果，就算聽到了收穫祭被指派前往的地名，我還是完全不知道哪裡在哪裡，會議就這麼結束了，但法藍非常認真地在寫字板上做筆記，所以之後再請他對照地圖，向我說明吧。正這麼心想，斐迪南叫住了站起來的我。

「羅潔梅茵，下午我再向妳詳細說明，記得在神殿長室待命。」

吃完午餐過了一會兒後，斐迪南帶著薩姆過來了。薩姆懷中抱著許多資料，將其一一攤開放在桌上。斐迪南一邊針對地圖的位置和資料的順序下達指示，一邊問我：「關於收穫祭妳了解多少？」

「法藍只在會議開始前稍微對我說明而已，所以我幾乎什麼也不知道。」

「收穫祭時文官會負責徵稅，神官和巫女負責舉行儀式。此外取代布施，會收取農民收割的農作物，這些農作物可以當作是過冬的糧食。」

斐迪南先重複了與法藍相同的說明，再告訴我會得到取代布施的糧食。這對孤兒院來說真是好消息，但每經過一個農村，得到的農作物就會增加，這種情況該怎麼辦呢？

「可是，收穫祭每個人都要去大約十五個地方吧？行李一直增加會很難搬運，而且食材不會在移動途中腐壞嗎？」

「妳以為為何要有文官同行？當然是為了用轉移陣移動行李。」

斐迪南說明轉移陣是種魔導具，由發送專用的魔法陣與接收專用的魔法陣形成一組。文官會帶著發送用的魔法陣前往收穫祭，把徵得的農作物送回設在城堡裡的接收用魔法陣。青衣神官取得的食材也會一併送回，之後再各自前往城堡領取。

「我、我現在才知道有這麼方便的魔導具。」

「魔導具如果不方便就沒有價值可言了，別說這麼理所當然的事情。」

因為會使用到貴重的魔力，方便是當然的，而且若能為越多的人帶來好處，就越是優良的魔導具。

「如果商人可以使用這個魔導具，貨物的流通也會更方便，貿易更繁榮吧？」

連農村的農作物都可以在眨眼間移動完成，要是可以運用在貨物運輸上，商人們就不必冒著生命危險到城外去，運輸成本也會下降，進而降低商品的單價了。聽了我的極力主張，斐迪南用非常敷衍的語氣同意道：

「嗯，是啊。我也認為商人若有魔力，早就這麼做了吧。」

「嗚唔……神官長，我希望能有沒有魔力也能使用的魔導具。」

「那就不是魔導具了。」

斐迪南斷然說道，結束了與魔導具有關的對話，馬上改變話題：「關於妳收穫祭要前往的地點……」

「我就算聽到了農村的名字，還是不知道自己該往哪個方向前進。」

洗禮儀式前學習的內容，都是在了解我有哪些親戚和他們擁有哪一塊領地，但我知道的地名都由其他青衣神官前往，不在我這次要造訪的清單內。

「我現在向妳說明，妳看這張地圖。」

薩姆在桌上攤開的，和祈福儀式時斐迪南及卡斯泰德看著的那張地圖一樣，上面區分成了紅藍兩色。

「紅色部分是領主的直轄地，藍色部分是由頭銜為基貝的貴族所管理的土地。妳因為是第一次前往收穫祭，所以是把這一帶比較靠近艾倫菲斯特的區塊分配給妳。」

斐迪南依著法藍唸出的農村名字，指向地圖，指尖沿著第一天、第二天的路線不斷前進。

「雖說是在附近，但南北拉得很長呢。」

「是為了要順便採集，才會派妳去這裡。」

斐迪南的指尖指向杜爾潘，在我要去的範圍當中，杜爾潘是位在最南邊的村子。

「杜爾潘郊外的森林裡，有著一到滿月之夜便會結果的魔樹瑠耶露。據說在舒翠莉婭之夜能累積到最強大的秋季魔力，容易取得風屬性值極高的材料。」

「舒翠莉婭之夜？是指秋天尾聲，因為生命之神埃維里貝即將復活，風之女神舒翠莉婭為了不讓祂接近土之女神，釋放出最多力量的滿月夜晚嗎？」

我回想著聖典裡的神話，向斐迪南確認，他點點頭說：

「很好，妳看得很仔細。為了製造妳所需的藥水尤列汾，需要能在舒翠莉婭之夜採集到的瑠耶露果實。在艾倫菲斯特領地內能採集到的秋季材料中，瑠耶露果實的秋季屬性，也就是風的純度很高，是魔力蘊含量高的最高等級材料。」

「請問屬性的純度是什麼？」

「屬性的純度高，指的是單一某種屬性的屬性值特別高，其他則偏低。反過來說，一個材料若具有複數且各屬性值平均相當的屬性，則稱之為屬性數多。」

我所需要的藥水，因為必須搜集春夏秋冬各個季節的高純度材料，所以不論多想加快腳步，至少都得花上一年的時間。再加上因為我體內的魔力很可能早在我記不得的時候就開始凝固，所以需要盡可能地搜集到高品質的材料。

「我因為也必須前往收穫祭，所以無法與妳同行。」

「但祈福儀式那時候是和我一同前往啊？」

「那是因為祈福儀式會遇上許多危險，也要順便進行調查。」

看來這次要分開行動了，但我是第一次去收穫祭，不會有問題嗎？我不安得沉下了臉，斐迪南輕聲說了：

「放心吧。不只護衛騎士，我會再派艾克哈特和尤修塔斯跟著妳。妳要乖乖遵從他們的指示。」

聽到了陌生的名字，我側過頭。

「我認識艾克哈特哥哥大人，但請問尤修塔斯是哪一位呢？」

「是要與妳同行的徵稅官，他是黎希達的兒子。」

聽到是黎希達的兒子，感覺就很可靠，想必是挑選了對我沒有危險性的人物吧。無論艾克哈特還是黎希達的兒子，全是近在領主身邊的人。

「只要遵從他們的指示，採集和收穫祭應該都能順利完成。等收穫祭快到了，我再交給妳採集所需的工具。」

「神官長設想得真是周到呢，謝謝你。」

斐迪南的安排無微不至到了教人吃驚的地步，我向他道謝。感覺得出斐迪南這麼萬全的準備，都是為了讓材料的採集可以一舉成功。

「收穫祭從秋季中旬開始，還有一段時間，妳要在那之前習慣操控騎獸……啊，還有，前些天班諾與我聯絡，想請我們把灰衣神官送往孤兒院。」

「是，這件事我也聽說了。」

孤兒院已經裝設好房門，基本生活用品也都送過去了，所以班諾希望能趕在收穫祭之前讓灰衣神官和灰衣巫女住進去，打理好生活基礎，有哪裡不足也盡快補充。

「灰衣神官他們移動的時候，還會順便搬運大量食材與物資，所以班諾提出了請求，希望能動員守門士兵擔任護衛。」

食材和工坊的工具等很多東西都要送過去，雖然哈塞不遠，大約半天就能到，但要是連續幾次都往那裡運送大量物資，很可能成為強盜的目標，事實上聽說已經被盯上了。只是雖然需要護衛，一般商人在移動時並不會出動士兵來保護，只有在保護城市和領主下令時，士兵才會出動。

「奇爾博塔商會是遵照領主的指示在做事，應該可以動員士兵吧？」

「嗯，我個人是打算把這項任務交給東門的士長……」

斐迪南瞥了我一眼說。東門的士長就是父親，一想到可以見到父親，我期待得立即舉高雙手說：「那我也搭馬車一起過去！」

……本來是打算坐騎獸過去，我也不太喜歡坐馬車，但為了見到爸爸我會忍耐！

「笨蛋！領主的女兒如果要乘坐馬車出城，當然是由騎士團負責護衛，哪有平民士兵出場的餘地。」

「咦咦?!怎麼這樣!」

……難得有這麼好的機會，居然連一面也見不到……太受打擊了。

滿腔的希望一下子轉為絕望，我頹然無力地垮下肩膀。斐迪南按著太陽穴又說：

「別人說話要仔細聽到最後，妳身為領主的女兒，會騎乘騎獸和我以及護衛騎士一同前往。至於負責護送馬車的士兵，我打算停留期間也指派他們擔任護衛，所以至少在當地，應該有幾次見到面的機會。」

斐迪南無言以對地說著「真受不了妳」，為我再清楚說明。我的心情因此重新好轉，笑容滿面地向神獻上祈禱。

和斐迪南討論完了事情，我決定移動去孤兒院長室。請莫妮卡去工坊叫來路茲和吉魯，我靜不下心地等著兩人出現。路茲兩人一到，我便指定小聲嘀咕說著「又要看到那個了嗎？」的達穆爾擔任護衛，然後馬上進入秘密房間。

「路茲、路茲～！」

我「喝！」的一聲，哼著歌撲向路茲。路茲似乎無法理解我為什麼這麼亢奮，接抱住我的同時，也用疲憊的語氣提醒我說「妳又會發燒喔」。

「唔呵呵～跟你說喔！聽說護送灰衣神官去哈塞孤兒院的時候，爸爸會擔任護衛。隔了好久，我終於可以見到爸爸了！」

我興奮得幾乎要跳起舞來報告，路茲卻眨了幾下眼睛，滿臉納悶。

「……咦？但老爺說貴族會騎乘騎獸去孤兒院，所以就算擔任護衛也見不到面喔。多莉和歐托先生還告訴我，昆特叔叔聽到這件事以後，消沉得都沒心情工作。」

看來護衛這件事已經傳達到了大門那裡去，父親在接到指示時，還興高采烈地接下任務。隨後卻又得知身為貴族的我會搭乘騎獸移動，聽說現在每天一直在嘟囔抱怨說「我不想去工作」，都到了讓人吃不消的地步。也就是說，我和父親都以為騎乘騎獸移動就見不到面，所以父女倆雙雙為此感到沮喪。

……這是什麼奇妙的心有靈犀？

我噗噗地笑起來，轉告路茲說：

「我們確實會利用騎獸移動，但神官長說了，待在哈塞期間，也會指派士兵擔任護衛，所以還是有機會見到幾次面喔。」

「真的嗎?!那我要去告訴昆特叔叔，因為他真的很沮喪，要是聽到這件事，一定馬上又有動力工作了！」

「嗯，幫我轉告爸爸我也很期待！啊，我寫信好了。」

我急忙寫了封信說「我很期待在哈塞見面，工作加油喔」，再交給路茲。

隔天，幫我轉交了信的路茲笑著向我報告。聽說父親收到信後，一看完信，馬上恢復幹勁到了讓人哭笑不得的地步。母親和多莉還笑說：「明明不管我們說什麼都打不起精神，居然收到一封信就恢復活力了。」

哈塞的小神殿

這天是灰衣神官和灰衣巫女要移動去哈塞的日子。通往平民區的神殿後門那裡，停了兩輛班諾準備的馬車。孤兒院的所有人都來到這裡送行，灰衣神官和灰衣巫女各有三人上了馬車。灰衣巫女的馬車會由路茲和她們一起搭乘，灰衣神官的馬車是馬克。

「那麼一路上請多加小心。」

「是，我們必定會安全護送羅潔梅茵大人重要的神官和巫女。」

馬克跪在地上道別致意，我代表孤兒院，維持著貴族應有的儀態點頭回應，但是，我的目光老是不由自主越過馬克。馬克和路茲露出了無奈的笑容，視線朝著和我一樣的方向看去。

那裡正跪著一名士兵。儘管指定的護衛範圍是從東門到哈塞，父親卻自己專程跑來神殿迎接灰衣神官們乘坐的馬車。我強忍住想笑的衝動，也對父親寒暄幾句。

「幾天後我也會前往哈塞，這一路上的護送就麻煩你了。」

「請您儘管放心。」

父親說完站起來，咧嘴一笑，抬起右手敲了兩下胸口。我也回以相同的動作，目送馬車從神殿出發。

我們是三天後才會前往哈塞，因為顧慮到大家抵達哈塞後，還得收拾整理行李，至少需要三天的時間。我一邊扳著手指倒數自己要出發的日子，一邊期待著能與父親碰到面的時光快點到來。

「羅潔梅茵，妳確定真的要這麼做？和布麗姬娣共乘騎獸比較妥當吧？」

我在神殿的正門玄關變出騎獸後，斐迪南板起了臉看著小熊貓巴士。我很認真地練習了搭乘騎獸，現在也已經習慣如何操控，進步不少，所以應該完全不用擔心。

「但哈塞是離這裡最近的城鎮，如果飛不到那裡去，我更不可能在收穫祭時出遠門。順便當作是練習，我要搭乘小熊貓巴士過去。」

「雖然我也同意有練習的必要……」

明明自己也同意了有練習的必要，斐迪南卻意外地猶豫不決。

「斐迪南大人，倘若您如此擔心，不如我和羅潔梅茵大人共乘騎獸吧？若有能夠操控魔力的人與她一同搭乘，萬一出了什麼狀況，可以騎乘我的騎獸逃脫，也能降低危險發生的可能性。」

「話雖如此……布麗姬娣，妳真的不介意嗎？」

「因為我親眼看著羅潔梅茵大人一天比一天進步，請交給我吧。」

布麗姬娣表情堅毅地回道，但紫水晶般的雙眼好像比平常還要閃亮，該不會其實是布麗姬娣對小熊貓巴士很感興趣？

布麗姬娣消除了自己的騎獸走來，我為她在副駕駛座打開了一個開口，讓她可以坐進來，斐迪南死心似地垂下目光。

「布麗姬娣，那就有勞妳了。」

布麗姬娣聽了點點頭，坐進小熊貓巴士，我也坐上駕駛座，讓車門收縮關上。

「布麗姬娣，請繫好『安全帶』。把這條帶子拉出來，然後扣在這裡……」

我一邊親身示範，一邊要布麗姬娣也繫上安全帶，正所謂安全第一，因為只有駕駛座是配合我的體型，所以副駕駛座看來又高又大。

布麗姬娣坐在副駕駛座上，輕輕撫摸座位，「呵」地笑了聲。

「這還真是可愛呢。」

「對吧？很可愛吧？」

雖然斐迪南一直嫌棄小熊貓巴士很奇怪，但我覺得明明就很可愛。同樣是女性，也許布麗姬娣可以了解小熊貓巴士的可愛之處。這麼心想的我，高興地抬頭看向布麗姬娣，她在剎那間露出了「糟糕」的表情後，假咳一聲想蒙混過關。

「……咳！啊，呃，我的意思是非常適合羅潔梅茵大人。」

「呵呵，謝謝妳。那我們出發吧。」

為了追上已經升空的斐迪南，我握住小熊貓巴士的方向盤，注入魔力，踩下油門。小熊貓短短的四肢開始「答答答」地前進，我再把方向盤往自己的方向傾斜，小熊貓巴士便開始飛上天空。

「我從未想過可以像這樣坐在騎獸內部，座椅非常柔軟，坐起來十分舒適，也不需要換上騎乘騎獸用的服裝，也許會有女性想要效仿呢。」

因為騎獸需要跨坐，所以貴婦人在騎乘騎獸時，都必須先換上騎乘專用的服裝，但是，小熊貓巴士就沒有換衣服的必要。

「在創造騎獸的時候，沒有人想過要製作馬車嗎？」

「因為騎獸一般都會創造動物，馬還有可能，但車子的部分……所以我認為您能想到可以坐在動物裡頭，這點非常了不起。」

如果沒有見過遊樂園裡的乘坐設施，也沒有見過幼稚園巴士和動畫，確實不容易產生可以坐在動物裡頭的想法吧，但是，就算稱讚我的想法了不起，其實最一開始想出來的人也不是我，所以我只能露出不置可否的表情。

「但神官長的表情不太好看，所以我也不曉得能否在女性間流傳開來呢。」

小熊貓巴士擺動著四肢，跟在斐迪南的獅子後頭。

……我的小熊貓巴士真是太可愛了！唔呵呵。

我們的騎獸一抵達小神殿上空，大概是派了人看守，班諾一行人立即魚貫從小神殿裡走出來。有奇爾博塔商會的人、灰衣神官們，還有負責擔任護衛的士兵，所有人全跪地迎接。降落後，我讓騎獸變回魔石，收進掛在皮革腰帶上的魔石籠裡，雖然比斐迪南和達穆爾要花了更多時間，但我覺得自己已經進步很多了。

我走到斐迪南的半步前方，雖然我個人很想躲在斐迪南背後，但他說神官長不能走在神殿長前面。

斐迪南環視了一圈並排跪在地上的人們，不疾不徐地點了下頭。

「有勞各位相迎了。那馬上入內參觀吧。」

所有人動作一致地迅速起身，士兵當中父親站在最前面，我與他四目相接後，彼此互相交換微笑。在場還有斐迪南和其他人，最多只能這麼做。

「先為兩位介紹女舍。」

在班諾的帶領下，我們走進孤兒院的女舍。先前孤兒院的房間還一片空空蕩蕩，如今已經裝上了門，還準備了棉被和用來放置私人物品的木箱，可以在這裡生活居住。

「床舖應能趕在冬天來臨前完工，由於時間緊迫，我們認為首要之務，是把這裡布置成可以生活的空間。」

聽到班諾這麼說，我連連點頭。首先最重要的是可以在這裡生活。孤兒們的房間本來就沒有什麼私人物品，收納空間先有這些就足夠了。

「這裡是供以處理文書工作的房間，男舍也整理出了一樣的房間。」

女舍的其中一個房間擺了桌椅和齊全的紙筆用具，可以在這裡處理文書工作，因為灰衣巫女的職務還包括製作伙食費與生活費的帳本，灰衣神官也要為工坊的各種事務編寫紀錄。

食堂裡還只有把木板搭在兩個木箱上形成的簡易桌子，但也預計日後會慢慢補上。在小神殿裡施工的木匠們也會在這裡吃飯，目前都沒有發生什麼問題，所以應該不用擔心。

現在時間已經是下午了，士兵和奇爾博塔商會的人都決定留在小神殿多住一晚。大家會一起吃晚餐，所以今天預計再多放一、兩片木板。

女舍的底樓和神殿一樣打造成廚房，設備有鍋子、鐵板、烤爐等，和我的廚房相差無幾。另外還準備了木盤和餐具，看來若在這裡用餐，和在神殿不會有什麼差異。

「雖然就孤兒院而言，這樣的設備是有些過於周全，但顧及羅潔梅茵大人有可能來訪，所以還是做好了萬全的準備。」

「謝謝你，我的廚師一定會很高興。」

可以從女舍的底樓走到外面這點也和神殿一樣，從屋外可以通往男舍的底樓。男舍的底樓是工坊，為了要以羅潔梅茵工坊的名義進行活動，與神殿工坊幾乎一樣的工具都已經準備齊全。這裡沒有的，只有需要好幾名成年男性進行操作的凸版印刷機和金屬活字，因為這裡人數不多，暫時會負責生產植物紙和進行謄寫版印刷。

「等到人數增加，預計再引進印刷機，但目前應該有這些工具便能維持運作。」

上樓一看，男舍也已經裝好了房門、擺放好行李，可以在這裡生活。士兵和奇爾博塔商會的人也都是在這裡暫住。

「明明是孤兒，生活過得比我們還好嘛。」

一同參觀孤兒院內部的士兵們皺起臉龐，語帶憤懣地說。

「那你要自願成為神官嗎？既不能自主結婚，也不能離開神殿，還得看青衣神官的臉色任人擺布，如果你真的覺得神官的生活過得更好，神殿很歡迎你加入喔。」

在受洗之前都不能離開孤兒院，沒人照顧的孤兒還會逐一死去，一旦被判定沒有存在的必要，還會輕易遭到處分。明明不知道神官和巫女們的處境，還說他們生活過得很好，我沒辦法充耳不聞。

看見了我臉上的不悅，士兵嚇得臉色瞬間發白，跪下來開始辯解：「小的不是這個意思……」

「羅潔梅茵大人，假使只看現在的生活，外人確實有可能這麼認為。我們的生活環境之所以能夠改善，都是因為羅潔梅茵大人來到了神殿。倘若羅潔梅茵大人沒有出現，我們也不會有現在的生活，但他人並不了解這樣的情況。」

灰衣神官藉由吹捧我，試圖安撫我的情緒，但父親聽了卻是一臉得意，好像在說「我女兒很厲害吧」，還「嗯嗯」地大力點頭。

……別光露出傻爸爸的表情點頭，也為慘白著臉渾身發抖的士兵著想一下啦。

看到父親那副傻爸爸的模樣，我的氣都消了，肩膀也放鬆下來。

「你應該只是一時心直口快，但往後請別再自以為是地胡亂批評。」

「真是萬分抱歉。」

士兵道歉後，我也表示接受，這件事便宣告落幕。

然後我們前往禮拜堂，大門是刻有著圖案的氣派對開門扉，散發出了禮拜堂該有的莊嚴。灰衣神官推開門扉，曾是一片雪白的空間如今鋪上了地毯，正前方也設置好了用來擺放神像的祭壇，雖然空間沒有很大，但氣氛和神殿一模一樣。

「班諾，神像何時能完成？」

看著空無一物的祭壇，斐迪南回頭問班諾。

「工坊表示大約再一個月。」

「嗯，那就好，應該能趕上收穫祭……羅潔梅茵，過來，要登記妳的房間。」

斐迪南拿出魔石，把魔石按在和自己腰部同高的牆面上，嵌入牆內，再取出思達普唸了些什麼。

魔石旋即發出了紅色光芒，開始往上延伸，一直到比斐迪南的頭再高出十五公分左右的地方，才一分為二繼續往左右兩邊擴張。往外擴張了一段距離後，這次是九十度轉彎，朝著地板筆直前進，然後又在快碰到地板前往內九十度轉彎，最終兩道紅光重新合而為一，又繼續往上延伸，回到了起點。魔石倏地綻放出了強烈的光芒後，眼前便出現了一扇嵌著紅色魔石，可以通往秘密房間的門扉。

「羅潔梅茵，登記妳的魔力，創造秘密房間吧。」

「是。」

我和在自己房裡登記魔力時一樣，把手按在魔石上，登記魔力。在孤兒院長室進行登記時，魔石的位置還高到需要拿椅子來，但這裡的魔石嵌在我伸手就能碰到的位置上。我這時才發現斐迪南細心地為我調整了高度。

我一邊回想神殿裡自己房間的模樣，一邊注入魔力，再打開結束了登記的門扉，裡頭已經是一間和神殿那裡差不多大的房間。

「家具和必要用品，妳之後再添購放進來吧。」

斐迪南說話的同時看著班諾，我也跟著看向班諾和馬克，雖然兩人都面帶笑容，眼神卻很明顯在說：「又要增加我們的工作量嗎！」

……對不起，真的很對不起。

「啊，還有，往這個注入魔力，直到它完全變色。」

斐迪南指著禮拜堂盡頭牆上一顆像是魔石的東西，這麼命令我。

「這個是什麼呢？」

「是用來保護這座小神殿的必要之物，雖然現在還殘留有創造的魔力，但支撐不到春天吧。保護這裡是妳的職責。」

為了讓守護用的魔導具發揮作用，我一鼓作氣注入魔力，因為是要保護小神殿，我還心想著不知道需要多少魔力，但想不到一下子就結束了。

繞著小神殿走了一圈後，回到玄關。

因為大家還要整理小神殿，打點生活起居，接下來還得準備晚飯，所以貴族必須盡快撤退。

「看起來可以順利地在這裡生活呢。」

我對灰衣巫女這麼說，她們也微微一笑。

「是的，我想應該沒有問題。」

「大家先在這裡生活幾天，確定沒有問題以後，再去收養孤兒吧。我三天後再過來察看情況。到時若有任何欠缺，請再告訴我吧。」

我在說話的同時，把當作是生活必備用品、請班諾幫忙準備的寫字板，一個個親手交給神官和巫女。

「這些寫字板刻有名字，所以不是共用物品，是專屬於你們自己的東西。今後你們將住在小神殿負責管理，所以算是餞別禮物，希望能夠幫上你們的忙。」

「感激不盡。」

在神殿只有我的侍從才有寫字板。神官們拿著寫字板，全都高興得露出笑容，注視著寫字板上自己的名字。

「路茲，你準備好了嗎？」

「當然。」路茲說，把發出了噹啷聲響的布袋輕輕交給我。我接過布袋，這次轉身面向士兵。

「這次請各位接下了護衛的重責大任，真是辛苦你們了，雖然只是一點慰勞的心意，但還請你們收下。」

士兵幾乎都沒有離開過城市，這次卻讓他們在外面停留了長達數天，家人一定很擔心吧，所以算是出差費用和津貼，而且今後班諾運送物資的時候，我還想請他們幫忙護送，所以要盡可能讓士兵們留下好印象。

「今後可能還要麻煩各位擔任護衛，請多幫忙了。」

我每個人各給了一枚小銀幣。只見眼角餘光中，大家雙眼都亮著精光，互相使著眼色，我再站到父親面前。只有父親，我偷偷遞給了他一枚大銀幣，小聲說：「請好好慰勞大家吧。」父親聽了勾起嘴角。

「那我就此失陪了。此外，女舍的房間禁止男性進入，雖然我相信應該不會有人敢對我的巫女們亂來，但還是請各負責人多加留意。有任何無禮行為我絕不輕饒。」

我輕瞪向並肩而立的士兵們，態度嚴厲地給予警告。先不說班諾他們和父親，平民向來都很輕視孤兒院的人。我不希望他們在貴族巡視完後，立即鬆懈下來，就肆無忌憚地趁著我不在的時候做出會讓灰衣巫女她們傷心哭泣的行為。留在孤兒院的灰衣巫女又個個是大美女，所以多多警告有益無害。

斐迪南變出騎獸後，我也接著變出小熊貓巴士，和布麗姬娣兩人坐上巴士，升空出發。下次是三天後要來哈塞。

之後，和回到城市的父親與班諾會合，聽取他們的報告；為了印製新書，我也寫好了有關火神萊登薛夫特與其眷屬神的故事，要推出第三本繪本，並且拜託葳瑪繪製插畫。不知不覺間，時間就來到三天後了。只要灰衣神官們在生活上沒有遇到任何問題，我打算這次去收養孤兒。這次要與哈塞的鎮長見面。

「羅潔梅茵，妳真的想讓侍從也坐進去嗎？」

「這就是我做出小熊貓巴士的目的喔。」

斐迪南的眼神像在看著令人毛骨悚然的東西，指著變成了廂型車大小的小熊貓巴士說，但我毫不在意。至少我的侍從們都很高興。

「羅潔梅茵大人，入口自己變大了耶！好厲害！」

「哇啊，坐起來好軟喔。」

吉魯興奮到都沒有發現自己忘了保持敬語，總對新事物充滿好奇心的妮可拉把行李放進小熊貓巴士裡後，再開心地坐進車內，但不同於神采飛揚的兩人，只有法藍的表情像是做好了什麼悲壯的決心。

「我已經做好覺悟，誓死跟隨在羅潔梅茵大人左右。」

「法藍，我的騎獸並沒有那麼危險，不要露出那種視死如歸的表情嘛。布麗姬娣上次也和我一起坐了小熊貓巴士喔。」

「這次我也會一同搭乘，請放心吧。」布麗姬娣說著，坐進副駕駛座。法藍還是一臉緊張，像下了重大的決心般咬緊牙關，坐進後座。

「大家繫好安全帶了嗎？要出發了喔。」

只有法藍一個人不安地緊握著安全帶，目不轉睛地盯著我瞧，我踩下油門出發。小熊貓巴士開始飛上天空，吉魯和妮可拉發出了歡呼聲。

「嗚哇！好高！」

「羅潔梅茵大人，城市看來變得好小呢。啊！法藍你也快看。」

「吉魯、妮可拉，不可和羅潔梅茵大人交談。她現在必須集中精神。」

聽到法藍的斥責，我輕笑起來。

「法藍，我還是可以一邊駕駛一邊說話喔。」

「萬萬不可。請您全神貫注。」

像這樣聊著天，不久抵達了哈塞。在小神殿降落後，侍從們把行李搬下巴士。灰衣神官們也從小神殿中走出，幫忙搬運行李。

行李要悉數搬進禮拜堂盡頭的秘密房間，再由侍從們整理房間。今天因為只要把地毯和掛毯放進去，並不會花多少時間。至於床鋪，下次會把神殿裡多餘不用的空床搬過來，為隨時有可能暈倒的我做好準備。

在房間整理好之前，我和斐迪南先在食堂喝著灰衣巫女泡的茶，吃著自己帶來的點心休息片刻。我喝了口茶後，問向神官他們。

「在這裡生活，一切都還好嗎？」

「萬事無恙，而且森林和河川很近，做起紙來也十分輕鬆。」

站在斐迪南面前，灰衣神官用緊張的話聲回答。我再看向泡茶的灰衣巫女。

「那麼現在若帶孤兒過來，他們也能在這裡生活了嗎？」

「是的。為了迎接他們的到來，我們會開始準備午餐。」

用騎獸代替馬車，我和斐迪南以及侍從們一同去拜訪哈塞的掌權人士。哈塞的掌權人士聽說是稱為鎮長。

然而，明明我們已經事先通知過了，對方卻好像還沒有做好迎接的準備，傭人臉色大變，手忙腳亂地開始動作。

「神、神殿長和神官長來了嗎?!不是之前那個商人？」

我們已經透過班諾，通知對方這天要來收養孤兒，但看來對方並沒有聽說神殿長和神官長都會前來。鎮長驚慌失措地衝了出來，由此可以想見班諾每次過來，對方都沒有合乎禮數地好好迎接。

「孤兒們在哪裡？我們應該早已下達過通知。把所有孤兒都帶來。」

看見斐迪南的眼神，鎮長倒吸口氣，立即吩咐傭人去叫孤兒們過來。帶來到眼前的孩子們，全都體型削瘦，蓬頭垢面，全身髒亂不堪。一眼便能看出他們現在生活過得非常困苦，讓我想起了以前的孤兒院。

我數了數站在眼前的孩子們，共有十四人，「哎呀？」地歪過頭。

「……在場應該不是所有人吧？跟我在報告時聽到的人數不一樣呢？」

「應該是報告的人搞錯了吧。」

鎮長跪在地上微笑說道，一名少年惡狠狠瞪著他，大力搖頭否定。

「才不是！他騙人！姊姊和瑪塔因為可以賣掉，被他藏起來了！」

「托爾，你閉嘴！」

鎮長剎那間瞪大了眼，站起來要毆打名為托爾的孤兒。達穆爾迅雷不及掩耳地上前按住他的手臂，並且取出思達普。

「斐迪南大人說過要所有人了吧？你沒有聽見命令嗎？」

不過是一介平民的鎮長，倘若反抗了貴為領主異母弟弟的斐迪南的命令，就算當場被處死也不奇怪。看到達穆爾毫不遲疑地拿出武器，鎮長倒抽了一口氣。

「來、來人！誰都好，去把諾拉她們帶過來！」

從「可以賣掉」這句話就能預見到，接著帶來的兩名少女都有著美麗的五官。確認在場人數和班諾報告的一樣後，我對孤兒們開口說了：

「你們有人想搬到我所成立的孤兒院嗎？因為過來之後會成為神官和巫女，所以這不是要強迫你們。在小神殿，我保證會提供睡覺的地方和三餐，但你們也必須為我工作，生活上也必須遵從我們這邊的規定。」

孤兒們用畏怯的眼神來回看著我和鎮長，當中只有托爾直視著我說：

「如果妳不會把姊姊賣掉，那我和姊姊可以搬過去。」

「托爾……」

後來帶來的兩名少女中，年長的那名少女是他的姊姊吧。她擔心地注視著托爾。

鎮長伸出了手想要打斷。

「等一下，諾拉不行……」

「住口，羅潔梅茵大人並未允許你發言。」

達穆爾把跪在地上的鎮長的頭往下壓回去，斐迪南冷冷地瞇起雙眼，瞪著鎮長，那是他正怒火中燒時的表情。發現斐迪南四周空氣的溫度開始下降，我轉身背對他，詢問諾拉：

「諾拉，妳覺得呢？如果搬來我們這裡的孤兒院，我不會把妳賣掉，但是，因為會成為神官和巫女，妳也無法結婚。」

「孤兒哪能像一般人結婚啊。」

「托爾，我不是問你，是在問諾拉的意見。」

諾拉先是垂下目光，然後露出了哀悽的笑容說：「我願意搬過去。反正待在這裡也無法結婚，還會和托爾分開，也只會被賣掉。」

「那麼我們會敞開大門歡迎妳。」

「如果托爾要過去，我和瑪塔也要一起去！」

一名少年走上來，握住和諾拉一起被帶來的那名少女的手。

「瑞克，你……」

「要是繼續待在這裡，下一個被賣掉的就是瑪塔了。」

其他孤兒似乎沒有反抗鎮長的意思，搖頭拒絕說「我想繼續待在這裡」。不知道是害怕外在環境產生改變，還是看到達穆爾對支配著自己的鎮長行使了暴力，對他感到害怕，但是，我也無意強迫他們。

「那麼，我就收養這四名孤兒了。神官長，可以嗎？」

「嗯，事前也已經通知過了，不會有問題吧。走了。」

原本藏起來想賣掉的兩名少女就這麼被帶走，鎮長茫然錯愕地看著我們。

新的孤兒們

收養了孤兒以後，首先要讓他們洗澡，分別前往女舍和男舍，用肥皂洗淨身體。再換上準備好的灰衣神官和巫女服，否則他們無法吃午餐。

我把小熊貓巴士變回魔石，轉頭看向侍從。

「妮可拉負責去女舍，吉魯負責去男舍，幫他們沐浴淨身吧。肥皂和衣服……」

「都和神殿的一樣，已經準備妥當。」

法藍說完，兩人應道「是」，開始行動。看到四人神色不安、全身僵硬，我對他們微微一笑。

「等淨身完就要吃午餐了。大家肚子都餓了吧？」

聽到午餐，孤兒們都嚥了嚥口水，對於要分開行動，全帶著害怕的表情看向彼此，但還是分別前往男舍和女舍淨身。

我和斐迪南前往食堂就座。貴族的座位在最內側。法藍用帶來的布蓋在木箱和桌面上，所以看起來比較沒有那麼寒酸，但其實只是把木板搭在木箱上形成的桌子，椅子也只是木箱而已。

在神殿，都是主人先用餐，接著是侍從，之後神的恩惠才會分送到孤兒院，所以如果我們不先吃，其他人就無法吃飯。在灰衣巫女和法藍的服侍下，我們開始用餐，因為都是貴族，所以達穆爾和布麗姬娣也一起吃。現在沒有多餘的時間和空間，可以和護衛騎士分開來用餐。

「……羅潔梅茵，妳把這些餐點的做法也教給了灰衣巫女嗎？」

花錢買了食譜的斐迪南吃了口菜色後，不悅地板起臉孔。

「這是因為之前過冬的時候，留在神殿的廚師只有一個人，所以我才招納了灰衣見習巫女過來擔任助手。既然可以自己動手做出好吃的飯菜，就算回到了孤兒院，還是會繼續製作相同的餐點吧？做法也才因此流傳開來，並不是我刻意教給她們的。」

只是因為沒有青衣神官對孤兒院感興趣，才沒有任何人知道而已──我補上這句話後，斐迪南的臉頰一陣抽動。

「不只教了他們寫字和計算，還知道妳所構思的食譜？貴族要是知道了，想購買灰衣巫女的委託肯定如雪片般飛來。」

「我這裡的人很貴喔，因為附帶了許多特殊技能，但是，不論是往後要繼續擴展印刷業，還是今後的教育環境提升計畫，我都還需要大家的幫忙，所以就算是貴族，我也不會輕易賣給他們。現在的我有這樣的權力。」

換作是前任神殿長，大概會賣得一個也不剩，但我為了自己偉大的計畫，也就是推廣印刷業、成立書店和圖書館，正在栽培神官和巫女，才不會放人離開。

「教育環境提升計畫是什麼？我可從來沒有聽說。」

「如果看得懂書的人不增加，寫書的人也不會增加吧？這是一項提升領地識字率的偉大計畫，雖然我還沒有決定詳細內容。」

我有想過幾個方案，但要等到印刷業的擴展上了一定軌道後再說。

斐迪南擦拭嘴角，眼神銳利地睨著我說：

「回到神殿後記得提出計畫書。」

「咦？可是，我已經說過了，我還沒有詳細決定……」

「妳這個人總在詳細決定好之前就貿然行動，所以就算只有大略的方向，希望什麼時候做什麼事，也要寫成計畫書向我報告。」

我無法反駁，小聲回答「是」，同時恨恨地瞪向像是全面贊同般點著頭的達穆爾和法藍。

「……話說回來，情況似乎會比預期中棘手。羅潔梅茵，妳有什麼打算？」

斐迪南嘆著氣說，我不解地眨眼睛：「神官長在說什麼呢？」

「就是那個自以為擁有權力的小嘍囉。那種人一看就知道善於挾怨報復，也容易執迷不悟，恐怕相當難纏吧。」

聞言，我同意地吁了口氣：

「啊……和前任神殿長很像呢。像是賣掉女孩子換取金錢、誤以為後盾就是自身擁有的權力，站在渺小世界裡的頂端就為所欲為……」

我扳著手指列出共通點，斐迪南輕笑出聲。

「雖然後盾權力的規模截然不同，但那種狐假虎威的模樣確實相似。」

「但鎮長和神殿長不一樣，因為不清楚他的後盾有哪些人，反而無法確定他有多大的影響力呢。究竟要清除到哪種地步才能瓦解他的影響力、排除之後哈塞又會有什麼變化……總之我希望變化後的結果，會對小神殿有好的影響呢。」

神殿長的權力基本上僅限神殿，而且就算排除了他，也還有可以填補空缺的斐迪南在，所以沒什麼問題，但是這次的對象是鎮長，他所掌管的是除了徵稅與祈福儀式外，不會有貴族大搖大擺走進來的平民小鎮。只要藉著身分差距，想排除他並不是難事，但我完全不曉得排除以後哈塞會有什麼變化。

「羅潔梅茵，妳不能只是心想希望一切能如自己所願。如果想讓事情如自己所願，就只能設法讓事情照著自己想要的方向去發展。」

「……神官長就是抱著這種想法，策劃了各種對自己有利的計畫吧？」

「我這是求人不如求己。」

真是懂得包裝。我微微噘嘴瞪向斐迪南，但他只是一派從容，用若無其事的表情低聲說：「講講場面話便能解決的事情可是少之又少。」

斐迪南至今都生活在光靠場面話無法輕易生存的貴族社會裡，為了保護自己才進入神殿，所以這一句話有著讓人無法反駁的重量。

「羅潔梅茵大人，孤兒們淨身完畢了。」

在灰衣巫女們的努力下，食堂內開始彌漫起了誘人的香味。與之同時，妮可拉帶著換上了灰衣見習巫女服的諾拉和瑪塔來向我報告。洗了澡、換好衣服後，兩人原本髒得看不出髮色的頭髮現在終於清楚呈現，清秀的五官也變得更醒目了。

「告訴我妳們的名字和年紀吧。」

我說，瑪塔便躲到諾拉背後。諾拉看了，一臉像在說「真拿妳沒辦法」地回頭看向瑪塔，淡藍紫色的髮絲跟著搖晃。她輕摸了摸瑪塔的頭後，再轉頭看向我，溫柔地瞇起藍色眼睛。

「我是諾拉，今年十四歲。本來會在成年的同時就被賣掉，所以我真的很感激。謝謝妳收養了我們。」

我面帶微笑地點頭聽著，斐迪南卻是不悅地撇下嘴角。

「妳的遣詞用字……」

「神官長，請別勉強沒有受過教育的人，平民區的人講話還更粗俗喔。從現在開始慢慢學就好了。」

雖然同樣是孤兒，但神殿出身的孤兒當然與其他地方的孤兒有著明顯差異，因為哈塞這裡並沒有青衣神官，所以不會去指正孤兒們的言行舉止，以免表現不得體。不同於艾倫菲斯特後面還有貴族區的平民區，在這裡不可能教導他們見到貴族後該如何應對。

「那躲在後面的妳，名字和年紀呢？」

瑪塔依然躲在諾拉身後，不情願地搖著一頭深綠色頭髮。

「這孩子是瑪塔……」

「諾拉，不行喔，必須讓她自己回答。以前可以說她怕生、個性害羞，但在神殿的孤兒院，如果貴族問話卻不回答，會被視為是反抗；要是反抗貴族，當場便會遭到處分。這在神殿是常識。」

「怎麼會……」

諾拉一臉愕然地環顧四周，但是，現在四周就只有對用詞感到不快、用力皺著眉頭的斐迪南，以及雖然感到火大，覺得這不是面對貴族該有的態度，但因為是我在和她們說話，所以仍然閉著嘴巴默默隱忍的兩名護衛騎士。法藍和妮可拉正在加快速度吃飯，也不可能站在絲毫不懂得如何面對貴族的諾拉兩人這一邊。

「我因為會與平民往來，所以可以理解妳們的想法。可是，我的身分是貴族，所以無法容許妳們這麼做。對貴族要絕對服從。若不清楚記住這一點，妳們隨時都有可能喪命。好了，快告訴我妳的名字和年紀吧。」

我的角色完全像是壞蛋呢……我一邊這樣心想著，一邊看向瑪塔。被諾拉推到前面的瑪塔幾乎快要哭出來，奮力擠出微弱的話聲。

「……我叫瑪塔，今年八歲。」

「做得很好。今後的生活會和以前完全不一樣，妳們可能要花點時間才能適應。不過，妳們不會被賣給任何人，這裡也會準備三餐。我會盡可能保障妳們的生活所需，所以請妳們也要好好努力工作。」

「是。」

看來可以明白我的意思呢。我鬆了口氣，這時托爾和瑞克臉色大變地衝過來。

「你們要對我姊姊和瑪塔做什麼?!」

「我們並沒有在做什麼，快停下來。」

達穆爾和布麗姬娣輕輕驅退了往這邊跑來的兩人。兩人於是往後彈飛，跌倒後猛力撞上了當作椅子用的木箱。

「托爾！瑞克！」

「居然朝著貴族直衝而來……真是不要命的行為。換作是其他貴族，你們兩個早就沒命了喔。」

因為以往生活周遭不會出現貴族，才敢這麼有勇無謀，但這樣真是太危險了。很有可能要不了多久就小命不保。

「你們兩個聽好了，不管發生了什麼不愉快的事情，面對貴族一定要忍耐。這和反抗同為平民的鎮長不一樣。你們不會只是挨一頓揍而已，而是不由分說就會遭到處分，丟掉性命。」

看到護衛騎士站出來保護我，露出了一截武器，四人全臉色發白。

「我剛才已經問過諾拉和瑪塔了，那現在告訴我你們兩個的名字和年紀吧。」

「我是托爾，十一歲。」

托爾站在可以保護姊姊諾拉的位置上，堅持不肯退開，一雙和姊姊相同的藍色眼睛瞪著我說。諾拉與托爾在色彩和五官上都十分相像。長得漂亮的諾拉至今一定有很多男人想對她伸出魔爪，托爾一直保護著她吧。那份正義感與家人間的親情令我想要微笑，也希望他好好珍惜。

……但前提是不會惹怒我的護衛和侍從。

「我是瑞克，十二歲。我是瑪塔的哥哥。」

瑞克和瑪塔的特徵也很像。兩人都有著深綠色的頭髮，灰色眼睛，但五官不太相同。瑞克的眉毛很粗，五官充滿英氣，但瑪塔彷彿是內向的性格直接顯現在外，臉蛋看起來就很乖巧又惹人憐愛。

「我是羅潔梅茵，前陣子才剛舉行過洗禮儀式，成為了艾倫菲斯特的神殿長。以後好好相處吧。那麼稍後再帶你們去看房間，先吃午餐吧。吉魯，你在這裡吃飯吧。辛苦你了。」

吃完飯的法藍站起來，吉魯接著坐下。灰衣巫女為吉魯端來飯菜，他急忙開始用餐。

眼看著吉魯快要吃完，灰衣神官他們才開始吃飯。今天因為帶回來的孤兒人數不多，所以午餐還剩很多。

「我們到底什麼時候才能吃飯?!」

「……肚子餓了。」

雖然四人肚子餓得咕嚕叫，只能看著別人吃飯很可憐，但必須讓他們習慣神殿的規矩。

「吉魯，由你告訴他們神殿的吃飯順序吧。」

我指示侍從當中，最了解平民區情況的吉魯向他們說明。吉魯點點頭，開始向四人說明。

「在神殿，三餐稱作是神的恩惠。必須由貴為貴族的青衣神官先吃，接著是他們的侍從，最後剩下的飯菜再送到孤兒院。但是，孤兒院裡頭也有先後順序，已經成年的神官和巫女先吃，接著是見習生，還沒受洗的小孩子是最後才吃。」

「你們四人都是見習生的年紀，所以吃飯時間暫時還不會錯開，這點就放心吧。」

最後輪到見習生吃飯，飯菜端到了四人面前。原本應該要自己端餐盤，但因為無法預測常識不同的孩子們會做出什麼舉動，所以決定等教會了以後，再由他們自己拿。

「還不行，要先向諸神獻上感謝的祈禱文。」

我制止了要大口吃飯的四人，讓他們跟著我複述祈禱文。這在神殿也是理所當然的規矩，只能要求他們適應。我也是這樣子走過來的。

緊接著四人眼中亮起精光，悶不吭聲地開始狼吞虎嚥。他們都直接用手抓取食物，也不細嚼慢嚥就一口接著一口吃東西，一點也沒有教養可言。

除了我以外，大家都吃驚地看著他們。斐迪南也絲毫沒有掩飾不快的神情。我想起了自己第一次看到左右鄰居聚集在水井四周吃飯時，大家的吃相之差也讓我感到退避三舍。

「他們一定是餓壞了吧。神官長想必會感到不舒服，但沒有受過教育的人都是這個樣子。只能從現在開始慢慢教導了。這下子可以理解為了不讓青衣神官感到不快，孤兒院裡受過教育的孩子們有多麼優秀，教育又有多麼重要了吧？」

「……是啊。說實話我沒想到會這麼糟，因為我見過的平民，就只有奇爾博塔商會的那些人。」

斐迪南低聲咕噥說道，我聽了也輕嘆口氣。這是比較錯對象了吧，因為在貧民區，大家都是這副模樣。

續添了好幾次飯以後，諾拉四人都難受地捧著吃撐了的大肚子，面帶心滿意足的笑容，這才開始為他們介紹孤兒院。因為目前所在位置在食堂，首先是介紹女舍的房間。平常女舍的房間禁止男性進入，但為了讓他們了解到男女的待遇沒有不同，最好還是讓他們參觀一下彼此的生活環境。

上了樓，打開最靠近樓梯的那一扇門。

「這裡是見習生的房間。成年的巫女會在後面擁有自己的房間，但見習生是幾個人共用一間房。」

「房間這麼大，大家就可以一起睡了呢。」

托爾笑著說道，但我搖搖頭。

「在這裡大家不能一起睡。」

「為什麼?!」

托爾和瑞克往前一站，想保護自己的姊姊和妹妹；與之同時，侍從和護衛們也採取了警戒態勢。我輕輕抬起手制止雙方，開始說明。

「女舍禁止男性進入，最多只能走到食堂。今天是為了讓你們了解到男舍與女舍的設備並沒有差異，才會帶你們進來作介紹，但本來是男性止步。」

托爾的藍色雙眼立即亮起怒火。

「但我們是姊弟喔?!」

「我知道，但這兩件事不能相提並論。這裡是女舍，即便是家人，也不能允許男性踏進來。」

截至今日為止，姊弟兩人一直是相依為命，盡可能不與對方分開吧。雖然感到難過，但我不能准許。

「對其他灰衣巫女來說，托爾和瑞克只是毫無血緣關係的外來男子。就像托爾想保護諾拉一樣，我也想保護自己的巫女。」

「托爾和瑞克絕對不會亂來的。」

諾拉搖晃著淡紫色的髮絲，搖頭向我否定。她拚命為兩人辯解，希望我能明白。

「是呀，我這裡的灰衣神官他們也絕對不會亂來，但如果我這麼告訴諾拉，妳也能接受嗎？」

諾拉語塞似地屏住呼吸，緩慢低下頭去，再微微左右搖頭。

我可以理解托爾和瑞克想保護姊姊和妹妹的心情，但男性絕對不能踏進女舍。

「如果你們堅持要男女一起生活，就只能在食堂的角落睡覺了吧。」

「這樣也可以，那在食堂的角落搭間我們的房間吧。」

托爾爽朗回道，諾拉和瑪塔則不安地看著我。聽到她們問：「可以在食堂搭設房間嗎？」我予以搖頭。

「只有睡覺的時候可以借給你們，因為食堂是任何人都能進出的場所，不只托爾和瑞克，其他男性也能進出；而且因為不是你們的房間，我不能禁止他人進入。」

聽到我不斷否決，這也不行、那也不行，大概是再也按捺不住火爆的脾氣，托爾橫眉豎目，生氣怒吼：

「這裡這麼大，在食堂做間我們的房間有什麼關係！妳根本不明白不想和家人分開是什麼心情！」

我下意識地緊揪住胸口，幾乎與此同時，一記聽來就很痛的響亮耳光落在了托爾的臉頰上。在神殿出生長大，曾說過無論什麼情況下都不能使用暴力的法藍，居然打了托爾一巴掌。我瞪大了眼睛抬頭看他。

「……法藍？」

法藍的深褐色眼眸裡盈滿怒氣，冷冷地低頭看著托爾。那種周遭溫度跟著下降的生氣方式簡直和斐迪南如出一轍。

「沒有人比羅潔梅茵大人更能明白這種心情。」

雙眼布滿怒意的法藍往前踏了一步。在他的氣勢震懾下，托爾說著「幹、幹嘛……」往後退了一步。法藍又再往前一步。

「羅潔梅茵大人因為能力得到認可，於是下定決心在洗禮儀式上與家人分開，成為領主的養女。如今受命成為神殿長後，又必須在城堡與神殿之間往返，過著見不到家人的寂寞生活。」

四人驚愕地張大眼睛，不約而同看向我。法藍稍微移動自己的身體，為我擋下他們的視線。

「現在都是多虧了羅潔梅茵大人，你的姊姊才無須被賣掉，即使就寢的房間男女有別，但仍然可以在同一個孤兒院裡生活。你如果再這麼無禮，即便羅潔梅茵大人可以容忍，身為首席侍從的我也不會輕饒。」

……怎麼辦？法藍的忍耐到達極限了。

雖然因為戴莉雅的事斥責過我天真，也訓斥過我要和吉魯保持距離，但法藍從來沒

有像現在這樣生氣過。我知道法藍非常盡心盡力地服侍我，但我以為在法藍心目中，斐迪南的地位還是更高，沒想到他會因為孤兒們對我無禮就這麼生氣。發現托爾臉上明顯流露出了畏懼，我慌忙阻止法藍。

「法藍，到此為止，這樣已經夠了。」

「羅潔梅茵大人，但是……」

我介入兩人之間，但法藍的怒火大概還沒有消退，又想往前站。

「我知道你是為了我才這麼生氣，謝謝你。手一定很痛吧？」

讓至今從未行使過暴力的法藍動手打人，是我的失職。我抓住法藍的袖子制止他，再用兩手包住他發紅的掌心。

眼看法藍的視線投向自己的手，我才看向因為被法藍打了一巴掌，正摀著臉頰的托爾，還有想保護所有人的瑞克，開口說了：

「托爾、瑞克，我非常明白你們想保護家人的心情。現在又來到了自己的常識無法通用的世界，我想我也可以理解你們有多麼無助和不安。」

至今我已經親眼見識過了好幾個常識與觀念都截然不同的世界，例如麗乃那時候與這個世界的不同、工匠與商人的不同、平民區與神殿的不同、平民與貴族的不同、神殿與貴族區的不同。完全不曉得自己該怎麼做，一切只能從頭摸索，我知道這種情況有多麼讓人不安，也知道要讓新的價值觀與舊有的價值觀互相磨合有多麼困難。

「可是，你們並不孤單吧？即使不能一起入眠，還是可以一起生活吧？」

我接著又說「因為諾拉和瑪塔不會被賣掉啊」，托爾抬起頭來。他像是直到這一刻才意識到這句話是真的，慢慢地眨了眨藍色眼睛。

「如果很堅持要一起睡，在食堂就寢也可以喔。但是，比起睡在任何人都能進出的食堂，待在絕對禁止男性進入的女舍房間裡休息，對現在的諾拉和瑪塔來說，應該更能夠安心吧？妳們兩人覺得呢？」

雖然托爾為了保護姊姊拚命主張，但諾拉和瑪塔的想法才是最重要的，我還沒問過她們。我看向兩人，諾拉先是垂下長長的睫毛。

「托爾，我會在女舍睡覺，你們兩個去男舍吧。」

「姊姊?!」

「我不想睡在食堂，待在這種可能會有陌生男子徘徊的地方，我根本睡不著覺……隔了這麼久，我終於可以安心睡覺了，請你明白。」

諾拉淡淡的笑容中有著日積月累的疲倦，很輕易能看出她這些年來，每天過得有多麼戒慎恐懼。托爾有些不甘地咬住嘴唇。

「哥哥……我要和諾拉一起睡覺。」

瑪塔拉了拉瑞克的袖子，像是鼓起了十足的勇氣說。大概是很少主動發表自己的意見，瑞克驚訝得瞪大雙眼，低頭看向瑪塔。

「妳沒關係嗎？」

「……嗯，這裡沒有那麼可怕。」

瑪塔輕輕微笑，放開瑞克的袖子。諾拉和瑪塔都表示要在女舍就寢後，托爾和瑞克似乎也無法再多說什麼，沒有異議地接受了兩人的決定。

「那接下來介紹其他設施……」

能圓滿落幕真是太好了。我這樣心想著，正想前往女舍的底樓，法藍卻抬手制止了我接下去說話。

「且慢。首先，請你們道歉。」

「咦？」

「羅潔梅茵大人是神殿長。對神殿長的態度如此無禮，我要求你們道歉。」

……噢噢，法藍還在生氣?!

看來法藍那種內斂型的怒火都會持續很久。我個人倒是覺得又沒有關係，很想就這樣算了，但法藍的表情和態度在在顯示著，他絕對不允許事情就這麼結束。我第一次看到法藍這個樣子，所以也無法阻止他。

面對生氣的法藍，臉色大變的人不只有我。諾拉也倒吸口氣，用力壓下托爾的頭，讓弟弟當場跪下。諾拉也在他旁邊跪下後，向我道歉。

「對不起。托爾，你也快道歉！」

「……對不起。」

都已經道歉了，應該可以了吧？我在心裡訴說著，抬頭看向法藍。

然而法藍與我四目相接後，卻忽然揚起了微笑。不是平常那種沉穩的笑容，而是讓人從心底發寒的微笑。

「羅潔梅茵大人，設施的介紹就交給吉魯和妮可拉吧。」

「呃，法藍？」

「我有話想與您細細詳談。吉魯、妮可拉，你們帶四個人過去吧。」

在法藍的催促下，吉魯和妮可拉朗聲應道：「是、是！」然後逃也似地催促諾拉四人，走下樓梯。

……等一下，不要丟下我！

我在心裡頭大聲吶喊，但他們全都轉身背對法藍散發出的冷空氣，迅速跑得不見人影，原地只剩下法藍、我、兩名護衛騎士和斐迪南。斐迪南也和法藍一樣，面帶著讓人從心底發寒的笑意。我瞬間狂冒冷汗。

「羅潔梅茵大人，那我們回房慢慢討論吧。」

「是啊，必須好好教誨一番。」

「是、是。」

……這對前主僕真是太像了，好恐怖。誰來救救我啊！

但當然不可能有人來救我。儘管這種時候格外希望護衛騎士可以保護我，兩人卻完全不與我有眼神接觸。

孤兒的處置與城鎮調查

明明平常完全不接近孤兒院長室裡用魔力打開的秘密房間，但此刻不知道是不是因為怒火占據了大半思緒，還是因為地點不同而不在意，法藍毫不遲疑，而且面不改色地踏進秘密房間。然後，他表情嚴厲地開口說了第一句話。

「您不能容許孤兒們對您如此無禮。」

法藍說我本來就因為年幼，容易被人看輕，要是允許對方表現出無禮的態度，他們會得寸進尺。兩名護衛騎士對此似乎也有同感，略微收起下巴表示同意。

「倘若身為領主養女的羅潔梅茵大人縱容他們無禮，他們因而得意忘形，最終觸怒了羅潔梅茵大人，這才是我最害怕的事情。」

「因為妳一旦生起氣來，魔力便會失控，嚴重波及到身邊的人。」

斐迪南又補充說，我完全無法反駁，只能沮喪地垂下頭。本來是想對新來的孤兒們親切一點，看來是不行。

「任何事情在起頭時都是關鍵。善良雖是美德，但不能與縱容混為一談。」

「……我以後會小心。」

為了不讓法藍不得不動手打人的情況再度發生，也為了避免再次面臨這種像有兩個斐迪南在對我發火的恐怖光景，我非得小心不可。

「羅潔梅茵在應對上太過寬容這點固然需要改善，但那些孤兒的教育更是當務之急。他們的遣詞用字是怎麼回事？用餐的樣子也不堪入目。」

大概是想起了吃飯時的情景，斐迪南不快地皺眉。在貧民區這是稀鬆平常的景象，但我無法開口請斐迪南諒解，因為他們已經進入神殿了，只能從頭教育他們。

「情況這麼糟糕，真不知該從何下手，妳是否已經想好了教育方針？奇爾博塔商會他們都是怎麼教導平民？」

斐迪南舉出自己所知的平民發問，但奇爾博塔商會在平民區是大店，基本上只招收會與貴族有所往來的大店子弟。和這次收養的孤兒們相同水準的，頂多只有路茲而已，但如果用路茲對目標的自覺和優秀的學習能力來當基準，他們就太可憐了。

法藍像是想到了什麼，抬起頭來。

「既然孤兒人數不多，是否把他們帶回神殿比較妥當？」

法藍提議別待在這裡，而是帶回神殿的孤兒院，只要看到身旁所有的人都在這麼做，也許就能學會了。從教育環境這方面來看，或許是不錯的提議，但如果不先等到他們稍微接納了神殿的特殊性，內心的壓力只會不斷累積。

我剛進入神殿的時候，也為常識的不同抱頭苦惱過，但還有家可回，也還有家人和路茲他們可以聽我抱怨，讓我撒嬌。在我大喊「無法理解！」的時候，有人能表示贊同非常重要。要是無處可逃，家人也和自己一樣對於環境的變化感到有壓力，那麼不一定可以成為撒嬌訴苦的對象。

「還是先別急著帶他們回神殿吧，先等他們在熟悉的土地上，稍微習慣了神殿的做法後再移動比較好，因為看現在這樣，他們應該會常常在神殿和人起衝突，而且要是覺得實在無法接受，也可以為他們保留後路，回到鎮長那裡去。」

「羅潔梅茵大人？」

從沒想過可以離開神殿的法藍，十分訝異地歪過了頭。

「現在還不知道大家能否適應神殿的規矩吧？女孩子們是因為不想被賣掉，才覺得神殿比較好；但也許男孩子們會比較喜歡鎮長那裡，覺得比較自由。」

在孤兒院我能夠提供的自由，就只有前往森林採集和做紙而已。回到鎮長那裡去，可能反而更加自由自在。

「等到收穫祭結束，所有人都選擇留在這裡，冬天再帶他們回神殿吧。到時候他們應該也習慣這裡的生活了。」

「那麼，該如何教育他們呢？如果是年幼的孩子那倒也罷，但很少有孤兒已經這麼年長了還進入孤兒院，我也不知道該如何教導他們。」

在平民區，受洗完的孩子基本上都會出去工作。因為會先當學徒，如果父母雙亡了，則會成為住宿學徒，由店家幫忙照顧；沒有親戚願意收留、還未受洗的年幼孩子雖然會被送到孤兒院，但幾乎沒有年紀已經可以當學徒的孩子還被送進來。

「這裡的孩子們不會出去工作當學徒嗎？」

「如果他們的父母是農民，死後田地會被接管。可能是光靠給予未成年孩童的田地無法維生吧，詳細情況我也不清楚。」

斐迪南說完輕嘆口氣。他說因為稅收的關係，只是看過相關文件，但並沒有親眼見過農民的生活，所以不清楚孤兒們平常怎麼生活。

「……總之，就當作在教導一無所知的孩童，只能從頭開始細心教起了。」

「從頭開始嗎？」

「例如端菜也要從頭開始教……我想做法應該和以前不一樣，因為神殿多是遵循貴族宅邸的做法。如果不先從怎麼使用餐具開始細心教導，他們會一頭霧水吧。」

在平民區用手直接抓取食物並不稀奇，反而是為了讓大家表現得體，還教導大家怎麼使用餐具的孤兒院算是特例。

「還有打掃的方式也是。路茲曾經大力稱讚過，神官們在打掃上非常重視效率，所以速度很快又掃得很乾淨。鎮長那裡的打掃方式，應該不能在神殿沿用吧。」

記得路茲說過，他還請吉魯教自己怎麼打掃，再教給了奇爾博塔商會的學徒們。

「只不過，不論教導什麼事情，都請同時一起指導四人。不管是去森林採集，還是教他們怎麼做紙和煮飯，都請不要個別分開，要統一一起教導。」

因為孤兒有四個人，神官和巫女共有六人，斐迪南本打算為每個人各指派一名指導人員，所以要求我說明：「這是為何？」

「因為一起學習可以促進成長，有人和自己一起學習，不僅可以產生競爭意識，還能互相給予指導。不能小看團體的力量喔。」

我舉了孩子們也是在比賽後學會歌牌的例子，斐迪南「嗯」地瞇起雙眼，低喃說道：「就和去貴族院就讀後會進步一樣嗎……」然後他看著我，露出了讓人發毛的笑容。

總覺得他又開始訂定起奇怪的計畫，是我多心嗎？

「總之，先讓他們習慣這裡的生活是最重要的。請大家要隨時提醒自己，神殿的情況非常特殊，外來的人很難馬上適應，然後細心教導他們吧。」

「遵命，我會這麼吩咐灰衣神官他們。」

法藍的表情已經回到了平常的沉穩。

「那麼先返回神殿，再對哈塞多做點調查吧。」

「咦？不是已經調查過了嗎？」

文官和奇爾博塔商會的人都已經調查過了，還向我們報告了調查結果吧。我說完，斐迪南用食指敲了敲太陽穴，看著我說：

「笨蛋，之前因為是成立工坊，所以只調查了土地、人口和主要產業等部分，但這次要調查的，是那個小嘍囉的後盾究竟有哪些貴族，他才會這麼狂妄自大。還要調查他具有多大的影響力，如果要排除掉他，有多大範圍內的相關人士又該如何排除，排除後的空缺該如何填補……要調查之前在成立工坊時沒調查過的事情。」

看來黑暗面的斐迪南要大展身手了，因為我也一頭霧水，這件事就交給他吧。這種需要動腦的工作不適合我。

討論完事情，走出房間，只見吉魯和妮可拉擔心得沉著臉，觀察我們的臉色。我露出笑容表示不用擔心後，兩人才鬆了口氣，表情不再那麼緊繃。四名孤兒似乎也很在意我們的樣子，看到法藍恢復成了原來的表情，臉上都流露出了安心。

「下次是五天後會過來探望你們。在那之前，我們會調查這裡的鎮長，與哪裡的貴族有著怎樣的往來，又擁有多大的影響力。至於食材我會拜託班諾和谷斯塔夫準備，所以直到調查清楚之前，你們要小心，盡量別離開小神殿。不只是新進來的孤兒們，你們也要多加留意。」

我把接下來的事情交給灰衣神官他們後，跪在地上的他們鄭重回道：「遵命。」這次四個孤兒也同樣跪在地上，安分不動。

「……小神殿設有守護的魔法，所以就算鎮長跑來，只要你們待在這裡面就不必擔心，但出去以後就無法保護你們，所以一定要小心。」

聽到我這麼說，深知鎮長個性的孤兒們全都一臉緊張，大力點頭。

一回到神殿，斐迪南立即喚來班諾，要問清楚有關鎮長等哈塞那裡的情形。班諾非常迅速地趕來了神殿，好像早就料到會收到傳喚。

「我們已經收養孤兒了，鎮長的應對實在不像話……班諾，你早就知情了吧？」

「是的，因為鎮長每次的應對總是教人不敢苟同……是在哈塞才有這種情況吧。」

班諾說完勾起微笑，看來班諾是故意沒有告訴鎮長「神官長和神殿長會一起去收養孤兒」，想藉此製造與神官長談話的機會。

班諾說明，哈塞這個小鎮十分特殊，鎮長擁有的權力非常龐大。

由於從艾倫菲斯特乘坐馬車不到半天便能抵達，所以從艾倫菲斯特出發的貴族，都會在經過哈塞之後的汀客爾小鎮投宿。因此除了祈福儀式與收穫祭外，平常完全不會有貴族經過，充其量只有徒步的旅人，但一般貴族都不會行經哈塞。

再來，因為距離艾倫菲斯特很近，商人的社會地位比起其他地方也比較低。如果想去艾倫菲斯特的市場買東西，自己就去得了，從其他地方趕赴艾倫菲斯特的商人又一定會經過哈塞，所以也能向那些商人購買物品。再加上哈塞有冬之館，祈福儀式與收穫祭都是在哈塞舉行，一到冬天，人們便會從周邊農村聚集來到哈塞。正是因為鎮長可以對這麼多人發號施令，對周遭的影響才十分巨大。

「貴族可以藉著騎獸，不經由大門便往來哈塞。我不清楚那位鎮長與怎樣的貴族、有著怎樣的勾結，但似乎是位階相當高的貴族。」

「嗯，可以肯定的就是前任神殿長吧。」

「又是前任神殿長嗎？」

我不禁全身無力。比起之前在神殿避不見面生活的時候，反而是死後在很多方面上經常與前任神殿長扯上關係，真是教人鬱悶。

「前任神殿長沒有騎獸，所以他能移動的範圍，都是馬車可以往返的距離。他肯定仗著自己是領主的舅舅而為所欲為。那個鎮長的作風又和他一模一樣，還敢反抗新任神殿長和神官長，從這些地方都能看出關聯。一定是盤算好了無論發生什麼事，只要去拜託前任神殿長就好了吧。」

斐迪南說之前的祈福儀式，我以青衣見習巫女的身分來過冬之館，鎮長應該也看見了我和斐迪南，所以是自己把我們認定成了前任神殿長底下的人吧。聽說曾是前任神殿長跟班的青衣神官中，也有人狐假虎威看輕斐迪南。

「莫非那個鎮長還不曉得前任神殿長已經被逮捕了？班諾，平民區知道多少關於前任神殿長的消息？」

「完全不知情。」

班諾立即回答。斐迪南微微瞠大了眼，緊接著眉頭深鎖，神色凝重，難以啟齒似地開口說了：

「……不至於完全不知情吧？神殿長都換了人當，好歹也該……」

「關於新任神殿長是領主年幼的女兒，還是能夠給予真正祝福的聖女，這些傳聞確實已經流傳開來，但關於前任神殿長，則是一點消息也沒有。我想居民至多只會猜測是到了退休的年紀，或是以為換到了其他職位吧。」

看來我的聖女傳說真的已經傳遍大街小巷了。雖然事前大家就告訴過我，既然要就任成為神殿長，必須提高威望，但我還是難為情得想找地洞鑽進去。

「關於與鎮長有所勾結的貴族，我認為那個文官也相當可疑，因為在我們離開鎮長的宅邸後，他們好像私底下有過談話。」

聽完了班諾報告的各種情況，斐迪南陷入沉思。他緊皺眉頭，敲著太陽穴，沉默不語地思索。尋思了好一會兒後，斐迪南才小聲嘀咕說了：「連死後也這麼麻煩……」

神殿的守護

「葳瑪，過冬期間，孤兒院的人數還可以再增加嗎？」

我問葳瑪包括諾拉他們在內，孤兒院還有沒有空間再容納十個人。「我看看……」葳瑪回道，拿出去年的資料翻看。

「過冬物資會需要比去年再多準備一些，但房間數量沒有問題，只不過棉被和餐具等生活用品的數量恐怕不足夠。」

葳瑪說，先不論原本曾住在艾倫菲斯特孤兒院的那六名灰衣神官和灰衣巫女，但新加入的那四個人會沒有東西可用，而且其實只有今年會一起過冬，要讓他們適應在神殿的生活以及進行教育，明年則是在哈塞過冬。既然如此，生活用品與其買新的，不如把哈塞那裡的搬過來使用吧。

「這樣啊，雖然還不確定會有幾個人過來，但進行過冬準備的時候，請假設會增加十個人吧。今年有錢也有時間，應該不用擔心。都是葳瑪的功勞喔。」

「但很可惜遭到了神官長的禁止呢，呵呵。」

多虧了有斐迪南慈善演奏會的收入，今年荷包相當寬裕，簡直可以大手筆不手軟。都要感謝葳瑪畫的斐迪南畫像銷售一空，因為也預計在其他城鎮設立孤兒院和工坊，所以不能隨便亂花，但如果是要用在孤兒院的過冬準備上，應該沒有問題吧。

「還有，夏季眷屬神的插圖畫得怎麼樣了呢？差不多快完成了嗎？」

「是的，幾乎快完成了。只剩一張在做最後修潤，但已經完成的部分，好像從今天開始在印刷了。」

吉魯向我報告過，內文已經印好了，看來現在也開始印刷圖畫部分了。動作快的話，幾天時間就能印製完成，進入裝訂程序吧。

「……對了，葳瑪，有沒有可能在冬季的社交界之前，也完成秋冬眷屬神的繪本呢？」

「我想恐怕有難度，因為還要準備過冬，時間也不夠充裕。」

繪本的主要客群是富豪和貴族，我認為冬季的社交界會是很棒的推銷機會，但如果趕不上也沒辦法。不必急著全部都拿出來賣，可以當作是明年的商品。

「羅潔梅茵大人，那請問冬天的手工活呢？今年也是和去年一樣嗎？」

「是啊，因為木頭加工所有人都會做，撲克牌和黑白翻轉棋的好銷量，大概只能再維持幾年吧。在別人開始模仿之前，我們要先大量生產和販售，以後再構思其他商品。」

我所構思和製作的物品全都非常簡單，很快就會有人模仿吧，但有人模仿也是預料中的事情，到時再推出新商品就好。

「羅潔梅茵大人即使當上了神殿長，還是得為錢絞盡腦汁呢。」

只要聲稱是為了維護監護人的名聲，不同於得自己賺取生活費的青衣見習巫女時期，現在的我可以獲得足夠生活的充足預算。我之所以想方設法賺錢，是為了孤兒院，也是為了拓展印刷業，做出我要的書。

「因為孤兒院的運作經費，必須孤兒院自己賺。如果要仰賴貴族出資，萬一有天他們不在了，一切又會回到原狀。要讓孤兒院即使我不在了，也能繼續過著現在的生活，這是我身為神殿長該做的工作。」

「感謝羅潔梅茵大人，您這番話真是太可靠了。」

「問過葳瑪以後，孤兒院應該可以收容小神殿那裡的人。然後，我還有一件事情想商量……」

報告了我和葳瑪討論的結果後，我決定順便詢問斐迪南，能不能在城堡裡賣繪本。

「神官長，我可以在城堡裡頭販售聖典繪本嗎？」

「……慢著，妳打算在城堡的哪個地方販售？」

因為擅自販售了他的畫像，斐迪南對於賣東西這件事變得比以前還要神經質，淡金色眼眸不善地盯著我瞧。

「我只是希望可以在城堡裡販售繪本，因為在平民區，只有非識字不可的商人等富豪階級才會購買繪本，但貴族是所有人都識字吧？我只是想到，也許可以在冬季的社交界上，推銷給有孩子的貴族。」

聞言，斐迪南用指尖敲起太陽穴，嘀咕說著「總比妳賣那些莫名其妙的畫要好」，然後答應了會為我取得許可，讓我冬季尾聲能在城堡裡販售。

「這在城堡裡販售時，可以當作是帶回領地的禮物。冬季期間，妳先用最一開始做過的大神繪本與歌牌引起孩童的興趣，在他們回去前再拿出新的繪本，孩子們的父母應該也不會拒絕吧。因為妳的繪本就內容而言，算是相當便宜。」

想不到斐迪南竟然能在做生意這方面上提供給我意見。

「……但是，如果孩童沒對文字產生興趣，父母也不認為對教育有幫助，恐怕就不會輕易掏錢吧。畢竟若當作是不必要的支出，價格又算高昂。」

「小孩子也會參加冬季的社交界嗎？」

斐迪南都說了要趁冬季期間用繪本和歌牌引起興趣，表示小孩子也會過來吧。我本來還預計要向父母推銷繪本，如果小孩子也在，成功機率應該會上升。

「結束了洗禮儀式的孩子都會過來，因為要藉著這個機會讓孩子們從小互相交流，了解貴族間的階級高低。對妳來說，也是尋找和栽培未來近侍的場合。」

……嗚哇，感覺是非常麻煩的場合。

看來不能滿腦子都只想著要怎麼推銷繪本了，今年冬天也會很忙呢……我才這麼心想，忽然想起了去年冬天的工作。

「咦？可是神殿冬天還有奉獻儀式吧？那社交界跟我一點關係也沒有吧？」

「妳兩邊都要參加，我往年也是如此。」

原來萬能的斐迪南每年都是城堡和神殿兩邊跑。可是，要求體弱多病的我也做到一樣的事情，根本不可能。連去年明明有能夠控管我身體情況的法藍跟著我，還在準備萬全的狀態下待在神殿裡過冬，結果我還是喝了好幾次藥，實在不可能往返城堡和神殿。

「神官長，我說不定會在冬季期間就丟掉小命。」

「放心吧，我不會讓妳那麼輕易喪命，會事先準備好藥水。」

雖然會為我準備藥水，卻沒打算為我減輕負擔，好狠毒。

「……藥水請別調配得太苦喔。」

斐迪南神色認真，開始研究起要準備多少藥水，這時我的上手臂一帶突然竄起雞皮疙瘩。

「……呀啊?!」

但並不是覺得冷，而是一種令人發毛的寒意沿著背部往上竄升，讓人突然間覺得很不舒服。同時，腦海中忽然閃過了哈塞的小神殿這幾個字。

「神官長，我現在有種奇怪的感覺……」

因為自己身上發生了奇異現象，我轉頭看向斐迪南，發現他也像是察覺到了什麼，抬頭後站起來。

「……似乎有人想擅闖哈塞的小神殿，可以感覺到守護的魔法陣遭到些許干擾。妳也在守護的魔導具上注入了自己的魔力，所以應該也有相同的感覺。」

斐迪南用創造魔法建造了小神殿，我則是在守護的魔石上注入了魔力，所以如果有人對小神殿展開攻擊，我們可以感覺得到。

「羅潔梅茵，過來。」

斐迪南說，走向床鋪後頭的秘密房間，但如果哈塞的小神殿受到了攻擊，我們不是應該馬上趕過去嗎？斐迪南要做什麼？

「神官長，我們不是該趕去哈塞嗎？」

「目前受到的干擾並不強烈，先觀察一下吧。」

間了。

斐迪南說完打開房門，我急忙走進去。好久沒有基於說教以外的原因進來秘密房

斐迪南從看來像是實驗道具，亂七八糟地堆滿了桌面的物品當中，拿出了八角形的黑色木盆，放在矮桌上。木盆的八個角落都嵌有黃色魔石，又刻有像是魔法陣的複雜圖騰，看得出來是魔導具。

斐迪南抬起掌心，對著其中一個魔石注入魔力，從魔石溢出的黃色光芒隨即奔向圖騰。朝著左右兩邊流動的光芒串連起了八顆魔石，圖騰往上浮起，形成了魔法陣。下一秒，木盆底部湧出了流動擺盪的液體，注滿了底部空間。

斐迪南接著拿出思達普，抵在搖曳的水面上說了「瑟平格臨」，水面於是浮現出影像，可以看見哈塞的小神殿。我沒有像平常一樣坐在長椅上，而是站著往木盆裡頭看。這個魔導具根本是監視攝影機。

「……神官長，這個魔導具可以窺看到任何地方嗎？」

「怎麼可能，只有注入過自己魔力、嵌有守護魔石的建築物而已。基本上是領主一族在保護城市和領地時才會使用，並非所有地方都能窺看到。」

我還以為斐迪南有偷窺的興趣，看來不是。我鬆了好大一口氣，斐迪南用非常恐怖的笑容逼問我說：「妳到底在想什麼？」

「我什麼也沒在想。不說這個了，請你專心觀察哈塞的小神殿吧。」

水面的影像中，可以看見一群不到十人的男人都拿著農具，想要硬闖哈塞的小神殿。他們八成是受到了鎮長的指使吧。裡頭沒有看見鎮長，全是比較年輕的男子。意識到

他們是來帶走諾拉他們，我不寒而慄。

「神官長，要馬上去救他們……」

「當中看來沒有貴族，無須特意前往。妳看著吧。」

男人們的動作非常粗魯，才伸手想打開門，馬上一臉吃驚地縮回了手。他們伸了手好幾次，卻每次又都縮回去。看起來就和一邊警戒著會動的玩具，一邊伸出前腳的貓咪一樣，怎麼看也不像在進行攻擊。

「……他們在做什麼？」

「小神殿特別強化了防禦這一塊，所以懷有惡意的人無法進入。只要一碰到門，便會感受到強烈的痛楚吧。明明嘗試多次都是相同的結果，還真是學不乖。」

居然可以更改保全系統的等級，比想像中還方便嘛——我這樣心想著，繼續觀察影像，斐迪南順便告訴了我一些有關創造魔法的事情。

「會由我代替齊爾維斯特建造小神殿，是為了把城市和小神殿區隔開來，變更防禦的強度。如果由領主來建造，城市的防禦也會跟著小神殿一起強化，想也知道後續會引發諸多問題。」

領主為艾倫菲斯特設定的防禦強度，只能夠反彈魔力的攻擊，和小神殿完全不一樣，小神殿是可以抵禦對屋內的人懷有惡意的外來者。假使對整座城市設下和小神殿一樣的防禦強度，那麼要是親子或夫妻大吵了一架，去森林裡採集的人可能會回不了家。

「夫妻吵架後，如果只是進不了家門，還可以笑笑帶過；但要是進不了城市，那可就笑不出來了呢。」

我想像了父親在與母親吵完一架後，只能在大門前左右徘徊，咳聲嘆氣說「我現在雖然可以工作，卻回不了家！」的樣子，忍不住笑出來，但是，我笑到一半就僵住了。

「……他們高舉起農具了。」

男人們大概是明白到不能用手觸碰大門，於是高高舉起農具，朝著大門奮力揮下。

下一瞬間，男人們全被往後吹飛，狼狽地滾倒在地。

「這幕情景和妳在祈福儀式遇襲時，用風盾守護馬車的樣子很像吧？小神殿的防禦也設置了相同的功能。」

「當時毫髮無傷地保護了法藍和羅吉娜呢。既然有風盾，我就放心了。」

被吹跑的男人們全都臉色大變，但還是試著再一次往前衝，結果還是一樣。不論攻擊了多少次，小神殿的大門連道刮傷也沒有，只有他們自己受了傷。漸漸地他們攻擊大門的力氣越來越小，臉色也越來越慘白。男人們仰頭看著小神殿，像在看著什麼令人毛骨悚然的東西，最後一個接一個地落荒而逃。

「看來防禦功能的運作沒有問題。」

斐迪南「嗯」了聲，彷彿只是在檢查實驗結果般地低聲說道，開始往木板做記錄，還說出了非常恐怖的話：「看這樣子，防禦功能可以再調弱一些。」

「防禦強度現在這樣子就好了，請不要擅自更動！不說這個了，我們快去小神殿確認大家是否平安吧。」

我說，但斐迪南繼續朝著木板寫東西，立即回答：

「現在還不行，要是輕舉妄動，鎮長會和沃爾夫那時一樣遭到抹除。」

斐迪南用平靜的口吻說完，我心頭一驚，停下了要走出房間的腳步。

沃爾夫是上一任墨水協會長，因為是在我不知情的情況下去世，也沒有見過他，所以幾乎快要從我的記憶中淡去。但他以一種顯而易見的方式，讓我體認到了平民在貴族心目中只有多少價值可言，所以在這方面倒是讓我印象深刻。沃爾夫與貴族有著見不得人的暗中勾結，在斐迪南和卡斯泰德想查出他與貴族的關係時，就遭到殺人滅口。

斐迪南提醒我，要是再和那時一樣輕舉妄動，鎮長會馬上遭到滅口，雖然我已經知道貴族完全不把平民的性命看在眼裡，但聽到斐迪南這麼明白提醒，內心還是很震驚。

我雖然覺得哈塞鎮長令人討厭，但不至於希望他最好消失。至少他要是因為我採取了行動而死亡，我可能會一輩子良心不安。

「……果然生命是很重要的吧。」

「是啊，從他那裡似乎能挖出不少證言，所以我想活著逮捕他。」

看來對斐迪南來說，重要的不是鎮長的生命，而是他握有的情報。

思路可以這麼清晰果斷，我真的覺得斐迪南很適合當執政者。他不會像我一樣被情感左右而舉棋不定，也不會為了書而失控犯錯吧。明白到我們在天生的個性上就完全不同，我輕嘆口氣。我再怎麼想表現得像個貴族，終究還是成為不了真正的貴族。只要卸下偽裝，就只是平凡的小市民。

「妳要乖乖等到預計去探望的日子，至少妳已經知道了即使遭到突襲，他們也不會有事。」

於是我抱著焦急的心情等待，三天後就是說好要去探望的日子。當然，這三天來我並不是無所事事，我請葳瑪和莫妮卡計算了孤兒院過冬期間，該準備哪些東西及其數量，也請法藍計算了神殿長室該準備的數量。然後吩咐吉魯和路茲，依據去年手工活的數量，決定今年要做的量，再向英格的工坊訂做木板，也委託墨水工坊準備好墨水。

黎希達也捎來了奧多南茲，表示要訂做冬天的衣服，請我回城堡一趟；班諾也表示義大利餐廳該開幕了，希望可以把廚師們送回去。他順便還說，今年想使用減輕了臭味的獸脂蠟燭，所以想把可以減少臭味的鹽析技術賣給蠟工坊。

這段期間，人應該在孤兒院的莫妮卡帶著一包布包，回到神殿長室。她說是通往平民區的後門守衛收到了一封信，交給了她保管。守衛收到信後，經常都是先交給孤兒院的人，再由他們送到貴族區域。雖說是信，但莫妮卡拿在手中的其實是片木板。

「羅潔梅茵大人，聽說對方表示他也知道前任神殿長並不在神殿，但還是希望可以轉交這封信給前任神殿長。守衛十分傷腦筋，不曉得該如何處置寄給已故前任神殿長的信件，所以我才帶過來請您判斷。」

「這還是第一次有人指定要給前任神殿長呢。」

我不時會收到指定交給神殿長，暗示著希望神殿長能幫忙通融協調的邀請函。通常是在艾倫菲斯特有市集的日子，農民和商人會進城請守衛轉交信件，但現在市集都已經結束了，很難得還會收到信。而且，我雖然收到過好幾次「給神殿長」的信，但收到指名「給前任神殿長」的信還是頭一遭。這代表除了城裡，神殿長已經換人了這件事，也開始在城外傳開了嗎？

表示這是知道神殿長已經換人，但還不知道前任神殿長已經過世的某個人寄來的信吧。貴族區的人先撇開不說，城外還沒有人知道前任神殿長已經失勢，而且去世了。

「要送回貴族區的老家嗎？」

莫妮卡問，我緩緩搖頭。原本這麼處理是最妥當的，但前任神殿長已經沒有實質上的老家了。前任神殿長的姊姊，也就是領主的母親，目前是在斷絕所有對外聯繫的情況下遭到幽禁，雖然好像還有異母兄弟繼承的老家，但不只繼承人已經更迭，聽說原本感情也不好。斐迪南還說過，現任當家曾經明白宣告，姑且不論領主的母親，但連洗禮儀式也沒舉行過的前任神殿長並不是他們這一族的人。

「只能我們自己處理給前任神殿長的信了呢。我會按照平常的方式處理，請告訴使者，明日再來收取回信。」

「遵命。」

目送莫妮卡走出房間，我拿起用布包著的信——但其實是木板，把布拆開，看完了信。從歪七扭八的字跡可以看出對方並不習慣寫字，而且寫了這封信的人，竟然是哈塞的鎮長。

正如斐迪南的推測，鎮長還不知道前任神殿長已經失勢，而且過世了，上頭洋洋灑灑地寫著「請對小神殿想想辦法」、「您的部下做事太蠻橫了」、「已經簽好契約要賣給文官坎托納大人的孤兒被他們搶走了」等等。還以為他只是小嘍囉，想不到這麼厚臉皮，讓人啞口無言。我只能發出嘆氣聲。

「法藍，我們去找神官長吧。」

我帶著可以當作有力線索的木板，證明鎮長與貴族有所勾結，和法藍一起拜訪斐迪南。

「神官長，我收到了這封信。請問該如何回覆呢？」

我遞出木板，斐迪南近乎瞪視地解讀完潦草的文字後，和我一樣滿臉疲憊。

「……回覆『前任神殿長已經逝世』即可，再依據他之後採取的行動做判斷，倘若不與我們為敵，暫時置之不理也無所謂，對我們應該不會有太大的影響。」

斐迪南說先觀察鎮長今後的態度與行動，再決定我們祈福儀式要採取的行動。

「祈福儀式嗎？不是收穫祭？」

「以農業為主的城鎮若沒能得到神的庇護，收成會有明顯的落差，即便未來數年還能咬牙苦撐，土地也會越來越貧瘠。究竟是只要能夠守護哈塞，誰當神殿長都可以，還是只想要依靠可以藉著小惡撈取油水的貴族……就看那個鎮長怎麼選擇了。」

斐迪南說完，輕輕擺了擺手。

「倘若他作了錯誤的選擇，那麼在得不到每日食糧的鎮民與農民壓迫下，哈塞的鎮長也會自行垮臺，而且既然他都指名道姓了，我就優先調查這個坎托納吧。」

「那麻煩神官長了。」

把木板交給斐迪南，我回到神殿長室，寫回信給哈塞鎮長。

我在信中寫了前任神殿長已經離開，不在人世。你今後有何打算？然後照著法藍的指示，把這些話包裝成了貴族特有的委婉說法。不知道鎮長能否成功解讀呢？

新任務與過冬準備

給哈塞鎮長的回信已經交給使者了，因為不到半天便能抵達哈塞，所以在後天我前往小神殿之前，鎮長應該就收到了吧。希望他看完信，了解了現況，能夠安分守己，但真不知道會有什麼結果。

「神官長，置之不理真的沒關係嗎？」

「現在也只能這麼做，想除掉他是輕而易舉，但重點在於排除之後。」

只要行使貴族的權力，想逮捕像鎮長這樣的小嘍囉，或是讓他物理性地掉腦袋，都是易如反掌的事情。但是考慮到哈塞在那之後的情況，只是除掉鎮長並不夠周詳。

「可是像這種會做壞事的幫兇，應該盡快排除掉比較好吧？」

「羅潔梅茵，妳說的壞事是指什麼？」

「就是他會賣掉孤兒，還會『賄賂』前任神殿長和文官……呃，就是給他們值錢的東西……」

我扳著手指列舉，斐迪南卻訝異地挑起一邊眉毛。

「這些事並不算壞事吧？」

意想不到的回答讓我眨了眨眼睛，我們彼此都露出了納悶表情，一起偏過頭。

「照顧孤兒，相對地也會擁有孤兒的所有權。是否要賣掉孤兒，全由鎮長做決定。

此外，贈送值錢的東西給貴族，請貴族多多通融優待也是天經地義。班諾初次與我見面的時候，不也送了見面禮給我嗎？若想讓貴族留下好的印象，自然都會這麼做。」

照顧孤兒的人便擁有孤兒的所有權，行賄也是理所當然的事情，不算是壞事。對於常識的差異竟然這麼巨大，我混亂得抱住腦袋。

「咦？……那麼，鎮長做的壞事到底是什麼呢？」

「當然是他沒有服從我身為貴族的命令，而且還在沒有允許的情況下，想站起來對我們的決定提出異議。」

就算多少有些不法行為，就算把孤兒賣掉，只要能為城鎮帶來利益，對鎮民而言他就是個好鎮長。如果賣掉孤兒的錢可以讓城鎮受惠，哈塞的鎮民也都會支持鎮長。

「若把冬天聚集到冬之館的農民也算在內，哈塞的鎮民有千人左右，孤兒卻只有寥寥幾人，那麼該保護的對象自然是鎮民。我們若為了保護孤兒，用權力逼退鎮長，反而會成為鎮民憎恨的對象。」

斐迪南這番話太過出乎預料，讓我的心臟開始用著令人不快的頻率跳動。

「呃……也就是說，看在哈塞的鎮民眼裡，我們才是壞人嗎？」

「現階段多半是如此吧。我們擅自帶走了本要賣給貴族的孤兒，還安置在他們無法出手的小神殿裡，更加重視寥寥幾人的孤兒，而非納稅的鎮民。」

我完全沒想過在他人的認知中，拯救差點被賣掉的孤兒會是壞事。我啞然失聲，斐迪南泰然自若地又說：

「和所有花費都得自掏腰包的青衣見習巫女時期不同，如今妳是領主的女兒，是拿領民的稅金在過生活。難道還不明白孤兒與納稅者，更該重視哪一邊嗎？」

為了推動印刷業，我需要沒有在從事其他工作的人，所以孤兒院對我來說正好是絕佳的人手來源，所以我才打算在各地成立孤兒院、發展印刷業，領主也下達了許可。可是，我從沒想過鎮民會為此感到非常為難。

「領主之所以下達許可，是因為他認為，若能讓至今從不繳稅的孤兒們正式擁有工作，也能向他們徵收稅金，不單純只是懷有慈悲之心。」

我的後頸一陣發涼。直到此刻我才明白自己有多麼天真，視野有多麼狹隘，內心自以為的常識又有一個遭到摧毀，讓我感到想哭。

「……沒想到我們對壞事的認知相差如此懸殊。看來那個小嘍囉對妳來說，會是很好的教材。那就由妳慫恿和栽培反對鎮長的派系，孤立鎮長吧。」

「……什麼？」

「意思就是要妳找出可以接手的人，那麼即使排除掉鎮長，哈塞仍能正常運作。只要培育了願意服從我們的聽話棋子，再排除鎮長，一切便能圓滿落幕。妳來試試吧。」

反正已經確定最後會處分掉他，不如先善加利用──斐迪南還若無其事地說出了這麼駭人的話。接到了陷害他人的任務，我的牙關開始微微打顫，雖然我曾經為了書失去理智，結果給周遭人們造成不少麻煩，但還從來不曾要刻意陷害別人，因為我一直以來受到的教育，都告訴我陷害別人是不對的，不可以這麼做。

……好可怕。我不要。這種事我做不到，也不想做。

我微微地左右搖晃腦袋，往後倒退。斐迪南卻像在安撫任性不聽話的孩子般，輕輕

拍了拍我的頭。

「羅潔梅茵，妳必須堅強一點，否則小神殿裡的孤兒甚至無法外出前往森林。屆時他們明明沒辦法幫忙分擔工坊的工作，卻還是每個人都能吃到神的恩惠，勢必會被視為是累贅吧。不只在哈塞，連在孤兒院裡頭也會遭人排擠。擅自把他們帶來以後，又讓他們置身在會遭到排擠的環境裡，並不是妳的本意吧？」

「……可是，我根本不知道要怎麼陷害別人。」

我竭盡所能地抵抗，斐迪南於是跪下來，讓視線與我等高，接著露出了教人心底發寒的溫柔微笑。

「畢竟妳是第一次，我會教妳怎麼做。」

完美笑容中隱含的大量惡意彷彿隨之流進了我的身體裡，我用力咬緊牙關。

歷經了斐迪南惡意的洗禮後，當晚我輾轉難眠，隔天不只睡眠不足，心情也無比沉重，就這麼前往城堡，因為昨天一天黎希達就捎來了三次奧多南茲，好像是必須盡快測量尺寸和下訂單，才能夠縫製冬天衣服。在黎希達三番兩次的催促下，吃不消的斐迪南決定強行把我帶回城堡，雖然我身體不太舒服，想要休息，卻不被受理。

……神官長這沒血沒淚的傢伙！

不得已下，我只好回一趟城堡，順便把雨果討回來。現在早已經過了約好的期限，應該沒有問題吧。

「吉魯，我今天會回一趟城堡，幫我告訴路茲，我會把雨果帶回來。」

「遵命。今天之內我們會先完成一本繪本，請您打起精神吧。」

「吉魯，謝謝你，你一定要像現在這樣正直地長大成人喔。」

看著吉魯純真又無邪的笑容，我的心靈得到了療癒，尤其是在看過了某人陰險狡詐的笑臉以後，療癒效果更是顯著。我的侍從全都太可愛了。

「羅潔梅茵，妳怎麼了？臉色不太好看。」

「一想到自己必須陷害別人，我就睡不著覺。」

你以為是誰害的──我這樣心想著，瞪向罪魁禍首斐迪南。他驚訝地眨眨眼，還說：

「妳這樣子，很難以領主女兒的身分生存下去吧？」

「對神官長來說，這項任務也許只有初學者等級，但對我來說太困難了。等我真的照著神官長的指示完成任務時，我以後恐怕天天都會失眠了。」

「居然這樣子就睡不著覺……妳也太脆弱了。」

我知道自己在肉體和精神上都很脆弱，所以大力點頭。斐迪南輕嘆口氣，垂下眼皮，不知道想了些什麼。

「……現在思考也無濟於事，總之先出發吧。」

搭著小熊貓巴士抵達城堡，我也習慣了諾伯特總是用溫暖的眼光出來迎接我。

「我先去向奧伯報告廚師一事，我看妳會很忙。」斐迪南臉上帶著爽朗到了可疑地步的笑容這麼說完，便揮開披風，英姿颯爽地先行離開，我覺得他絕對只是想逃離黎希達而已。

「羅潔梅茵大小姐，歡迎您的歸來，裁縫師都已經準備就緒。」

黎希達前來迎接我後，隨即催促我前往已有裁縫師在等候的會客室。屋內堆疊著無數捲看來就很溫暖的布匹，毛皮的種類也很豐富，應有盡有。這還是我第一次從布料開始選擇，然後才縫製衣服，雖然心裡面確實有幾絲興奮，但心情還是完全好不起來。

「韋菲利特小少爺和羅潔梅茵大小姐都是今年冬天要在社交界首次亮相，所以得審慎思考要準備哪些服裝。」

黎希達因為至今只準備過男孩子的服裝，看起來可說是火力全開。她說她和艾薇拉以及芙蘿洛翠亞，已經一起先下訂了幾套冬天服裝。

「雖然已經命人照著夏天測量的尺寸製作，但小孩子的成長速度很快，我想最好還是再量過一次。」

……可是我一直沒有長高呢。

斐迪南在猜，應該是因為我必須時時讓魔力盈滿體內，所以成長速度才這麼緩慢，但我最近不僅用到魔力的機會增加了，飯也吃了很多，希望有稍微長高一些。

量完尺寸發現，我長高一點了，雖然和同年的孩子比起來，真的只有一點點而已。

「大小姐，您想訂做怎樣的服裝呢？這是韋菲利特小少爺的服裝，不如與他的服裝一起做搭配吧。」

黎希達遞來木板，上頭寫有韋菲利特訂做的服裝款式，她建議我可以選擇一樣的布料與顏色。看到年幼的兄妹一起穿著成套的衣服時，我也會不由自主莞爾微笑，但變成是自己要穿以後，就覺得很奇怪，但是，黎希達似乎已經在心目中決定好了要用一樣的布料與顏色，就只剩下決定款式，連款式也已經經過篩選。

「像這個和這個，大小姐喜歡哪個款式呢？」

其實我對衣服沒有什麼特別要求，只要周遭的人能夠心情愉快地服侍我，也不會讓大家蒙羞，要選擇哪個款式都可以。

「那請照著這個款式縫製吧。」

決定好了首次亮相要穿的服裝後，還以為就此結束，結果直到訂完貼身衣物和鞋子等一整套的冬天室內服為止，我都還不能走人。難得有這個機會，我乾脆一併訂做了在神殿要穿的衣服和毯子，因為去年在過冬準備時，費了好大一番工夫才備好所有衣物，能一併訂做真是幫了我大忙。

「黎希達，我得找養父大人商量廚師的事情……」

「大小姐，您帶來的廚師，如今在城堡裡頭可是大受歡迎喔。聽說所有人都想知道餐點的做法，齊爾維斯特大人卻不下達許可。」

看來雨果在城堡這裡為自己提升了不少名氣。我不禁感到有些驕傲，聽到黎希達抱怨說「美味的食物應該大家一起享用才對吧」，輕笑了起來。

「因為養父大人也是花了錢購買食譜，不會輕易地把做法教給別人吧。他說過要在冬季的社交界上，在貴族間造成轟動呢。」

「齊爾維斯特大人曾有一次邀我和他共進午餐，我當時也是十分吃驚。這下子真是期待冬天的到來哪。」

……但那位廚師我今天就要帶回去了，對不起喔。

我在心裡向黎希達道歉，並請她向領主提出會面的請求。

「但是這麼突然，恐怕不太方便。」

「斐迪南大人應該已經幫我傳過話了，請妳問問看養父大人吧。」

「遵命，大小姐。我想會花點時間，請您在等候期間先看這本書吧。」

黎希達拿來了一本書放在我面前。連我也感覺得出自己馬上露出了燦爛的笑容。沉悶的心情暫時被我壓回深處，此刻內心充滿了可以看書的喜悅。

「黎希達，謝謝妳。」

「請您在此乖乖等候吧。」

我笑著對黎希達點頭，馬上拿起了書開始閱讀。這本書是斐迪南之前帶來給我的魔法相關書籍，講述了魔石的顏色與諸神的關聯。原來依據諸神的貴色，更能有效施展的魔法也不一樣。書上說，如果要施展與水之女神及其眷屬神有關的魔法，綠色魔石的效果最佳。之前透過聖典，我已經知道了諸神及其眷屬神的名字，也知道每位神祇各自司掌的職責，所以看的時候並不會頭昏腦脹，但是，因為所有神祇及其眷屬神的故事全都寫在這本書裡，如果當初只拿著這本書教我，我大概會混亂得搞不清楚誰是誰吧。

這本書應該是給大人看的，因為用詞艱深，句子也很長又難懂。再加上文體本身就是古語，很難解讀。書上還附有充滿藝術氣息的圖畫，和內容卻沒有什麼關係，讓人不明白意義何在。

……如果這本書是貴族必修的內容，那應該會有很多人需要我做的眷屬神繪本吧？

我內心相當確信，到了冬天一定可以推銷成功，然後繼續看書。黎希達輕拍了拍我的肩膀，告訴我第五鐘的下午茶時間可以會面。

直到黎希達替我約好的會面時間到來為止，我都在看書中度過。至於比起面見齊爾維斯特，其實我更想繼續看書這件事則是秘密。

第五鐘響後，我前往領主在辦公的本館正面。移動途中，看見了韋菲利特似乎是逃跑到一半被蘭普雷特抓回來，從對面往這邊走過來。

「羅潔梅茵，妳回來了嗎？」

「韋菲利特哥哥大人，別來無恙了。」

「妳現在要去哪裡？」

「……這個嘛，我也不知道要去哪裡呢。」

韋菲利特曾抱怨過都只有我能和父親說話，太奸詐了，所以我說不出口「要和養父大人喝茶」，只能含糊其詞。

「韋菲利特小少爺，大小姐是要去本館二樓的休息室。」

「為什麼都只有羅潔梅茵可以和父親大人……」

韋菲利特用力咬住嘴唇，用充滿厭惡的眼神瞪我。

「妳太奸詐了！笨蛋！我最討厭羅潔梅茵了！」

換作是平常，我會一臉若無其事地直接走過去吧，但是，我現在正因為新任務而有些自暴自棄，無法充耳不聞。看著只是一味恣意妄為、不斷逃跑不好好學習的韋菲利特，讓我想起了只要做自己想做的事情就好的梅茵那個時候。光這樣就已經讓我很火大了，我為什麼還要平白接受他的指責？

「韋菲利特哥哥大人才是笨蛋吧。明明身處在可以看書的環境卻不看書，一直逃避認真學習，給身邊的人添了這麼多麻煩，有什麼資格說我奸詐呢？請您至少快點學會基本文字吧，我可是一直翹首期盼著可以學習的時間。要是韋菲利特哥哥大人早就學好文字，我的學習時間可以因此增加，斐迪南大人就不會出那麼強人所難的任務給我了！」

到最後完全是遷怒，可是，我真的煩躁到了不回嘴就無法消氣的地步。希望他別再繼續刺激我了。

大概是沒料到我會回嘴，韋菲利特瞪大了深綠色雙眼看我。在韋菲利特身邊擔任護衛的蘭普雷特也驚訝得瞪圓了眼，黎希達也猛眨眼睛。

「妳、妳……妳太狂妄了！」

「身為領主的孩子，該認真學習卻不好好面對，只一心想著要逃跑，究竟是誰比較卑鄙呢？只要您的言行舉止合乎自己的身分，我也用不著說出這些狂妄的話了。」

尤其現在自己的身分讓我做起事來越來越綁手綁腳，感到厭惡，所以看到韋菲利特同樣身為領主的孩子，卻這麼任性妄為，真想狠狠給他一巴掌。好想對他怒吼：你也來做做看我的任務啊！

「羅潔梅茵大人！請您自制！」

達穆爾搖動我的肩膀，我才猛然回神，因為太過生氣，我好像不自覺地對韋菲利特稍微施加了威懾。現在還是快走吧。再繼續與韋菲利特面對面，對彼此都沒有好處。

「我還有很多事情要做，十分忙碌，恕我先失陪了。」

我轉過身邁開腳步，直到這裡都沒問題，但領主的城堡實在是超出必要的遼闊，對我來說，從寢室要走到辦公室太遠了；又因為昨天睡眠不足，走到一半我開始氣喘吁吁。發現我前進的速度變慢，柯尼留斯沉下了臉。

「黎希達，羅潔梅茵大人的臉色看起來不太好……」

以護衛騎士身分待在領主的宅邸時，柯尼留斯會謹守分際地加上大人稱呼我，但此刻臉上擔心的表情，完全是站在哥哥的立場上。黎希達低頭察看了我的臉色後，把我抱起來繼續前進。糟糕，頭好暈。

「大小姐，請您保重身體，可別在會面前暈倒了。」

「對不起……要是可以在城堡裡搭乘一人座的小熊貓巴士就好了。」

「那向齊爾維斯特大人提議看看吧。」

抵達休息室時，下午茶時間已經開始了，齊爾維斯特正和斐迪南及近侍們一起放鬆休息。

「羅潔梅茵，妳動作也太慢了。」

「從寢室來到這裡的路途太過遙遠，大小姐差點在半路上暈倒呢。能請您允許大小姐在城堡裡頭搭乘騎獸嗎？」

黎希達說完，齊爾維斯特略微盤起手臂思索。

「如果要在城堡裡騎乘騎獸，翅膀不礙事嗎？」

「大小姐的騎獸沒有翅膀，還能自由變化大小，所以並不礙事。」

聽到黎希達這麼說，齊爾維斯特的深綠色雙眼立即亮起了好奇的光芒。

「那讓我瞧瞧吧，我還沒見過沒有翅膀的騎獸，有意思的話我就下達許可。」

「是，因為是在城堡裡，應該單人座就好，大小大概是這樣……」

我拿出魔石，變出了供一人乘坐的小熊貓巴士，因為是照著我一人要乘坐的尺寸縮小，所以根本像是小朋友的玩具車，我坐上去後，以行走的速度在房間裡移動。

「這東西是騎獸?!這什麼啊?!哇哈哈哈哈哈！太有意思了！不愧是羅潔梅茵，每次都能想出我們完全想不到的東西！」

齊爾維斯特指著小熊貓巴士，捧腹哈哈大笑。

「太有趣了，我允許，羅潔梅茵，妳就用這個騎獸代步吧。」

「慢著，齊爾維斯特！」

「斐迪南，怎麼啦？總比侍從或護衛常常得抱著她移動要好吧？」

有領主做擔保，我就天不怕地不怕了。獲得了許可，可以在城堡內部搭乘騎獸移動後，我鬆一口氣。

依著指示坐下後，侍從為我端來茶水，齊爾維斯特輕瞥我一眼。

「羅潔梅茵，那妳找我有什麼事？」

「我以為斐迪南大人已經向您報告過了，就是我要求把廚師雨果帶回去。」

我說完，齊爾維斯特光速轉頭看向斐迪南。

「……斐迪南，這件事你可沒向我報告。」

「咦？那斐迪南大人究竟向您報告了什麼呢？」

「因為還有比廚師更要緊的事。」

斐迪南敲著太陽穴，又說：「反正已經過了約定期限，羅潔梅茵當然可以帶回她的廚師吧。」然後看向我和齊爾維斯特。

我是沒有問題，但齊爾維斯特顯然不是。

「我不要，好不容易餐點的口味開始穩定下來了，再延長一段時間吧。」

「恕我拒絕，不能再延長了，這會害得義大利餐廳沒有辦法開張。」

我和齊爾維斯特大眼瞪小眼，斐迪南便擺擺手說：「那叫廚師過來吧，讓他自己選擇。」斐迪南說得簡單，但一介廚師哪敢違抗領主的命令，根本沒有選擇權。

被帶來這裡的雨果面如土色，因為廚師是平民下人，原本絕對不會被帶到貴族的房間。從法藍很不喜歡我親自把食譜傳授給艾拉這點就能看出來，平民下人極少有機會離開底樓。

「這段期間有勞你了。」

齊爾維斯特慰勞了跪在地上的雨果，因為低垂著頭，看不見雨果的表情。

「我問你，你有意願直接成為宮廷廚師嗎？如果我說我想繼續在城堡雇用你呢？」

「……這……」

雨果沒有興高采烈地一口答應，瞬間表現出了遲疑，所以我解讀為拒絕。

「養父大人，雨果只是我向奇爾博塔商會借來的廚師，所以一定要先還給他們。在這之後，如果您還想延攬雨果進來，是養父大人的自由，但希望可以給他們一些栽培後進的時間，所以請別急著招攬雨果吧。」

我說完，齊爾維斯特繼續面帶著領主該有的嚴肅表情，輕輕聳肩。

「嗯，真可惜。那就再去餐廳光顧吧。」

「衷心期盼您的大駕光臨。」

我早就決定要帶著雨果搭乘馬車回去，所以和雨果一起致意後，從領主面前告退。

一走出房間，雨果輕吐口氣。

「羅潔梅茵大人，真是感激不盡，因為我有個想要提親的對象，要是就這麼成為宮廷廚師，會讓我有點為難。」

去年星祭，雨果還拿著塔烏果實一溜煙往外飛奔，現在也終於結交到戀人了啊。怪不得想快點回到平民區，因為在貴族區與平民區之間，沒有便於平民使用的聯絡方式，所以比遠距離戀愛還要辛苦。

「那等到結了婚，雨果會搬到貴族區來嗎？」

「……要看對方，但我希望可以搬進來。」

在星祭過後成為宮廷廚師，好像也不錯呢——雨果開心不已地傻笑說著。

義大利餐廳開張

這陣子來，我每天都想事情想得睡不著覺，腦袋昏昏沉沉。自從斐迪南威脅我說，若不完成「促使反對派系成立，孤立鎮長」這項任務，會有更多鎮民因為連帶責任而和鎮長一同遭到處分後，斐迪南的笑臉便變成了夢魘，害我的胃又更痛了。

這天總算是可以去孤兒院探望的日子，請人把裝了棉被和食材的箱子，以及幾張印刷用的紙版搬進小熊貓巴士後，我再載著法藍、吉魯、妮可拉、布麗姬娣，出發前往哈塞。斐迪南和達穆爾依然一臉不敢苟同的表情看著小熊貓巴士，但沒有再表示意見。

「羅潔梅茵大人，歡迎您大駕光臨。」

灰衣神官和灰衣巫女跪著迎接我的到來。新來的四人也有樣學樣地跪下，重複說了問候語。接著我請侍從們搬出行李，把小熊貓巴士變回魔石。

我環顧大家，發現諾拉和瑪塔在剛來這裡時還一臉憔悴不堪，但現在臉色已經好多了，托爾和瑞克看起來也活力充沛。

「之前曾有鎮民來攻擊小神殿，但看來大家都平安無事呢，諾拉和瑪塔的氣色也變好了許多。」

諾拉抬起頭來，顯得不好意思啟齒，用還不習慣的語氣請求許可說：「請問能允許我發言嗎？」我點頭後，諾拉才放鬆了緊繃的臉蛋。

「那些人完全是白費力氣，不只進不來小神殿，就算舉起木棒和農具敲打大門，也全被往後吹跑……雖然嚇了一跳，但真的讓我們非常安心。羅潔梅茵大人，謝謝妳。我真的很慶幸來到這裡。」

多半是這幾天教導了他們，要稱呼我為「羅潔梅茵大人」吧。在和平民區孩子們一樣的遣詞用字中，突然混雜了敬稱，真是有趣。

諾拉說完，托爾也抬頭說了：

「呃，明白到姊姊絕對不會被帶走，我也真的很高興，而且每天都一定可以吃到飯。其他人都說，是妳讓孤兒院變成現在這樣的。羅潔梅茵大人，妳雖然年紀這麼小，卻好厲害喔！」

托爾一臉興奮，語速很快地說，雖然遣詞用字還是沒有改變，但那雙藍色眼睛已經不再像之前那樣充滿警戒，反倒流露出了尊敬與好感。一同並肩跪在地上的灰衣神官們都對兩人的用字抱住了頭，好像很想大喊「啊啊啊……」，但才幾天時間而已，他們就讓原本警戒萬分的四人都學會了敬稱。我想他們一定很努力在與四人溝通交流吧。

「瑞克，我想神殿和你們以前住的地方有很多事情都不一樣，你們還能適應嗎？在鎮長那邊生活，也許會比較自由……」

「安全比自由更重要。光是看到瑪塔又恢復了笑容，我就很高興了。羅潔梅茵大人，謝謝妳。」

瑞克看著瑪塔，眼尾溫柔瞇起，瑪塔也靦腆地微微一笑。

我還是想要保護這樣的笑容。我相信收養這群孩子這件事，自己並沒有做錯，我想找出一個結果能讓領民和孤兒雙方都滿意的辦法。可是，現在居然要我孤立鎮長、讓他垮臺，我根本不知道該怎麼做，老實說也不想這麼做。

……肚子好痛。

去哈塞察看完情況的隔天，要與奇爾博塔商會的人們會面。雨果他們回去以後，義大利餐廳決定要正式開張，所以要討論開張日期、菜單和我屆時要致詞的內容。也預計讓班諾擔任代理人，簽訂要把鹽析做法賣給蠟工坊的契約。

「羅潔梅茵大人，您的臉色十分蒼白。本日的會談是否要中止呢？」

法藍為我端來早餐，擔心地觀察我的臉色。看來我的臉色甚至糟到了法藍認為應該要中止會談，但我搖了搖頭。

「我還是要出席，因為我想見路茲。」

「那麼我稍後會帶書過來，請您在那之前看書歇息吧。」

「法藍，謝謝你。」

多虧了法藍的縱容，在會談時間到來前，我才能悠哉地看書度過。看書的時候，腦筋就能變成一片空白，或者該說可以不用去想討厭的事情，所以我的心情變得非常平靜安穩。

然後，第三鐘響了。

「危險！」

布麗姬娣大喝一聲，同時抓住了我的肩膀，將我往後拉。我吃驚地眨著眼睛，發現自己面前就是一根巨大的柱子。原來布麗姬娣是在阻止我撞上柱子。

「謝……謝謝妳，布麗姬娣。」

「看您突然腳步蹣跚地走向柱子，我大吃一驚。我認為本日的會談還是延期比較好。」

看來我的狀態已經糟到連護衛騎士都忍不住插嘴干涉我的行程。可是正因為這樣，我才想見路茲一面。我咬著嘴唇，法藍在我面前跪下。

「羅潔梅茵大人，能允許我抱著您移動嗎？您似乎沒有改變心意的打算，那至少由我抱著您前往孤兒院長室吧。」

「那麻煩你了。」

於是從半路開始由法藍抱著我，前往孤兒院長室。連日來的睡眠不足好像已經快要到達極限，只是由法藍抱在手臂上移動而已，我就差點睡著，但是一合上眼，斐迪南那充滿了惡意的笑臉就浮現至眼前，讓我感到胃痛，無法進入深沉的睡眠。

我抵達院長室的時候，奇爾博塔商會的人已經到了。路茲、班諾和馬克都跪在地上等候，打完招呼後，我請他們三人走上二樓。三人抬起頭來，瞬間不約而同地皺起眉。怎麼了嗎？我正感到納悶，法藍便在討論生意上的事情之前，先帶領三人前往秘密房間說：「今天請先進入這個房間吧。」真難得，因為法藍平常都會說，「請先討論完要事以後再進去」。法藍輕推了推我的背，催促我進去。我仰頭看向他，發現法藍表情沉痛地望著我，低聲說道：「都怪我力有未逮，實在是萬分抱歉。」

「發生什麼事了？妳的臉色很難看。」

一進入秘密房間，路茲立刻用手包住我的臉頰，目不轉睛地打量我。「直到妳全部說出來為止，我可不會放過妳喔。」他邊說邊瞇起綠色眼眸。

「路茲……」

一想到不論說什麼，對方都能全盤接受，這種安心感讓我眼眶發熱，眼淚滴滴答答地掉下來。我不計形象地哭泣，撲在路茲身上。

「神官長出了新的任務給我，可是太難了，我一點也不想做，卻又非做不可，光想就覺得好不舒服、好討厭。」

我一邊抽抽搭搭地哭泣，一邊從收養了孤兒後的情況開始說起，一直到收到信，斐迪南出給了我新任務為止。也說了一想到要陷害別人，置人於死地，我就非常害怕，斐迪南那陰森駭人的笑臉還變成了夢魘，害我晚上都睡不著覺。

然後也轉述了斐迪南對我說過的話，像是領民比孤兒更重要，他還要我孤立哈塞的鎮長，讓他垮臺。聽完，房內人們的反應分成了兩種。路茲是氣憤地大喊：「這種事妳怎麼可能做得到！」班諾和馬克是瞪大了眼睛說：「他還真是手下留情。」

「手下留情是什麼意思?!哪裡手下留情了！我都快要死掉了！」

我憤怒大吼，班諾擺擺手說：「冷靜一點，我們指的不是妳。」然後他說：

「如果神官長是以教師的身分跟著妳，那難怪他的反應那麼寬容，但我們說的手下留情是指對哈塞。那個鎮長在最一開始反抗命令的當下，就算被當場處死也是他罪有應得，居然還敢攻擊領主建造的小神殿，那就算整個哈塞被放火夷為平地也不奇怪。」

「……咦？被放火夷為平地嗎？」

這些話太過出乎預料，我目瞪口呆。不是只有鎮長，而是整個哈塞被放火夷為平地也不奇怪，我無法理解這是什麼意思。

「因為小神殿是領主在養女的請求下建造的白色建築物，攻擊小神殿，等同是攻擊領主一族。難道妳還不知道攻擊領主一族的人，會有什麼下場嗎？」

我不禁吞了吞口水，之前他領的貴族賓德瓦德伯爵就是因為攻擊了身為領主養女的我，被視為是最重大的罪行，因而鋃鐺入獄。聽說探索他的記憶以後，還挖出了更多罪行，但定罪時的最主要關鍵仍是他對領主一族的攻擊。

連貴族都要受罰，平民更不可能例外。哈塞的鎮民為了帶回諾拉他們，抱持著惡意攻擊了小神殿，平民犯下了連貴族也會被逮捕的重罪。當時因為受到攻擊的只是建築物，小神殿還完好如初到大門上連道刮傷也沒有，反而是鎮民們自己受了傷，所以我完全沒有放在心上；但是，如果把對小神殿的攻擊，視為是對領主一族的攻擊，那麼班諾說得沒錯，哈塞的鎮民隨時有可能被殲滅。

「一旦攻擊過小神殿這件事被公諸於世，哈塞就完了，不可能不受到任何處罰。現在是因為只有妳和神官長知道小神殿遭到襲擊，沒有往上報告，哈塞才能繼續存在。」

是因為斐迪南決定拿哈塞當作我的教材，才會置之不理，暫時維持現狀，哈塞也才能安然無事；但如果沒有斐迪南臨時想到的任務，哈塞很可能早就從地圖上消失了。想到這裡，我不寒而慄。

「神官長說過這能成為良好的教材吧？我也認為他說得沒錯。他們犯下的罪行，本來就足以讓哈塞在一瞬間化為焦土，所以妳就算失敗了也沒關係，儘管放手去做吧。製造對立、煽動他人，這些事商人也會做。妳又是領主的女兒，有朝一日也得學會。」

對於已經犯下大罪的人，不需要懷有罪惡感──班諾斷然說道，但我沒辦法像他那麼果決。見我沉默不語，馬克像是想起了什麼，微微瞇起眼睛，露出苦笑。

「我也認為老爺說得沒錯。老爺在他剛剛成年的時候，便失去了能夠教導他這些事情的引導者，只能一路摸索，至今累積了無數次失敗的經驗。如果能夠趁著有教師指導自己的時候累積經驗，最好還是趁早開始吧。」

兩人說得沒錯，既然我要以領主女兒的身分活下去，往後勢必需要這樣的謀略吧，但是，要由自己來執行好可怕。

「你們說得簡單，可是我光是想到要想出計謀陷害別人，就覺得很不舒服……我辦不到。」

我緊抱著路茲左右搖頭，路茲拍了拍我的頭。

「那妳可以改變想法啊。」

我睜大眼睛抬起頭，路茲對我露出了頑皮的笑容。

「妳是因為一心想著要怎麼陷害鎮長，才會覺得很不舒服吧。既然如此，不如想成妳是在拯救哈塞，因為要是神官長和妳向領主報告了這件事，哈塞早就變成一片焦土了，所以妳不是要陷害哈塞的鎮民，是要拯救他們。艾倫菲斯特的神殿長可是能夠給予真正祝福的聖女耶。」

真是一語驚醒夢中人。只要別去想我是要陷害鎮長，而是要拯救隨時有可能遭到處刑的哈塞領民，心態完全不一樣了。我頓時變得正面積極，想要想辦法幫助他們。

「神官長要妳孤立鎮長、製造對立，讓鎮上的情勢穩定下來吧？那麼只要妳完成了神官長出的任務，哈塞就只需要犧牲鎮長一個人。為了讓犧牲者越少越好，我們一起思考該怎麼做吧。」

「嗯！」

我因為把孤兒帶到了小神殿，所以鎮民們可能都對我懷有不滿，我想從這方面開始改善——我才剛開始和路茲討論，班諾立刻把我從路茲身上扒下來。

「先到此為止，哈塞這件事如果還有充足的時間，暫時先維持原狀吧。等到義大利餐廳開張後再來討論。」

「……班諾先生也願意幫忙嗎？」

「領主養女的請求怎麼能夠拒絕？要是拒絕，我說不定就沒命了。」

班諾說完，戲謔地咧嘴一笑。

「總之我會幫忙，妳之後再煩惱吧。現在更重要的事，是妳要去義大利餐廳露面寒暄。妳現在的臉色根本不能出去見人，先調整好身體狀況吧。」

「因為羅潔梅茵大人不太能一心多用，要是同時做兩件事，兩件事都有可能以失敗告終。請您先投注所有心力在義大利餐廳上，之後大家再一起幫忙吧。」

馬克笑容可掬地這麼說道。身邊有人說可以和我一起思考難題，也有人擔心我的身體。我安心地吐口氣後，覺得好像也跟著吐出了一直壓在自己身上的壓力。

「一安心就想睡了。」

「笨蛋，等談完事情再睡。簽好蠟的契約，還要討論義大利餐廳的事情。」

簽約時法藍也要在場才行──於是我們走出秘密房間。法藍看向我後露出微笑，像是稍微放心了。

我們照著原訂計畫，簽訂了與蠟工坊有關的契約，再討論有關義大利餐廳的事情。開幕日期已經決定是商業公會召開會議的日子，希望可以吸引來大店的老闆。寄出去的邀請函，聽說幾乎都收到了會出席的回覆。

「菜單已經想好了嗎？」

「我在考慮選用當季的美味食材……」

班諾露出了和煦的笑容，意思就是要我動腦幫忙想。

「我想現在還不用提供之前給領主的菜色，稍微降低一點等級怎麼樣呢？」

「為什麼？」

「因為人容易養成習慣。如果先保留點實力，慢慢提升食物美味的等級，那麼客人在第二次來光顧時，就能有驚喜的感覺吧？」

我回想著當季有哪些蔬菜，思索菜單。

前菜的話先把類似蕪菁的蔬菜切成薄片，用酒和鹽醃漬一段時間，再撒上密利露油和香草做成醋漬蕪菁，然後與普瑪和清蒸雞肉一起疊成塔狀，最後灑上醬料當成點綴。

湯品則是看來像是普通蔬菜湯的義式雜蔬湯。聽說大家都是喝了一口便對法式清湯的美味感到驚豔，不知道這麼安排如何呢？因為這些人之前都只喝過帶有鹹味的湯，我想不需要做到法式香濃清湯。

第一道主菜是添加了大量當季菇類的白醬義大利麵。白醬在領主等貴族們之間大受好評，我想大家一定也能吃得津津有味。

第二道主菜是炸豬排。這個季節豬肉比幼牛的肉要容易取得，所以做炸豬排比較方便。如果想再降低成本，可以做炸雞排，雞胸肉只要醃過鹽巴和酒預先調味，不只美味，口感也會很軟嫩。油炸物屬於奢侈料理，因為得消耗大量昂貴的油。順便說，炸豬排是卡斯泰德非常喜歡的菜色。

甜點就用尹勒絲新推出的當季水果磅蛋糕和西洋梨派吧。

我列出菜單的菜色，看見班諾和馬克逐一把內容寫在寫字板上。

決定好菜單以後，接著討論當天的行動。

「羅潔梅茵大人，只有最一開始的問候要勞煩您露面，請問沒有問題嗎？預計在第四鐘響後，會派馬車前來神殿迎接。」

這表示我太早到也會造成困擾吧，我往寫字板寫下「第四鐘後，慢慢來」。

「我打完招呼以後就可以回神殿，那該做的事情不多呢。」

「話雖如此，還請您好好保重身體。」

三人拐著彎提醒我臉色太差了，在開幕當天之前要調養好身體，然後就回去了。

雖然該做的事情還是一樣，但因為成功調整了心態，心情變好，當天晚上我在睽違了好幾天後終於一夜好眠。隔天我神清氣爽地張眼醒來，接下來幾天直到義大利餐廳開張，都要以恢復體力為首要任務，所以過得比較從容悠哉。

這段期間，我撰寫了新繪本的內容、為收穫祭做了準備，還寫了信給艾薇拉說：

「我的繪師說她想要顏料，可以為您無償畫一張畫唷。」

……雖然斐迪南逼我答應，不能再印製葳瑪畫的畫像，但從來沒說過我不能讓葳瑪畫畫喔。我可沒有違反約定，哼哼～

義大利餐廳開張當天，我提早用了午餐，因為擔心要是空腹跑去義大利餐廳，如果中途肚子咕嚕大叫，那就太丟臉了。吃完午餐，請莫妮卡為我打理了上級貴族千金應有的裝扮，再戴上儀式時會戴的豪華髮簪。

第四鐘響後，已經換上了平民區便服的法藍向我通報馬車已經抵達。

「那我出門了。」

「期盼您及早歸來。」

到達義大利餐廳，一從大門踏進去，只見約莫快二十名的大店老闆全跪在大廳迎接我。他們跪下來以後，正好和我的視線等高。

成排跪在地上的老闆們雖然已經聽過傳聞，但不知道是驚訝於我真的這麼年幼，還是因為我沒有穿著神殿長服，懷疑我是否是本人，眼神當中夾雜著驚訝與狐疑。

「在這風之女神舒翠莉婭護佑的結果之日，得以在諸神的引導下與您會面，願能蒙受您的祝福。」

跪在最前方的公會長低垂著頭，說出了對貴族的問候語。我稍微往戒指注入魔力，給予祝福。

「為新的良緣獻上風之女神舒翠莉婭的祝福。」

從戒指溢出的魔力帶著黃色光芒，形成了問候的祝福。在場眾人全在貴族的宅邸，接受過只有貴族能夠給予的祝福吧。他們臉上懷疑的表情為之一變，明顯變得嚴肅，身體也挺得筆直。

「我是羅潔梅茵，受奧伯．艾倫菲斯特之命就任成為神殿長。」

接著我向大家說明，我是在成立工坊以拯救孤兒院之際結識班諾，才會出資贊助義大利餐廳，今後還預計在領主的指示之下，在領地內推動印刷業。

「在推廣印刷業上，我也會請班諾和谷斯塔夫給予協助。今日有緣相識，想必往後也會向各位請求協助吧，屆時還請不吝幫忙。」

我盈盈微笑，感覺得出眾人燃燒著生意之魂的銳利雙眼都朝我看過來。駭人的目光也投向了班諾、公會長，還有公會長的兒子與芙麗妲，像在對他們評頭論足，思考著該先去巴結哪一邊。商人間神經緊繃的氣氛讓我不由得有些懷念，再說明了義大利餐廳的謝絕生客制度。

「本店是介紹制，只有經過挑選的客人才會受到邀請。因為既是神殿長，也是領主女兒的我也會出入這裡，所以才規定只有值得信賴的客人可以進出餐廳。」

我聲稱餐廳的完全預約制，以及麻煩的謝絕生客制度全是因為我的關係，要求大家嚴格遵守。老闆們都十分了解貴族的可怕，所以無不點頭表示服從。

「餐廳的菜單是由我訂定，而且傳授了做法，所以我可以向各位保證，此處所提供的餐點全數是貴族料理，還請大家盡情享用。」

我說完，同時侍者也推著端有餐點的推車走進來。本日的前菜我在剛才也品嘗過，老闆們都微微張大眼睛，注視著侍者為他們盛取的盤子。我看著他們，感覺得出反應相當不錯。

「我若在場，只怕各位會食不知味，所以我先就此失陪了。今後也請各位多多惠予光顧。」

打完招呼，我馬上撤退。在班諾和馬克的目送下，和法藍一起搭上馬車返回神殿。

「昨天的開張非常成功！大家都對餐點的味道感到驚訝，吃完以後也全都湊到老爺旁邊，希望能有機會和神殿長合作。」

隔天前來報告的路茲說完，咧嘴露出燦笑。畢竟義大利餐廳的開張可是花了一年以上的時間進行準備，希望今後可以一切順利。

「雖然客人都吃得很盡興……」

班諾神情複雜地笑著說道。有什麼問題嗎？我和路茲一起看向班諾。

「發生什麼事了嗎？」

「雨果說他想盡快成為宮廷廚師。聽說領主還招攬了他嗎？他對我說一旦決定了接手的廚師，培訓結束，希望我能先作好心理準備。」

「養父大人確實親口拉攏了他喔。可是，盡快嗎？他不是還說星祭之後……啊！」

雨果曾經說過，因為有想要提親的對象，打算等到星祭之後再考慮。當時他那喜不自勝的笑臉，此刻卻在我腦海中瓦解粉碎。看來是被戀人甩了呢……但這句話我說不出口，正思考著要怎麼開口，班諾也有所察覺地露出苦笑。

「……嗯，我猜就是那麼一回事吧，因為他還說，『等栽培好了其他廚師，我就要成為宮廷廚師，再也不管女人了。我一輩子都要用來鑽研廚藝』。」

……雨果被甩了吧。畢竟遠距離戀愛很難維持，這也無可奈何。

哈塞改革的討論

義大利餐廳已經順利開張，接下來我想著手解決與哈塞有關的任務。來到孤兒院長室的秘密房間，我再一次向奇爾博塔商會的大家請求協助。

「大家覺得我該從哪裡開始才好？既然你們都說哈塞隨時有可能從這世上消失，很讓人坐立不安呢。」

我這麼表示後，班諾先是垂下赤褐色雙眼，再慢慢地摩挲下巴。

「哈塞最大的問題，就在於那裡的鎮民對貴族太一無所知了，他們根本不知道自己犯下了多麼嚴重的罪行，這點才是問題。」

在艾倫菲斯特，平民都認為要是女兒慘遭貴族殺害，也只能默不吭聲隱忍，所以如果是與自己生活沒有多大關係的孤兒被貴族帶走，更不會因此有任何怨言，也不可能做出攻擊領主所造建築物這種愚蠢的行為。

「但是，這件事妳也有錯。如果鎮長真的已經和文官簽訂了孤兒的買賣契約，那貴族應該會一直向他表達不滿，也不會再像以前那樣給他方便。」

「倘若哈塞是要用賣掉孤兒的那筆錢來過冬，那麼沒了那筆錢想必非常頭痛，再者若沒能信守買賣契約，失去了與貴族的聯繫，對平民來說也是生死攸關的問題。」

馬克接在班諾之後補充說，我才慢慢地理解到了鎮民那邊的想法。從他們的角度來看，帶走了孤兒的我，真的可以說是非常過分的掌權者。

「還有，這可能是因為我會出入神殿的孤兒院，才有辦法作比較……」

路茲先說了這句開場白後，說他發現神殿的孤兒與其他地方的孤兒不一樣。在神殿，灰衣巫女生下的孩子會在孤兒院內撫養長大，受洗前失去雙親的小孩也會送進孤兒院；但是神殿以外的孤兒院，是一個團體當中孩子們失去了父母後能去的去處，所以等於是整個團體的孩子。然後由鎮上的有權人士照顧他們，用鎮上的錢養育他們、讓他們工作，需要錢的時候也可以賣掉，當作是共同財產的一部分。

「這件事神官長也對我說過，他說因為鎮長收養了孤兒，撫養他們長大，所以有權利把他們賣掉。換作在神殿，是神殿長有這個權利。」

所以，其實我想怎麼管理神殿的孤兒院都可以。不管是姑息縱容、讓孤兒們自甘墮落，還是削減經費、讓孤兒們過著勉強只能餬口的生活，斐迪南也只能向我提出建言，但最終的決定權還是握在神殿長手中。所以先前在前任神殿長底下，斐迪南能做的事情真的不多。

「還有，神殿的孤兒會成為灰衣神官和灰衣巫女，成年以後也會留在孤兒院吧？」

雖然也有人會被貴族買走成為僕人，或是成為青衣神官和青衣巫女的侍從，但很多人都是一直留在孤兒院。

「可是聽說在哈塞，男孩子是成年以後也能得到田地。」

哈塞的孤兒在成年的同時，便會獨立成為鎮上的一分子，但因為給予女性的田地面積狹小，很難自食其力，所以需要與人結婚。對鎮民來說，如果是招贅沒有父母的男性，不僅可以把自己的女兒留在身邊，還可以增加一族的人數，所以相當歡迎。然而，沒有父母的女性因為沒有結婚資金，通常結了婚也只有淒涼的下場。不是成為需要人看護的老人的續弦，不然就是遭到粗魯對待，這種情況已是屢見不鮮。

「只要沒有後盾，不管在哪裡日子都不好過。」

班諾搖搖頭說，像要甩掉不愉快的過去，接著正色看向我說：

「既然妳是領主的女兒，就算帶走了孤兒，對外也完全沒有任何問題。但是，如果把孤兒想像成商品，妳等於是用貴族的權限搶走了鎮民投資至今的商品。就算表面上沒有怨言，內心還是會累積不滿，所以妳必須杜絕後患。」

班諾要我利用領主女兒的身分，和文官好好協商，讓契約當作從一開始就不存在，還要支付孤兒們的費用給鎮長，消除禍根。比起只會從貴族的角度、給予我最基本說明的斐迪南，班諾說的簡單易懂多了，我往寫字板記下自己該做的事情。

「還有，妳不要自己一個人鑽牛角尖，要找神官長問清楚。先想好自己的回答，他應該就會幫妳調整、給妳建議。他不是說了會教妳怎麼做嗎？」

我依序看向寫字板、班諾、路茲和馬克，慢慢點頭。

「而且大概是因為妳身體虛弱、很少外出，本來就相當缺乏常識。至今又夾雜了商人的常識、神官的常識，現在又有貴族的常識，所以不論從哪個階級來看，妳具有的常識都和大家不太一樣。如果沒有好好解釋清楚，神官長會無法理解妳在想什麼吧。」

正如同斐迪南無法理解我的想法，只懂得貴族世界的斐迪南，他所具有的常識我也完全無法理解。他們要我任何事都講清楚說明白，但是，用貴族間迂迴的講話方式根本討論不起來，所以這件事必須要在秘密房間裡商量。

「總之，妳要先確認哈塞這件事得在多晚之前解決，再詢問神官長，是否同意我們這次想出來的最佳解決辦法，也就是犧牲鎮長一個人，拯救整個小鎮。也要和本來打算買下孤兒的文官協商，然後大方地直接把孤兒的費用付給鎮長。等這些事情結束，再和鎮上的人們協商。」

「是。」

我條列式地寫下要和斐迪南討論的事情，班諾又補充說：

「還有一件事，妳問問神官長，能不能利用商人散播傳聞。」

「什麼傳聞？」

「我想想……內容大概是慈悲為懷的神殿長現正十分憂心，因為鎮長攻擊了小神殿，使得哈塞整個小鎮都陷入險境，說不定還會牽連到沒有參與襲擊的鎮民。」

班諾說完，馬克溫柔微笑。

「我們會先是強調神殿長的仁厚，再補充說到貴族有多麼恐怖，鎮長有多麼愚蠢，然後在散播消息的同時也表示擔心，不知道這件事該由誰負起責任？最後再加上一般人的看法，像是不想受到波及，得和哈塞保持距離等等，應該就能煽動鎮民的不安，也能了解到貴族的可怕。」

思考著傳聞內容的馬克，不知為何看起來比平常還要容光煥發。

「只要向大店的老闆們散播這則消息，再提醒要從東門離開的商隊，小心別被捲進哈塞闖下的麻煩裡，我想這些消息很快也會傳進小商隊耳裡……因為商人的情報網可是不容小覷。」

路茲也用手抵著下巴思考，好像在想像那幅畫面。

「因為才剛在義大利餐廳和大店的老闆們見過面，奇爾博塔商會又與新任神殿長有著密切往來，那些老闆應該會判定我們商會的消息可信度很高吧。」

真想不到與大店老闆們打好的關係，會以這種方式這麼快就派上用場。我「噢噢」地雙眼發亮，班諾輕抬起手。

「等等，路茲說得沒錯，要散播消息是很容易……但是一旦散播出去，也等於哈塞攻擊了小神殿這件事會公諸於世，所以問題在於神官長是否同意這麼做。」

「只要神官長同意，請即刻與我們聯絡，這種情報戰正是我的拿手本事。對象又是那個鎮長，完全不需要手下留情，也無須顧及道義，真讓人摩拳擦掌呢。」

馬克的雙眼閃爍著灼亮光輝，露出了十足黑心的笑容。看到形象有如完美管家的馬克這麼可怕的笑容，我嚇得瞪大眼睛。班諾一臉無奈，笑著嘀咕說：「看來鎮長那麼無禮，真的讓你很火大。」這麼說來，我記得他們說過文官和鎮長的態度非常惡劣。對馬克來說，這顯然是報仇的大好機會。

有關哈塞的事情討論出結論後，我順便商量了今年的過冬準備。

「我今年想讓孤兒院和奇爾博塔商會一起進行過冬準備，請問可以嗎？」

「我們是無所謂，但孤兒院不需要提早進行嗎？」

班諾應該是想起了去年的情況，摸著下巴問道，我搖搖頭。

「去年是因為要瞞著神殿長和青衣神官，所以我們才拚了命趕在收穫祭期間完成過冬準備，但今年我已經是神殿長了，所以可以不用擔心時間。」

今年我會配合奇爾博塔商會，一起進行過冬準備喔——我說完，馬克一邊把行程記錄在寫字板上，一邊點頭。

「羅潔梅茵工坊的人都很勤快能幹，既然會有更多人手來幫忙，當然沒問題。只要依據去年所需的數量，配合人數的增減重新計算，再與我聯絡，我便能安排準備。」

看來只要交給能力超群、工作效率又快的馬克就不用擔心了。

「真是非常感謝。另外，請在收穫祭那陣子派馬車前往小神殿吧，因為我打算讓哈塞的神官他們也回到這裡過冬，所以希望能在正式開始進行過冬準備之前，把他們帶回神殿。這次一樣會派士兵負責護衛。」

「……雖然那段時期很忙，但好吧。畢竟小神殿和義大利餐廳都告一段落了，跟最近忙得要命比起來，已經沒有那麼誇張了。」

班諾「嗯……」地沉吟以後，答應了我的請求。現在那種忙得神經非常緊繃的感覺確實緩和了一些，看來最忙碌的尖峰時期總算是過去了。

我把和奇爾博塔商會一行人討論後的結果抄寫在紙上，列成了自己的該做事項清單，再去找斐迪南商量。

「請問今天方便在那裡面談話嗎？」

我將目光投向秘密房間，斐迪南先是垂下雙眼，才站起來說「好吧」，為我打開房門。我和往常一樣坐在長椅上，低頭看向自己的清單。

「妳的氣色沒有法藍報告的那麼糟嘛。」

斐迪南微微蹙眉咕噥，看來是擔心我身體狀況的法藍，向神官長報告過了吧。

「法藍的報告並沒有騙人喔。那幾天我真的睡不著覺，身體狀況還糟到了連護衛騎士都建議我更改行程。是和路茲他們見面以後、討論完事情，改變了想法，我才終於可以安心睡覺。」

「……這樣啊。」

斐迪南有氣無力地說。反而是他的氣色看起來比現在的我還糟，我不禁納悶歪頭。斐迪南雖然常常要我服用藥水，但我知道他本人也常用藥水勉強自己恢復體力。曾堅決說過若表現出軟弱的模樣，會被人趁虛而入的斐迪南，難得露出了這麼疲累的神態。

「為什麼神官長看起來好像還比我憔悴呢？」

「因為周遭的人都鄭重警告過我，說我對妳的教育太嚴格了。」

由於我之前還失眠到了精神不濟，斐迪南便去找齊爾維斯特和卡斯泰德商量，結果兩人都罵他：「你太嚴苛了！」連法藍也委婉地提出過抗議。

「那兩個人還出了難題給我，要我用書以外的東西哄妳開心，但現在看來妳都已經恢復了，我看是不必了吧。」

看來是除了書以外，完全想不到還有什麼東西吧。斐迪南用敷衍了事的語氣這麼說完，別開視線。無論任何事情都能從容完成的萬能斐迪南，居然也會有這麼為難的表情，真是太難得了。

……不不不，怎麼可以放過這麼有趣的機會呢。

「怎麼會不必呢，神官長，請你哄我開心吧。」

「我已經判斷完全沒有這個必要，有事的話便開始報告。」

斐迪南惡狠狠地瞪著我，我噘起嘴唇後，開始報告我在聽完班諾和馬克的說明以後，才知道哈塞現在的處境有多麼危險，還轉述了路茲發現的孤兒院的不同。

「慢著……難道妳完全沒有意識到襲擊小神殿，代表了什麼意義嗎？」

「因為小神殿只是棟建築物，我們又毫髮無傷，我雖然想過要去保護遭到攻擊的孤兒他們，但完全沒有想過這種情況等於是謀反的重罪。」

「班諾先生也說了，我的常識和大家不一樣。」

看著斐迪南驚愕的表情，我接著提起班諾說過的，我的常識與大家不同。

「這是什麼意思？」

「班諾先生說我因為身體虛弱，很少外出，所以嚴重缺乏常識，至今卻又個別吸收了一點平民、商人、神殿和貴族的常識，才會和大家不太一樣……但其實我擁有的基本常識，都來自之前的那個世界，和這裡不一樣。」

斐迪南曾利用魔導具觀看過麗乃那時候的記憶，應該知道兩邊的常識截然不同。

「雖然我在這個世界擁有意識後，生活到現在已經快要三年了，但這段期間最一開始的身分是士兵的女兒，後來又以商人為目標，一隻腳踏進了商人的世界，最後卻成了青衣見習巫女。如今又成了上級貴族的女兒，變成領主的養女，但其實不光是貴族間的常識，我也沒有這邊居民普遍都有的觀念和常識。」

「……我不太明白妳的意思，所以到底是怎麼一回事？」

從未離開過貴族社會的斐迪南，自然無法理解其他階級的價值觀。我「嗯……」地思考著有沒有什麼淺顯易懂的例子，然後想起了斐迪南在小神殿目睹到文化的差異時，曾經皺起臉龐。

「神官長，請你試想看看，如果突然把你丟到平民區，要你在那裡生活，你會有什麼反應呢？之前看到不用餐具的孤兒們，你還皺起了臉龐吧？就像那樣，身處在禮儀和遣詞用字都截然不同的環境中，只能一邊心想著得改掉自己的習慣，一邊觀察周遭，努力讓自己融入其中。」

大概是回想起了孤兒們的模樣，斐迪南不快地撇下嘴角。

「雖然會覺得『好髒喔』、『真討厭』、『他們為什麼要那麼做？』、『簡直莫名其妙』，但還是要用手抓食物來吃，也要配合大家的遣詞用字和生活習慣，至少我以前就是這樣子在平民區生活的。」

「……真是辛苦妳了。」

多半是能夠想像在平民區生活有多麼辛苦，這句話在斐迪南至今說過的慰勞當中，感覺最為真誠。我輕笑起來，緩慢地搖頭否定。

「現在也很辛苦喔，雖然這裡的生活環境比平民區好，住起來很舒適，但我的常識還是和貴族的常識不一樣。」

「但是依據妳的記憶，我以為妳以往的生活過得相當富裕，難道妳不是上級貴族的女兒嗎？」

什麼！看了我的記憶以後，斐迪南好像誤以為麗乃是上級貴族的女兒。單看日本人的生活品質，確實連一般市民都過著如同貴族的生活，好像連我自己都說過「跟貴族區很像」這種話。

「但那裡並不存在所謂的身分制度……例如在這裡，即便是商人，還會再區分成大店、露天攤販和旅行商人吧。仔細觀察，就能發現許多細微的身分差距，但在我以前的生活環境裡並沒有貴族。」

「這真是……看來得從根本重新擬訂教育計畫了。」

斐迪南按著太陽穴，重重嘆一口氣。原來他之前訂定教育計畫的時候，都以為我是上級貴族的女兒，是以我具備一定程度的知識為前提，怪不得力行斯巴達教育。

「那麼關於哈塞的分裂計畫，妳想得怎麼樣了？如果想不出來，就由我處置……」

「不行！我好不容易和班諾先生他們討論出解決辦法了！」

我高舉起清單打斷他，斐迪南沒好氣地嘀咕：「之前還說不想做，甚至因此失眠的傢伙居然是這種反應，看來我是白白挨罵了。」

「對不起，可是我之前是真的不想做這件事，也煩惱到失眠。」

我整理了班諾的見解和馬克的意見後做成這份清單，唸完以後，斐迪南饒富興味地往前傾身。

「……這種解決辦法，也只有和平民區往來密切的妳才想得出來吧，有意思。就利用商人散播消息吧，照著你們決定的去做。至於去貴族區與坎托納協商這件事，我也會與妳同行，順便教導妳怎麼和貴族應對。」

雖然與貴族原本的行事方式不同，但可以採用各種不同的做法，也能成為一種優勢，所以斐迪南要我放手去練習。看來是打算把哈塞當成我的練習教材，徹底利用到極致。

「對了，神官長，不光是我，是不是也該讓韋菲利特哥哥大人做這種練習呢？因為我是養女，就算將來有可能被許配給韋菲利特哥哥大人，我也不可能成為領主吧。」

「是啊。」斐迪南應道，慢慢吐了口氣。

「妳也知道，韋菲利特像極了齊爾維斯特。不光外表，連脾氣也一模一樣，所以需要栽培可以輔佐他的人才，我也是為此才會教育妳。既然妳已成了領主的孩子，便要能夠彌補領主的不足。」

最後那一句話完全是斐迪南的生存之道，我不知道斐迪南身為領主的異母弟弟，是因為受到領主母親的排擠，才會竭力彌補領主的不足以守住自己的地位，還是因為身邊的人都再三這麼對他耳提面命，他才會變成這樣。可是，我不希望他把自己的生存之道，強行套用在我身上。

「神官長，我認為這樣子不對。」

「什麼？」

「再怎麼相似，他們也不是同一個人。從現階段來看，誰也無法保證韋菲利特哥哥大人能像養父大人那樣，成長為具有領主風範的大人。」

聞言，斐迪南「唔」地悶哼一聲，動動下巴要我繼續說下去。

「如果是已經受過嚴格教育、未來能夠成為領主，那麼再由身邊的人彌補不足也是應該的。可是，為什麼非得讓一個只會一味逃避學習、旁人也坐視不管的小孩子坐上領主之位呢？既然還有弟弟妹妹，大可以讓受過完整教育的人成為領主啊。」

如果是接受過了嚴格教育，自己也很認真向上，那我既然成了領主的養女，當然會盡己所能輔佐未來的領主。至少也要像齊爾維斯特那樣，因為見過他確實盡到領主本分的一面，所以我還能對他懷有敬意。但現在的韋菲利特只是個臭屁的任性小鬼，他比平民區那些已經受洗完、開始當學徒的孩子還要沒有責任心。對於這種只會一味逃避的笨小孩，我根本無法懷有敬意，也無法接受要為了他完成更多原先沒有必要的作業。

「同樣身為血親，比起教育我，神官長更應該優先教育韋菲利特哥哥大人吧。」

就算對象是韋菲利特，地位相等的斐迪南應該也敢把他綁在椅子上，毫不留情地在他心裡留下各種陰影，進行鐵的教育。真希望韋菲利特也可以經歷一次，他才會知道自己至今過得有多麼嬌生慣養。

然而聽了我的主張，斐迪南緩緩搖頭。

「很遺憾，這我無能為力。」

「……為什麼呢？」

我側過臉龐，斐迪南一臉再認真不過地明白說了：

「因為我最討厭愚蠢又懶惰的人了，一看到絲毫不努力學習、只會一味逃避的韋菲利特，我就想讓他嚇得魂飛魄散，再把他推進恐懼深淵。以前我曾坦白地這麼對齊爾維斯特說過後，他便拜託我，千萬不要接近韋菲利特。」

站在父母的立場，確實可以理解齊爾維斯特不想讓這個陰影製造機接近自己可愛孩子的心情，但是，既然日後要成為領主，更應該嚴格地進行教導吧。不能想辦法讓斐迪南成為韋菲利特的教師嗎？我正陷入沉思，這時斐迪南竟然又露出了之前才害我失眠，和煦到讓人直打寒顫的笑容。

「和韋菲利特相反，妳倒是相當值得訓練。既能展現出成果，還能提供給我預料之外的見解，真是有意思，讓人很想讓妳挑戰各種事物。」

「我、我不要，我只想做完基本該做的事情以後去看書。」

「基本該做的事情嗎……嗯，至於妳那只要為了書，什麼事都願意做的動力又是從何而來，我也同樣感到好奇，太有趣了。」

……這個人好奇怪！不找韋菲利特哥哥大人，反而正在讓我嚇得魂飛魄散吧?!

原來這種充滿惡意的恐怖笑容，在斐迪南心情非常好的時候就會出現。難怪沒有小孩子敢親近他。我猛力搓著雞皮疙瘩狂冒的上手臂，在長椅上急忙移動，盡可能與斐迪南拉開距離。

……其實神官長最溫柔的表情，就是平常那種毫無人情味的撲克臉啊。他的笑臉太恐怖了！

交換生活

「歡迎您的歸來，羅潔梅茵大人。」

諾伯特走上前來迎接，因為齊爾維斯特要我來向他報告哈塞與收穫祭的工作分配，此刻我和斐迪南一起來到了城堡。接下來直到齊爾維斯特指定的時間為止，我都會待在自己的房間裡看書，但斐迪南說他得去自己在城堡裡的辦公室處理工作。

……不管到了哪裡都在工作，神官長真的很熱愛工作呢。

「布麗姬娣、達穆爾，等交接完護衛的工作，你們去休息吧，但回神殿的時候還是要請你們同行，所以可能只能休息短暫的時間。」

「感激不盡。」

到了要移動的時間，黎希達抽走我手上的書，我再偕同護衛騎士柯尼留斯和安潔莉卡，以及首席侍從黎希達一起離開房間。才剛下樓梯，就看到韋菲利特從前面走過來。

……啊，是韋菲利特哥哥大人。希望他別再故意找我麻煩了。

我成為養女以後，韋菲利特的心情大概就像是自己的勢力範圍遭到了入侵吧。雖說是養女，我仍然是不相干的外人。明明自己才是親生兒子，身為養女的我看起來卻好像更受到禮遇，所以韋菲利特或許也看我很不順眼吧。

真想當作沒看到他……我在這麼心想的同時，好像也不由自主別開了視線。韋菲利特立刻發出尖銳的話聲。

「妳又要去找父親大人了嗎？……妳好奸詐。」

韋菲利特一臉厭惡，但我才想說「你又來了」。我強壓下想無視韋菲利特、直接走過去的衝動，思考了幾秒鐘。

……最好的方法，就是讓韋菲利特明白我並沒有受到禮遇吧。

「韋菲利特哥哥大人，既然你一直說我奸詐，那要不要試著和我交換一天的生活呢？」

我用假笑包裝起了煩躁的心情，動作優雅地慢慢側頭，韋菲利特也朝著同一個方向歪過腦袋。

「唔？妳什麼意思？」

「今天接下來我有事情要向養父大人報告，報告完後便吃午餐，然後返回神殿。不如今天就由韋菲利特哥哥大人代替我，以神殿長的身分前往神殿吧。」

雖然只是臨時起意，但意外地這主意還不錯嘛。只要在神殿體驗過了我現在的生活，他多少也會明白自己現在的處境吧。

……韋菲利特哥哥大人也一起被神官長嚇到魂飛魄散吧。

「交換期間就從本日的午餐，直到明日的午餐為止。今天中午用餐的時候，我們可以一起討論，明天的午餐則是開檢討會。我會代替韋菲利特哥哥大人認真學習，請韋菲利特哥哥大人也認真完成神殿長的工作吧。」

「噢噢，羅潔梅茵，這真是好主意！」

「韋菲利特大人！羅潔梅茵大人！」

想到可以離開城堡，一心只想拋開束縛奔向自由吧。韋菲利特笑容滿面地一口答應，蘭普雷特卻是怒氣沖沖地大吼，只差沒說「你們別擅自決定！」。蘭普雷特是韋菲利特的護衛騎士，又是我的哥哥，所以確實是阻止我們兩人的最恰當人選，但是，我才不會讓他妨礙我，對於韋菲利特每次見到面都要說我「奸詐」，我真的受夠了。

「蘭普雷特哥……不對，蘭普雷特。既然解釋再多遍也無法讓對方理解，那最好的方式就是讓他親身體會，而且韋菲利特哥哥大人也希望這麼做啊。」

明明以前是你說過，希望能讓韋菲利特見識到我們之間顯著的差距——我帶著這樣的弦外之音輕柔微笑，如果想阻止，就阻止自己的主人吧。

「那我去向養父大人報告事情了。韋菲利特哥哥大人，等您換好衣服過來，無聊的報告應該也差不多結束了吧。」

為了火速逃離現場，我變出騎獸坐進去。

「這是什麼東西?!」

「這是我的騎獸，因為我有可能在城堡裡暈倒，所以請養父大人下達了許可。」

「我甚至還沒有騎獸，羅潔梅茵妳太奸詐了！」

……又來了。

我吞下嘆息，開始讓騎獸移動。

「請您快點更衣吧，我會在養父大人的辦公室等您。」

來到領主的辦公室，似乎已經到了約好的時間。近侍們都被屏退，房內只有齊爾維斯特、斐迪南和卡斯泰德三個人。我的近侍也被要求迴避，離開了房間。

「羅潔梅茵，妳遲到了。」

房門一關上，斐迪南便出聲喝斥。我說明了剛才與韋菲利特的對話，和今天臨時想到的提議。

「我希望至少可以讓韋菲利特哥哥大人了解到，他自己平日究竟有多麼懈怠，對我說的那些抱怨又有多麼不合理。只要他別刻意向我找碴，我也能夠盡量不與他接觸，以免引起麻煩，可是他每次都對我抱怨一樣的事情，有時視當下的心情而定，只怕我會忍無可忍。前陣子我還差點對他施加威懾。」

「妳現在並未穿戴可吸收滿溢魔力的魔導具，若在毫無防備的狀態下受到妳的威懾，那可真是危險。」

曾經體驗過我威懾的斐迪南說，齊爾維斯特聽了瞪大眼睛。

「可是，要因為這樣就讓韋菲利特去神殿嗎？妳想讓他一整天都和斐迪南待在一起嗎？那他未免太可憐了。」

「養父大人，我可是一直都和斐迪南大人待在一起喔。」

我無法接受。我不只要接受斐迪南的指導，完成他接二連三交付予我的任務，還被推進了恐懼的深淵裡頭，難道我就不可憐嗎？

「妳這個親近斐迪南的怪丫頭沒關係。」

「……請等一下，自己也是怪人的養父大人有資格說我是怪人嗎?!」

「唔?!妳說我是怪人嗎?!」

我和齊爾維斯特再一次開始大眼瞪小眼，卡斯泰德插進來打圓場：「好了，你們冷靜一點，反正你們兩個都是怪人。」雖然卡斯泰德的調停讓人很難接受，但他撫著下巴，幫我說話。

「我可以理解羅潔梅茵的主張。畢竟蘭普雷特也說過，不管他說什麼，韋菲利特大人都聽不進去，那讓他去一趟神殿，或許不失為一個好主意，而且蘭普雷特也多次出入過神殿，和妳的侍從打過照面，正好適合擔任這次的護衛騎士。」

得到了卡斯泰德這名同伴後，我再轉頭看向斐迪南。要是能趁勢讓斐迪南站在我這一邊，那就太完美了。我抱著期待仰頭看他，他卻用冰冷到了極點的雙眼低頭看我。

「別再管韋菲利特了，妳快點開始報告。」

「……是……」

報告著有關哈塞的事情時，韋菲利特來了。看他新奇地在房間裡頭東張西望，很明顯是第一次進來這裡。

「韋菲利特，你真的想和羅潔梅茵交換生活嗎?快死了這條心。」

一進房間就遭到反對，韋菲利特露骨地板起小臉。我上前一步，為韋菲利特說話。

「養父大人，韋菲利特哥哥大人也希望這麼做，請您成全他的心願吧。」

「……羅潔梅茵。」

韋菲利特感動地看著我，但我只是打定了主意要陷害他。胸口有那麼一點點良心不安，但是，為了我平靜的生活，必須讓自己的心化作魔鬼。我再抬頭看向斐迪南。

「斐迪南大人，您和我說好了，會設法哄我開心，而且命令您這麼做的，正是養父大人吧？」

齊爾維斯特不高興地皺起臉龐。斐迪南見了，立即勾起嘴角。看來是想到了可以利用韋菲利特這件事，用來報復齊爾維斯特出的難題。

「如果在神殿照顧韋菲利特一天，就能夠完成這個無理要求，那我沒有異議。」

齊爾維斯特的臭臉更是垮成了苦瓜臉，斐迪南則笑得洋洋得意。如果要把韋菲利特送往神殿，最重要的關鍵在於斐迪南。有了他的協助，這次的交換生活，想必能讓韋菲利特過得非常充實吧。我笑咪咪地說：

「現在又得到了斐迪南大人的許可，請養父大人也答應吧。我認為也差不多該讓韋菲利特哥哥大人參觀孤兒院，對自己的身分和應有作為產生自覺了。若不趁現在重新擬訂教育方針，將會造成無可挽回的後果喔。」

「……斐迪南，這就是你教出來的成果嗎？居然甜笑著說出這麼狠毒的話。」

齊爾維斯特一臉疲憊，輪流看向我和斐迪南。我和斐迪南互相對望。

……咦？這種事還用得著問嗎？

「她原本個性就是如此。」

「當然是斐迪南大人教導有方。」

然而，斐迪南和我的回答卻不一致。奇怪了？我正偏頭納悶，齊爾維斯特一臉無言地微微擺手，要我們退下。

「算了，我明白了。既然韋菲利特也這麼希望，你們就交換一天的生活吧。我可是已經阻止過了……這件事到此為止。」

「韋菲利特哥哥大人，稍後一起吃午餐，討論細節吧。我必須向神殿的侍從們下達指示。韋菲利特哥哥大人要準備去神殿的替換服裝。」

被趕出領主的辦公室後，我們回到北邊別館。我列出了該帶往神殿的物品以後，馬上坐著一人座的小熊貓巴士上樓。解除了騎獸，走進房間，立即覺得全身虛軟無力。

「羅潔梅茵大人，您沒事吧？」

柯尼留斯擔心地察看我的臉色，自從我在洗禮儀式上被韋菲利特拖行在地，臉頰受到了擦傷，柯尼留斯好像就變得過度保護。

「我沒事，只是有點累了。」

因為剛才韋菲利特說他想坐坐看我的小熊貓巴士，強迫我和他交換，但坐上去以後，又抱怨小巴士根本不會動。我想是因為魔力不一樣，所以我也無能為力，因為在神殿並沒有這麼不懂事的小孩子，雖然應對上很累，但我可不能垮下來。對於即將要負責照顧韋菲利特的法藍，必須向他下達指示。

「黎希達，我想寫信，請幫我準備紙筆吧。」

「大小姐，您竟然讓韋菲利特小少爺前往神殿，究竟有何打算呢？」

黎希達一邊準備紙筆，一邊神色不安地探問。

「並沒有什麼大不了的打算喔，因為我平常都是在神殿生活吧？只是想知道平常領主的孩子都過著怎樣的生活。」

雖然嘴上對黎希達說沒有什麼大不了的打算，但我開始思考午餐期間，要怎麼讓韋菲利特親口向我保證。要讓他知道自己並不是去玩的，而是要盡到神殿長該盡的本分。還有，對於我侍從們接待他的方式，不會有半句怨言。

「韋菲利特哥哥大人，在神殿您就是神殿長，不再是領主的兒子了，請好好完成自己該做的工作吧。還有，我也會吩咐我的侍從，把您當作是神殿長對待，所以請作好心理準備，不會再對您那麼縱容喔。」

「妳才沒資格說，大家才沒有縱容我呢。」

韋菲利特沒好氣地回答，看來是完全沒有意識到大家對他十分縱容。

「那麼，我的侍從若不對您特別禮遇，應該也沒有問題吧？」

「那當然。」

應該不是因為不甘示弱，總之韋菲利特挺起胸膛一口答應。蘭普雷特身為護衛騎士站在他身後，大概是察覺到了我的話中有話，擔心地輕聲喊道：「羅潔梅茵大人，這……」但我笑著打斷。

「神殿裡頭雖然有提供給護衛使用的房間，但並沒有房間可以給貴族階級的侍從使用，所以，就由我神殿裡的侍從們照顧韋菲利特哥哥大人吧。侍從男女皆有，在神殿生活應該不會有任何匱乏吧。韋菲利特哥哥大人前往神殿時，就麻煩蘭普雷特擔任護衛騎士了。蘭普雷特是我的哥哥，也來過神殿好幾次，想必已經十分熟悉了，而且同行前往神殿的護衛，還有達穆爾和布麗姬娣。」

其他近侍不需要一同前往神殿——我說完，韋菲利特的近侍們全都露骨地鬆一口氣。在這當中，只有蘭普雷特一臉不安。他應該察覺到了我並不是基於親切才這麼提議，也許心裡頭還產生了不祥的預感。

「既然要交換生活，我也會使用韋菲利特哥哥大人的房間。哥哥大人的侍從全是男士，所以請容許我帶著首席侍從黎希達一同前往。」

「嗯，可以。」

韋菲利特笑得非常愉快，點了點頭，結束了午餐。

接著我拜託黎希達，請她向達穆爾和布麗姬娣送去奧多南茲，轉告要回神殿的時間。大家很快就作好準備，我來目送大家返回神殿。

「斐迪南大人，請您務必轉告法藍，指導韋菲利特哥哥大人的時候要把他當成是我。這是接下來一整天的行程表，我另外還派了蘭普雷特同行，他可以代替我負責計算的工作，所以應該不會耽誤到斐迪南大人的工作進度。」

我請斐迪南轉交信件，再獻上蘭普雷特填補我的空缺。斐迪南瞥了兩人一眼，露出了不懷好意的笑容。

「我明白了。那麼韋菲利特，接下來一整天的時間，我會將你視作是神殿長。」

不知道斐迪南腦子裡在想什麼，但笑臉依舊非常恐怖。我默默後退一步。

「今天本就打算騎乘騎獸移動，所以沒有準備馬車。韋菲利特，你和蘭普雷特一起搭乘騎獸吧。出發！」

斐迪南變出了獅子造型的白色騎獸，跳上去後蹬地升空。蘭普雷特也同樣變出騎獸。他的騎獸是有著偌大翅膀，外型像狼的動物。蘭普雷特抱著韋菲利特跨上騎獸後，巨狼便大力振翅，飛上天空。

「雖說只有一晚，但要在男士的房間生活實在不成體統……」

「因為我想知道韋菲利特哥哥大人平常過著什麼樣的生活嘛。」

目送大家離開後，我和大發牢騷的黎希達一起前往韋菲利特的寢室。黎希達確認過了房裡的設備與我那裡沒有什麼不同後，才叫來韋菲利特的首席侍從，要他在教師抵達之前，在桌上準備好學習所需的用品。

「奧斯華德，你再不快點準備，莫里茲老師要到了吧？」

「因為韋菲利特大人總是逃跑，就算準備好了學習用具，他也很少使用。現在能像這樣做到平常侍從該做的工作，真教人開心呢。」

「你還好意思說得這麼悠哉？逃跑就該把他抓回來啊。叫護衛騎士好好盡到自己的本分！」

一手拉拔齊爾維斯特長大的黎希達馬上橫眉豎目。奧斯華德縮起肩膀，像是知道自己說錯話了，開始準備學習用具。不久教師出現了。

「在這風之女神舒翠莉婭護佑的結果之日，得以在諸神的引導下與您會面，願能為您獻上祝福。」

「准許你。」

「風之女神舒翠莉婭啊，請賜予新的主人祝福……初次與您見面，我是受命擔任兩位教師的莫里茲，往後還請多關照。」

我興奮地仰頭看向莫里茲，想要快點開始學習。

「請問韋菲利特哥哥大人現在在學習什麼呢？」

「現在正在練習基本文字。」

「哎呀！所以韋菲利特小少爺現在還不會寫基本文字嗎?!還是因為比較擅長計算，都偏重於教導計算？」

我早就知道韋菲利特還不會寫字，但黎希達似乎對韋菲利特的學習進度完全不知情。她大步流星地走上前質問莫里茲。

「……不，那個，兩者都還……」

莫里茲用非常小聲的音量，難以啟齒地嘟囔說道。黎希達立刻瞪大眼，扯開嗓門降下了雷聲般的怒吼。

「奧斯華德、莫里茲！你們到底都在做些什麼?!真的有用心在教導韋菲利特大人嗎?!全員在我面前排成一列！」

緊接著黎希達進入了無敵模式。她召集了所有侍從和留下來的護衛，開始滔滔不絕訓話。看黎希達這麼勃然大怒，恐怕他們對韋菲利特的放任程度，可說是最糟糕的那種。

對於侍從和護衛們的辯解，黎希達全都嗤之以鼻，但整理歸納起來，我發現在韋菲利特身處的環境當中，確實存在著一個很大的問題。簡單概括後，就是「幾乎都是齊爾維斯特的錯」。

聽說齊爾維斯特是在與自己相差了好幾歲的姊姊競爭之後，才坐上了領主的位置，但是，由於他受夠了姊弟間的這種競爭，所以老早就指定了韋菲利特為自己的繼承人。這大概是齊爾維斯特做父親的一番好心，不想讓兒子和自己一樣擁有那麼不愉快的童年，但現在看來完全是錯誤的決定。

原先只要是正式成婚的妻子所生下的孩子，都擁有同等的繼承權，再依據魔力量和本人的資質選出下任領主。因此，服侍領主孩子的侍從和教師們無不團結一心，傾注全力嚴格教導，因為自己服侍的主人能否成為領主，不只關係到自己的將來，還將左右自己一族未來的榮枯盛衰，所以齊爾維斯特小時候只要一逃跑不想學習，卡斯泰德就會使出渾身解數把他抓回來，黎希達更會疾言厲色地臭罵他一頓。即便本人再不願意，也要讓他不斷提升自己，這些都是理所當然的事情。

然而，韋菲利特早在齊爾維斯特的指定之下，確定會成為下任領主。這樣一來，又有誰會認真教育他呢？小孩子只要挨罵，當然都會不高興，所以索性讓他做自己想做的事情、討他的歡心，這樣還比較輕鬆，也對自己的將來更有利。因此，沒有人敢斥責韋菲利特，頂多以一句「韋菲利特大人真讓人傷腦筋呢」便帶過了。

「奧斯華德，你以為為什麼要特別指派與領主有血緣關係的上級貴族，擔任領主孩子的首席侍從?!當然是為了讓你們在孩子仗著自己的身分任性胡鬧時，可以不畏強權地出面阻止他！明明還派了蘭普雷特跟在韋菲利特大人身邊，你們到底都在做什麼?!」

以前齊爾維斯特即使逃走了，還是會被抓回來強迫學習，韋菲利特卻是只要一逃走，大家便任他為所欲為，所以就算兩人同樣喜歡逃跑，吸收到的教養與知識卻有著天壤之別。脾氣再像，也不可能成長為一模一樣的人。

再根據黎希達在盛怒下回憶起來的過去，原來齊爾維斯特是在異母弟弟斐迪南進入了城堡以後，才產生了巨大的轉變。齊爾維斯特本來是老么，因為第一次有了弟弟，當時才會努力想展現自己認真向學的一面，因為年紀相差多歲，斐迪南再怎麼優秀，也不可能馬上追過齊爾維斯特，也因而促使了齊爾維斯特的成長。

但是，現在韋菲利特還有年紀與他相近的弟弟和妹妹，情況不可能和齊爾維斯特那時一樣。要是一直偷懶怠惰，弟弟妹妹很快會追過哥哥吧。再這樣下去，我只能預見到韋菲利特未來委靡不振的樣子。

「黎希達，只要不從根本開始改變，再繼續訓斥侍從他們也沒有意義。比起侍從，是不是該找養父大人和養母大人，重新討論教育方針與學習規畫呢？」

侍從和護衛騎士們一直聽著訓話，全都露出了魂遊天外的茫然表情。說再多恐怕他們也聽不進去，也只是浪費時間。既然事態緊急，最好即刻改善。

「是呀，大小姐。齊爾維斯特大人因為自己以前也常常逃跑，想必一直抱持著天真的想法，以為韋菲利特大人即使逃避學習，這也沒有什麼大不了，也以為這世上本來就不會有小孩子喜歡學習吧，所以他從來沒有去直視這麼嚴重的現實，韋菲利特大人竟然直到現在還不會讀寫基本文字！我立刻去請求會面。」

黎希達甚至氣得呼吸急促，大步走出房間。侍從和護衛騎士們一臉失了魂地目送她離開。對於他們來說，縱容韋菲利特儼然成了家常便飯，所以也無法理解黎希達為什麼這麼大發雷霆吧，但是，我認為這根本是怠忽職守。

「莫里茲老師，那我們來訂定韋菲利特哥哥大人的學習計畫吧。」

「但大小姐的學習……」

「我本來非常期待，領主的孩子都在學習什麼內容。可是，今日莫里茲老師帶來的教材，就只有基本文字一覽表、數字表和簡單的算式而已吧？這些東西連我負責照顧的孤兒院孩子們都能馬上學會……對於我的學習更是沒有助益。比起受洗完後就要工作的孤兒，領主的孩子過得更輕鬆愜意呢。」

起碼準備一本我從沒看過的書吧——但這句真心話我只在心裡頭補充。

「韋菲利特哥哥大人如果沒能趕在冬天之前，至少學會讀寫基本文字和數字，他也會很傷腦筋吧？但從現在才開始學習，真不知道來不來得及呢。」

「……羅潔梅茵大人，恕小的逾矩，但花了好幾年時間也學不會的事情，我不認為可以在冬天之前學會。」

莫里茲拐著彎表示不是自己教學能力不好，而是因為韋菲利特老是逃跑，他也莫可奈何，但我認為花了好幾年的時間也學不會讀寫，應該是教法也有問題。為什麼莫里茲沒有在教法上花更多工夫，讓韋菲利特能產生興趣呢？

「但我負責照顧的孤兒院孩子們，只花了一個冬天的時間，所有人便都學會了讀寫基本文字和簡單的計算喔。韋菲利特哥哥大人需要的，是能夠引起他興趣的教學方式，還有競爭對手吧。」

如果行程照著我交給斐迪南的計畫表在跑，那麼這時候，韋菲利特應該正和孤兒院的孩子們一起玩歌牌，而且輸得慘不忍睹吧。我本來打算要在冬季的社交界上，向貴族的孩子們介紹繪本、歌牌和撲克牌，然後開始推銷，但現在先給韋菲利特一份吧。如果他的脾氣真的像極了齊爾維斯特，一定會為了贏拚命練習。

「等一下我會請黎希達送出奧多南茲，請斐迪南大人帶教材過來。明天上午的學習時間，我再教莫里茲老師怎麼使用那些教材吧。」

接著我開始說明教育的基礎。像是小孩子的注意力無法持久，一旦他開始對某個科目膩了，就要改教另一個科目。每天要一點一點地達到進度。然後要大量設定小份的作業，晚餐席間，只向領主夫婦報告他有完成的部分，讓他得到讚美等等。

莫里茲不知所措，漸漸地開始用帶有著恐懼的眼神注視我。

「……羅潔梅茵大人真是……呃，難以想像您才剛舉行完洗禮儀式。」

「這是斐迪南大人教育的成果吧……除此之外還有許多秘密，但神話和故事裡都提醒過，若想探究女人的秘密，不會有什麼好結果唷。」

我呵呵微笑，結果這一次莫里茲完全是用驚駭的眼神看我。

……其實我並不打算嚇唬他，只是想提醒一下不要深究，但好像失敗了。

因為最近環繞在我身邊的人，都不把我當成是普通的小孩子看待，所以我徹底忘了自己其實異於常人。普通的小孩子才不會向教師說明教育的方法，也沒辦法為和自己同年的哥哥制定教育計畫。

「斐迪南大人曾經說過，我並不是一般的小孩子，但韋菲利特哥哥大人是喔，所以在他面前，請不要拿我和他作比較，只會打擊到他的士氣而已。」

莫里茲用像在看著怪物的眼神望著我，點頭如搗蒜。

第五鐘已經響了，但黎希達還沒有回來。可能是在請求會面時花了比預期更多的時間，不然就是因為情緒太激動，正在痛罵齊爾維斯特一頓吧。

「奧斯華德，接下來的時間要做什麼呢？」

莫里茲老師已經帶著到冬天為止的教育計畫離開了，於是我問向剛被黎希達怒罵過、正為了解任危機而嚇得渾身發抖的奧斯華德。

「接下來是自由時間。韋菲利特大人會利用這段時間練劍，若得到會面許可，也會去探望本館的妹妹和弟弟。羅潔梅茵大小姐打算做什麼呢？」

我在自由時間當然只會做一件事。我拍向掌心，唔呵呵地露出開心笑容。

「城堡裡頭也有圖書室吧？請為我帶路吧。」

在奧斯華德的帶領下，我搭乘自己的騎獸前往圖書室。今天因為韋菲利特的侍從和護衛騎士都要跟著我，所以他們的表情都像是看到了非常神奇的東西，頻頻歪頭，或是探頭往小巴士內部觀看，但我不以為意。前往圖書室的一路上，看似是文官的貴族還嚇了一跳，回頭看了兩、三次，但我想大家不久之後就會習慣吧。

「城堡的圖書室好大喔！」

到了城堡的圖書室一看，我發現遠比神殿的圖書室還要寬敞，藏書量也很多。好幾本大開本的書籍擺在一起，架上也塞滿了快要溢出來的資料。迅速掃過一遍後，我估計這裡應該有數十本我搬不動的大開本書籍，搬得動的書籍則有數百本。不同於性質上更像是資料室的神殿圖書室，這裡才是真正的圖書室。老舊紙張與墨水的氣味讓我心蕩神馳，光是待在這裡，我就產生了源源不絕的活力。

……嗯嗯～好香喔。

我本來還打算將來要加速發展聖女傳說，好讓神殿圖書室成為我的個人所有物，但說不定在城堡的圖書室擔任圖書管理員，在這裡工作還比較好。如果能夠自由進出這裡，那麼就算要嫁給大家都說會成為領主的韋菲利特，或許也是值得考慮的手段。

「呼，好幸福喔……居然可以遇見這麼多書。奧斯華德，可以幫我拿來那個書架上最左邊的那本書嗎？接下來你可以去處理其他工作沒關係。」

「……其他工作嗎？」

奧斯華德維持著恭謹的態度，一臉納悶。我見了偏過頭。

「首席侍從都非常忙碌吧？黎希達也總是忙進忙出。只要留下基本該有的護衛騎士和侍從，大家可以回房間沒關係。」

為我拿來了書的奧斯華德眨著眼睛，但我反而不懂他為什麼會一臉疑惑。神殿的侍從們除了照顧我以外，還有堆積如山的工作要做，黎希達在把書拿給我以後，也總是在房間裡忙碌地走來走去。應該有很多事情要做吧。

「如果有人想和我一起看書，就優先讓他留下來吧。能一起分享這種幸福，也是件非常美妙的事。此外如果沒有要事，在晚餐之前都請不要出聲叫我。」

說完了自己想說的話後，我打開書本。面對第一次閱讀的書籍，我自然而然地綻放笑容。手上要看的這本書，是網羅了吟遊詩人所吟唱的騎士之歌的騎士故事集。今後如果我要做書，這本書非常值得參考。

……真羨慕韋菲利特哥哥大人，居然每天都有自由時間。

這陣子忙得暈頭轉向，只有在法藍不時為我安插的空檔，我才有時間悠閒看書。能和韋菲利特交換生活，我真的打從心底覺得太好了。

我輕柔地用手撫過封面，陶醉在墨水的氣味裡，全副心神都沉浸在了故事的世界裡。此刻我的雙眼僅用來追逐文字，外界的雜音也被我阻隔在外。

在沒有任何人的干擾下，我度過了非常幸福的時光，完全沒有注意到在我專心看書時，韋菲利特的侍從和護衛騎士們都不知所措，茫然地呆站在我四周。

「大小姐，吃晚餐的時間到了！」

黎希達一把抽走我手中的書，我才恍然回到現實世界。為了拯救因保護父王而受到詛咒的公主，公主的護衛騎士正要開始消滅魔獸，這時候斷在這裡太可惜了。

「黎希達，我可以把這本書借回房間看嗎？」

「是，遵命。那幫您辦理手續吧。奧斯華德，麻煩你幫這本書辦理借出手續，我要為大小姐更衣，直接帶她前往餐廳。」

黎希達把書交給奧斯華德後，開始移動。她已經向齊爾維斯特徵得了許可，要在晚餐席間討論韋菲利特的事情，情緒激動地說著一定要好好討論出結果。果然黎希達在徵求會面許可的同時，就已經對齊爾維斯特發表了不少意見。

「黎希達，請幫我送奧多南茲給斐迪南大人。」

「哦？大小姐找斐迪南小少爺有什麼事嗎？」

「我想請他為韋菲利特哥哥大人帶教材過來。晚餐時間，斐迪南大人應該會回到自己的房間，所以等到第六鐘響後，韋菲利特哥哥大人應該也不會聽到傳話內容吧。」

「大小姐，第六鐘老早就響了唷。」

黎希達無奈地看著我搖頭。什麼！原來在我專心看書的時候，第六鐘早就響過了。我完全沒發現。

一回到房間，黎希達立刻為我準備好了奧多南茲。對著用魔力改變了形體的鳥兒，我開口說道：

「斐迪南大人，我是羅潔梅茵。我稍後要和養父大人一起討論韋菲利特哥哥大人的教育計畫，所以請您吩咐法藍準備好歌牌、繪本和撲克牌，然後想請您帶過來。可以等到哥哥大人睡了以後再送……」

「請在明天之前送過來吧，斐迪南小少爺。」

再加上黎希達的叮嚀，想必會在明天之前送過來吧。奧多南茲隨著黎希達揮下思達普的動作往外飛去。

更衣途中，斐迪南便用奧多南茲送來了回覆。

「等法藍準備好我就帶過去，所以等我到了再開始討論吧。我已經吃完晚餐，不用幫我準備了。」

帶著惱怒的冷冷話聲重複了三次以後，奧多南茲變回魔石。不曉得韋菲利特到底做了些什麼，但這樣也好，可以知道他今天在神殿的表現了。

換好了衣服，我和依然怒氣沖沖的黎希達一起前往餐廳，同行的還有垮著肩膀按著肚子的奧斯華德，以及偷偷覷著黎希達臉色的韋菲利特哥哥大人的護衛騎士們。餐廳裡還有板著苦瓜臉的齊爾維斯特、看來頭很痛的卡斯泰德，以及面帶溫柔微笑的芙蘿洛翠亞，大家都已經入座了。

「很抱歉我來晚了，讓各位久等了。」

「黎希達剛才還跑來辦公室對我怒聲咆哮，是妳唆使的嗎？」

一就座，齊爾維斯特立刻憤恨地朝我瞪過來。

「……換作是黎希達以外的人，恐怕也會想對養父大人怒聲咆哮喔？您真的知道情況有多嚴重嗎？」

我側過臉龐說，齊爾維斯特和卡斯泰德雙雙露出了詫異表情，看來像是完全不了解現狀。與其由我開口，還是等斐迪南來發表辛辣的批評吧。

「稍後斐迪南大人也會過來，所以等用完餐後，再討論韋菲利特哥哥大人的事情吧。各位要不要先用餐呢？」

「斐迪南也要過來嗎？」齊爾維斯特打從心底感到厭煩地皺起臉龐。

「那麼，韋菲利特的情況就由斐迪南來說，妳和韋菲利特交換生活以後，這一天過得怎麼樣了？」

餐點端上桌後，大家開始用餐，齊爾維斯特隨即打破沉默詢問我。卡斯泰德也十分好奇地往我看來。對照之下，跟在我身邊的黎希達似乎是怒火重新熊熊燃起，臉上的表情像在按捺著滿腔怒火，奧斯華德則如坐針氈地低下頭去。

「下午的學習時間，在知道韋菲利特哥哥大人的現狀以後，黎希達的生氣說教就占了一半，另一半我則用來與莫里茲老師一起訂定哥哥大人的教育計畫，因為哥哥大人的教材對我來說，完全無法讓我學到東西。至今聽到關於哥哥大人的報告，您難道都沒有發現任何異狀嗎？」

不僅侍從和老師會輕描淡寫地掩蓋掉對自己過於不利的事實，齊爾維斯特又因為自身的經歷，就算聽到「韋菲利特今天又逃跑被抓到」，似乎都以為抓回來後，當然會繼續強迫他學習。

卡斯泰德也因為以前齊爾維斯特總是一天到晚開溜，所以即使聽到蘭普雷特說「韋菲利特大人今天又逃走了」，據說也只是一笑置之表示「我以前也是這樣走過來的」。

「第五鐘之後，因為是久違的自由時間，所以我前往城堡的圖書室看書。這裡的圖書室遠比神殿的圖書室還要寬敞，藏書量也多，所以我非常興奮，也感到非常幸福……度過了一段幸福無比的時光。我真想繼續和韋菲利特哥哥大人交換生活，成天待在圖書室裡頭，把裡面的書一一看完呢。」

我訴說了今天待在圖書室有多麼快樂後，齊爾維斯特搖頭表示無法理解。

「我完全無法理解，妳在自由時間看書不就好了嗎？」

「……我現在根本沒有自由時間喔。吃完早餐後直到第三鐘為止，都要練習飛蘇平琴，接著直到中午為止，要幫忙斐迪南大人處理公務。午餐過後要與工坊有關的人會面，不然就是巡視包含哈塞在內的孤兒院、學習儀式的相關流程、訓練如何操控魔力。」

「什麼？」

「韋菲利特哥哥大人不但老是逃避學習，還有這麼多的自由時間，如今代替我成為神殿長前往神殿，今天想必會過得非常辛苦吧。」

我微笑著補上這一句話，齊爾維斯特瞪圓眼睛。

「一個小孩子哪做得了這麼多工作！」

「把工作丟給我這個孩子的，不正是養父大人嗎？如果養父大人沒有下令要求義大利餐廳提早開張、擴展印刷業，我的生活也會過得更加輕鬆喔。」

明明是您提出了強人所難的要求，在說什麼呢——我嘆氣說道，齊爾維斯特愕然地望著我。

「……妳沒有把這些事情交給斐迪南嗎？我是以大部分都會丟給斐迪南處理為前提，才把這些工作分配給妳喔？」

「咦？怎麼可能交給斐迪南大人呢。他除了神官長的工作以外，還要負責處理我做不來的神殿長工作，來城堡的時候還要輔佐養父大人，不時還得去騎士團露面吧？斐迪南大人甚至獨力攬下了教育我的工作，哪裡還有多餘的心力開發新事業呢？您太高估斐迪南大人了。他再怎麼優秀也有極限。」

斐迪南大人說不定忙得快累死了呢——我忍不住脫口而出。齊爾維斯特像是第一次聽說這件事，嘀咕著說：「……神殿的工作很忙嗎？」

……咦？這個人到現在還在說這種話嗎？

「神殿這個組織擁有超過一百個人，斐迪南大人一個人就要管理這麼多人，難道您還不明白這有多麼辛苦嗎？而且也沒有人才可以幫忙分擔。」

「可是，是他自己跟我說過，在神殿太無聊了，完全無事可做，要我把書送去給他，再不然就是送道具給他製作魔導具。現在有事情做，我還以為他很高興呢。」

齊爾維斯特好像以為斐迪南在神殿閒得發慌。這該不會是指之前還有很多青衣神官時的情況吧？現在的斐迪南一眼便能看出工作量過於龐大，忙得焦頭爛額，但是，齊爾維斯特老是喜歡強人所難，斐迪南也不喜歡說自己做不到，所以兩人之間好像不會更新自己正確的現況。至今我向齊爾維斯特報告的內容，他說他也都以為是斐迪南的傳話和指示。

「養父大人，印刷業這部分是以我為中心在進行。現在的我甚至忙得沒有看書的自由時間，所以希望在印刷業上，您能多給我們一些時間。」

「……知道了。用妳的速度去進行吧。」

齊爾維斯特大口吐氣，擺了擺手，然後又小聲咕噥說：「抱歉，我都沒發現。」

……班諾先生、馬克先生、路茲，終於可以稍微放慢腳步了喔！萬歲！

我在心裡頭握拳比出勝利姿勢。就在這時，餐廳的大門發出聲響打開，斐迪南板著陰沉至極的臭臉走了進來。他微瞇著眼，眉頭緊皺，餐廳內的空氣好像結凍般瞬間變得冷風颼颼，所有人自然而然地打直了背。

斐迪南一直線地走向齊爾維斯特，接著環顧餐廳一圈，開口說了：

「齊爾維斯特，韋菲利特簡直無可救藥，從繼承人人選中剔除掉他吧。」

他用飽含怒意的平靜話聲說完，餐廳內到處傳來了吸氣聲。身為韋菲利特首席侍從的奧斯華德更是面無血色。

「齊爾維斯特，我承認你是領主。就算你會逃避文書工作，但關鍵時刻絕對不會臨陣脫逃，會確實背負起領主該盡的職務與責任。因此即便聽到韋菲利特和你的脾氣十分相似，總是成天逃離教師的監控，也因為你說你以前也是如此，所以我一直以來都相信你說的話。」

斐迪南淡然說道。平靜的口吻讓人更能感受到他的怒氣，非常恐怖。不知道韋菲利特到底在神殿做了些什麼，才會惹得斐迪南這麼生氣。明明不是在對自己發火，我卻覺得胃部一帶好像扭成了一團，反射性地想要道歉說「真是萬分對不起」。可能是因為我平常就老是惹斐迪南生氣吧。

「我本以為在韋菲利特當上領主後，只要指派優秀的人才輔佐他便沒問題，但韋菲利特並不是你，蘭普雷特也不是卡斯泰德。性情和言行舉止再像，也不是同一個人。」

「這也是當然的吧……雖說是父子，但我們仍是獨立的個體。」

卡斯泰德摩挲著下巴，訝異地看著說出了再當然不過的話的斐迪南。

「沒錯，確實是獨立的個體。直到羅潔梅茵提醒我之前，我也一直下意識地以為既然兩人相像，長大後也會變得一樣，但是我錯了。齊爾維斯特因為自己身為領主，肩負起了他該負的責任，韋菲利特卻仗著自己是領主的兒子，只想逃避應盡義務，他長大後不可能變得和齊爾維斯特一樣。」

「斐迪南大人，我有問題！」

我朝著斬釘截鐵做出結論的斐迪南高舉起手。這麼做等於是在打破凝結的空氣，所以在場所有人都屏著呼吸看向我。在眾人的注視之下，斐迪南輕抬下巴，要我說下去。

「斐迪南大人，您是在觀察了韋菲利特哥哥大人的哪些舉動後，才得出了這樣的結論呢？若要從繼承人人選中剔除掉哥哥大人，對貴族們也會造成非常巨大的影響，所以請告訴我們，您為何判定韋菲利特哥哥大人無可救藥吧。」

齊爾維斯特大力點頭，同意我的提問，往前傾身想知道答案。斐迪南「嗯」地盤起手臂，環視餐廳內的眾人後開口。

「由於我最熟知的孩童是羅潔梅茵，所以我先前一直在想，是否是因為下意識地與她作了比較，才覺得韋菲利特看來如此頑劣。然而，實際上並非如此。韋菲利特甚至還比不上孤兒院裡的孩子們，也比不上在工坊工作的商人學徒和羅潔梅茵的見習侍從。」

聽了如此苛刻的評語，齊爾維斯特和芙蘿洛翠亞瞠目結舌，因為斐迪南所給出的評價，和至今教師及侍從們的評價相差了十萬八千里吧。「這未免太過貶低……」齊爾維斯特小聲咕噥。我聽了很不高興，這才不是過分貶低，是事實。

「比不上他們也是當然的吧。」

我說，領主夫婦和韋菲利特的侍從們全瞪大了雙眼看我。也能感覺出有視線在說：怎麼可以拿領主的孩子和孤兒院的孩子作比較，但是，我無意就此閉上嘴巴。如果不讓大家認清現實，就沒辦法重整周遭環境，也無法讓韋菲利特心生警惕。

「我手下孤兒院的孩子們都受過嚴格教育，以備將來服侍青衣神官的時候，可以表現得體。路茲和吉魯更是都抱有著明確的目標，日復一日努力奮發向上。但是，韋菲利特哥哥大人卻是要求身邊的人忍受他所有任性的行為，不認真學習，也不懂得忍耐和努力，兩邊根本沒辦法作比較。對於被比較的人反而失禮……話說回來，斐迪南大人竟然會這麼生氣，韋菲利特哥哥大人到底做了什麼呢？」

聽了我補上的犀利評語，韋菲利特的首席侍從奧斯華德垂頭喪氣。連續兩個人都說韋菲利特比不上孤兒，似乎讓他稍微改變了想法，意識到這不單純只是惡毒的批評。

「韋菲利特非但無法坐著聽人說話，要求他完成作業，他也絲毫不予理會。由於齊爾維斯特也會有這些行為，所以我十分習慣，也還能夠容忍，但是，他卻想仗著自己是領主的兒子逃避這些事情，我無法坐視這種會用身分推卸責任的愚者成為領主。」

快從繼承人的人選中剔除掉他——斐迪南冷聲進言。從他的態度可以知道他是認真的，完全沒有轉圜的餘地。感受到了斐迪南不會退讓的決心，齊爾維斯特臉色不變。

「慢著，斐迪南。我會即刻改善，更何況我小時候也是這樣……」

「齊爾維斯特大人！我說過多少遍了，韋菲利特大人和您的程度完全不一樣！您剛才有沒有在聽我說話?!」

齊爾維斯特才想為兒子辯解，立即被黎希達的怒吼打斷，他瞬間噤不作聲。

斐迪南倏地瞇起雙眼，眼神變得有些深不可測，明明在看著齊爾維斯特，卻好像是在看著其他人，微微勾起嘴角露出冷笑。

「身為領主的孩子，盡全力展現自己努力後的成果，也是理所當然的吧？像這種展現不出任何成果的無能之徒，根本不算是領主的孩子。花在他身上的養育費用只會白費。無能的人沒有活下去的價值。無能的領主孩子根本不該待在城堡裡，如果不想被趕出去，當然該拿出應有的成果。」

「因為妳已是領主的養女」、「將來要以領主孩子的身分輔佐領主」——斐迪南說著這些話向我下達任務時，雖然用詞比較委婉，但也對我說過意思相近的話。我還以為他會這麼嚴厲，是因為我是外來的人，但看來斐迪南只要是領主的孩子，不論對誰都是相同的要求，雖然嚴厲，卻公平又簡單明瞭。「不愧是神官長。」我點著頭說，齊爾維斯特卻是按著太陽穴直搖頭。

「斐迪南，你這些話對一個才七歲的孩子未免太嚴苛了。」

聞言，斐迪南臉上的笑意更深了，卻是夾雜著嘲諷與失笑。

「齊爾維斯特，你在說什麼？從我七歲被帶來城堡舉行洗禮儀式的那時候開始，你的母親便一直對我灌輸這些想法。你說我太嚴苛了？可笑。」

終於明白斐迪南為什麼會有這麼嚴以律己又律人的成果至上主義，我內心十分難過。可以想像他從小便一直遭到嚴厲的態度與言語壓迫，為了不表現出自己軟弱的一面，還會用藥水強行讓自己恢復體力，所以看在這樣子生活長大的斐迪南眼裡，韋菲利特如今這麼驕縱的模樣，恐怕還讓他想吐吧。

「既然韋菲利特是領主的孩子，又由那個人撫養長大，自然也有這點程度的認知吧？然而他如今卻是這副模樣，我認為廢除他的繼承權，再將他趕出城堡，才是最妥當的做法。現今因為魔力不足，神殿這裡倒不介意收留他。」

在斐迪南用平淡口吻吐出的話語中，隱含著深沉的怨恨與憤怒，周遭的人都忍不住吞口口水。我雖然知道前任神殿長和齊爾維斯特的母親會排擠斐迪南，可是因為他和齊爾維斯特的感情很好，所以我一直沒有想得很嚴重。但我沒想到，斐迪南居然是在洗禮儀式過後就被迫離開父母身邊，從小便成天面對嚴厲的指責，還只能逆來順受。

斐迪南說的全都非常有理，齊爾維斯特根本無法反駁，緊緊咬牙。這時，芙蘿洛翠亞輕輕伸手，搭在齊爾維斯特的肩膀上。齊爾維斯特抬起頭來想尋求協助，卻在看見芙蘿洛翠亞的表情後定住不動。

「齊爾維斯特大人，你以前對我說過什麼？韋菲利特會成長為和你一樣的人，所以要我不用擔心。只要交給婆婆大人，最起碼也會教育成程度和你差不多的領主，所以才把韋菲利特的教養工作從我手中奪走，交給了婆婆大人吧？」

看來當時婆媳間的戰爭十分激烈，最終是婆婆認為「不能把孩子交給才剛嫁過來、還不了解這裡行事習慣的媳婦養育」，然後把韋菲利特從芙蘿洛翠亞身邊搶走吧。韋菲利特又是與齊爾維斯特十分神似的第一個孫子，齊爾維斯特的母親好像非常疼愛他，但從現在的情況來看，我只覺得是錯誤的決定。

……畢竟齊爾維斯特的母親以前還一直包庇前任神殿長呢。她也許是很重感情的人，卻是用著不對的方式在溺愛親人吧。

對親人非常縱容，對斐迪南和芙蘿洛翠亞這些外來的人卻很嚴厲。光是試著想像韋菲利特之前究竟受了怎樣的教育，我的頭就好痛。

而自己的孩子在當年被婆婆強行帶走後，如今還被人判定他身為領主一族，簡直是毫無用處的無能之徒。芙蘿洛翠亞身為母親，笑容中隱含著怒意，注視齊爾維斯特。

「交給婆婆大人的結果就是現在這樣嗎？今後即便當上了領主，又有誰願意輔佐在韋菲利特左右？」

「不，這是……」

「不必再做辯解，因為你已經對韋菲利特鑄下了無可挽回的過錯。」

在芙蘿洛翠亞的笑臉上，那雙閃動著怒火的藍色雙眸格外燦亮。接著她轉動眼珠，環顧餐廳，目光最終停留在我身後待命的奧斯華德身上。

「奧斯華德，我對你太失望了。」

「芙蘿洛翠亞大人！請等一下！我……」

「無論是你怠忽職守，還是沒有向我們報告真正的事實，我都不想再聽到更多辯解。我想知道的就只是真相。」

芙蘿洛翠亞再帶著優雅的笑臉轉向我。在她的笑容底下，可以清楚看見沒有明確宣洩出口的怒火。如果能夠發火、哭泣、吶喊、痛罵負責人，她的心情也會暢快一些吧，但芙蘿洛翠亞只是把怒火壓抑下來，直視前方，那樣的雙眼實在非常美麗。

「羅潔梅茵，那麼妳的感想呢？和自己的侍從及護衛騎士比較後，對於韋菲利特身處的環境和他現在的表現，妳能如實告訴我妳的想法嗎？」

「是的，養母大人……不管是出入我工坊的商人，還是孤兒院出身的侍從，現在都會讀寫文字和計算了，而且是在一個冬天便學會了。然而，韋菲利特哥哥大人明明有老師在身邊教導，卻花了數年時間還沒有學會，坦白說我真是不敢相信。過完了今天一天的生活，我認為韋菲利特哥哥大人無論目標還是心態，乃至於環境都需要大幅改進。」

「目標、心態和環境嗎？」

芙蘿洛翠亞直視著我，想知道有哪些事情應該改進。

「只要擁有明確想要達到的目標，人就會努力去做。我認為已經確定要成為下任領主的韋菲利特哥哥大人，太沒有目標了，因為沒有目標，才不會認真努力。也因為他從未努力過，所以無法懂得努力後達成了目標的成就感。不光這些，他還需要身邊的人在他成功時讚美他、一起為他高興，也需要激發他不服輸精神的競爭對手……但他目前身處的環境，完全不足以激勵他成長。」

芙蘿洛翠亞輕輕頷首，聽得非常專注，一旁的齊爾維斯特卻是垮下了臉。

「……不需要讓孩子與人競爭吧。和外人也就算了，但親人之間沒有這必要。」

「成長階段有人一起競爭是非常重要的。如果想讓孩子發揮領主的才能，就應該讓繼承人們互相競爭，最終再決定人選。養父大人也許已經受夠了兄弟間的你爭我奪，但為了不對骨肉親人太過縱容，我認為這也是必要的課題。」

況且領主一族人，好像本來就對親人很寬容了——我在心裡補上這一句。芙蘿洛翠亞彷彿聽見了我的心聲，重重點頭。

「養父大人，如果您真的想讓韋菲利特哥哥大人成為繼承人，為什麼是指派黎希達服侍我，而不是韋菲利特哥哥大人呢？黎希達曾經養育過您，若由黎希達跟在哥哥大人身邊，她絕對不會刻意討他歡心，而會嚴格教導他吧。我想不至於演變成直到現在還看不懂基本文字、連數字也只看得懂一半的局面。」

黎希達可是貴重的人才，她是真的把卡斯泰德、齊爾維斯特和斐迪南當成自己的孩子，連他們也敢狠狠教訓，所以比起經常待在神殿、很少待在城堡裡的我，我覺得更該讓黎希達跟在韋菲利特身邊。

「以他的身分，將來就算不願意也得負起責任，所以我才心想，至少孩提時候要讓他過得無憂無慮一點。若是對他太過嚴厲，未免太可憐了。」

「但現在的情況如果再持續下去，韋菲利特哥哥大人既不會讀寫文字也不會計算，還會被人拿來和他今後即將接受教育的弟弟妹妹作比較，然後輕視他愚笨，這樣不也很可憐嗎？冬天首度亮相的時候，在貴族的注目之下，卻只有他一個人不會彈飛蘇平琴，要是因此顏面掃地，我覺得這樣子更讓人同情，難道養父大人不這麼認為嗎？」

因為為人父母，才不想讓孩子再一次經歷自己討厭的事情，這樣說聽起來是很感人，但實際上只是一種溫柔的虐待。齊爾維斯特認為這是父愛的表現，絲毫不覺得自己做的有錯，我只好明白舉出不久後有可能發生的情況。

「……話雖如此，但我們從小就讓他開始練習，至少會彈飛蘇平琴吧？」

齊爾維斯特又引用了自己孩提時的情況，黎希達立刻橫眉豎目，往前一站。

「齊爾維斯特大人，今天樂師才告訴過我，韋菲利特大人因為討厭練習，經常逃跑，直到現在還不會按音階，您想他彈得了飛蘇平琴嗎？連基本文字都學了好幾年還學不會，往後要怎麼要求他完成領主的工作？」

「就算現在不會，將來也一定可以學會。」

「齊爾維斯特大人！我已經說過了，您以前再不願意，也會有人逼您學會該學的事情，但是韋菲利特大人並沒有，所以基礎完全不一樣。您究竟要冥頑不靈到什麼時候？請快點和處理公務時一樣正視問題！」

黎希達聲色俱厲地斥責領主。看見她這樣，我真的覺得果然該讓黎希達擔任領主血親的教育人員。

「齊爾維斯特大人，現在婆婆大人已經不在了，關於韋菲利特的教養工作，請全權交還予我吧。你先前也是拖到最後一刻，才向婆婆大人和前任神殿長治罪，對於親人總是不肯認清現實，所以我無法把韋菲利特託付給你。」

芙蘿洛翠亞笑著斷然直言齊爾維斯特派不上用場，再轉身背對他，稍微重新坐正，筆直地注視我。

「羅潔梅茵，妳曾讓孤兒院的孩子們一個冬天便學會讀寫文字和計算，那妳覺得該如何改善環境呢？只要從現在開始改善環境，也許還趕得上冬季的首次亮相。」

芙蘿洛翠亞的眼神非常真誠，只是個想為孩子做點什麼的母親。我點一點頭。

「是啊。首先，要正式讓繼承人們展開競爭。必須告訴本人，他如果再這麼偷懶懈怠，會無法繼承領主的位置，讓他產生危機意識，但只有本人有危機意識也不行，侍從和護衛騎士也要循序漸進地替換掉不願認真輔佐的人。」

「不是即刻替換掉所有人嗎？」

芙蘿洛翠亞問，我苦笑著搖頭。

「因為侍從們與日常生活密切相關，要是突然換掉所有人，我擔心哥哥大人會感到不安。先讓熟悉的面孔留下來，但相對地，我會指派黎希達擔任監督人員。」

「黎希達嗎？但她不是妳的首席侍從嗎？」

芙蘿洛翠亞驚訝地抬高音量，來回看向我和黎希達。

「因為我接下來還有收穫祭，還得為孤兒院進行過冬準備。在冬天的社交界來臨之前，幾乎沒有多少時間會待在城堡，所以這段期間，可以請黎希達重新教育韋菲利特哥哥大人的侍從和護衛騎士們。」

我房間裡的雜務可以交給其他侍從處理。韋菲利特的教育固然重要，但他身邊的人更需要重新教育。連領主在黎希達面前都抬不起頭來了，就由她讓大家徹底地領悟到，栽培下一任領主究竟該怎麼做。

「若真是如此我便放心了……但黎希達可以接受嗎？」

「那當然，芙蘿洛翠亞大人，我可無法對現在的韋菲利特大人坐視不管。」

黎希達惡狠狠地瞪向奧斯華德，完全進入了備戰狀態。真是太可靠了。

「那麼黎希達，我以主人的身分命令妳，在我不在城堡的這段期間，請妳前往韋菲利特哥哥大人的房間擔任監督人員，盡全力改善哥哥大人的周遭環境。」

「謹遵您的吩咐。」

黎希達當場跪下，低下頭去。芙蘿洛翠亞笑容中隱含的怒意也消退不少，似乎是稍微放心了。

「還有，為了督促哥哥大人成長，可以讓他看著父母的背影。具體的方法便是看著父親工作的樣子，讓他同時用雙眼與心靈牢牢地記住自己將來就是要做這些工作，然後視為是目標。可以安排兩、三天一次，時間也不需要太長，讓哥哥大人在養父大人的辦公室裡擺張桌子，這樣如何呢？」

因為不明白自己該承擔的工作與責任，韋菲利特才會那麼輕易就仗著自己的身分為所欲為。應該要讓他知道當上領主以後，得做哪些工作。

「哎呀，這個主意真是太棒了。韋菲利特可以在辦公室裡學習，齊爾維斯特大人則是在一旁辦公吧？」

「芙蘿洛翠亞……」

齊爾維斯特用為難的聲音喚道，表達微弱的反抗，卻馬上被芙蘿洛翠亞溫文和善的笑臉擋了下來。

「畢竟比起號稱微服出行，跑去平民區走動，為兒子立下榜樣更加重要呀。齊爾維斯特大人身為父親，想必願意幫忙吧？」

「……那、那當然。」

齊爾維斯特一臉「妳怎麼知道我去了平民區？」的表情改口答應。搜集到了情報以後，不是馬上質問對方，也不是加以禁止，而是在關鍵時刻更有效地加以運用。我想我得向芙蘿洛翠亞如此高明的手段看齊。

「還有沒有其他建議呢？」

「……剩下的就是護衛騎士吧。只有能夠毫不忌憚地抓住韋菲利特哥哥大人、還能果決地把哥哥大人綁在椅子上，這樣的人才能勝任哥哥大人的護衛騎士。比起蘭普雷特哥哥大人，我想艾克哈特哥哥大人更加適合……」

比起成年至今才過一年半的蘭普雷特，我想成年已有數年的艾克哈特在各方面的因應進退上會更機警伶俐，而且他因為與斐迪南年紀相近，曾經長時間相處，說過自己很尊敬斐迪南。感覺艾克哈特肯定可以帶著笑容，和斐迪南一樣嚴厲地管教韋菲利特。

「艾克哈特不行。在韋菲利特大人舉行洗禮儀式之前，我就試探性地問過他，但被拒絕了。」

卡斯泰德搖頭回答。

「試探性？」我偏過頭問，斐迪南輕輕聳肩。

「羅潔梅茵，艾克哈特是我在進入神殿時曾一度解任的護衛騎士，雖然目前負責在騎士團訓練新人與處理公務，但出席公開場合的時候，仍會擔任我的護衛騎士。」

我第一次聽說。對喔，斐迪南也是領主的孩子，所以當然也有護衛騎士。只是因為在神殿和在城堡都從沒見過有護衛騎士跟著他，我才完全沒有想到。

「但我會帶著護衛騎士前往神殿，斐迪南大人應該也可以吧？」

「不一樣。妳是以領主養女的身分，受領主之命成為神殿長，我是為了對外昭告不再與政治世界扯上關係，才主動進入神殿，立場並不相同。」

聽到他這麼說，我也只能表示理解說「原來如此」。可是，一直冷落排擠斐迪南的齊爾維斯特的母親已經失勢了，他不考慮還俗嗎？呃，但他要是還俗後離開神殿，我可就傷腦筋了。

「艾克哈特似乎無意侍奉斐迪南以外的人。他也是個怪人，拒絕了成為下任領主的護衛騎士，反而直到現在還開心地跟隨著已經成了神官的斐迪南。」

卡斯泰德說完露出苦笑。如果艾克哈特如此愛戴斐迪南，那對於要服侍曾排擠斐迪南的人一手養大的韋菲利特，絕對是避之唯恐不及吧。倘若勉強他去服侍韋菲利特，只怕會對他遷怒。

「既然艾克哈特哥哥大人不行，那只能訓練蘭普雷特哥哥大人了呢。」

「哼，再怎麼改善周遭環境，本人沒有努力的意願也是徒勞。最好的方法還是排除掉他，致力於教育年幼的弟妹。無能之輩就該盡快鏟除，留下禍根只是自找麻煩。」

大概是對於大家想努力改善韋菲利特現狀的發展感到不滿，斐迪南冷哼一聲，不屑一顧地說道。

「請等一下，斐迪南大人。還不確定真的已經無可救藥。如果只是周遭環境不好，那整頓周遭環境就好了。方才斐迪南大人稱讚我的侍從吉魯，以前在孤兒院可是頭號問題兒童唷。只要本人有努力的意願，即使到了十歲還是可以改變。韋菲利特哥哥大人才七歲，所以一定來得及。」

七歲這個年紀，只要本人有心改變，便有可能出現讓人跌破眼鏡的成長。聽到我為韋菲利特說話，齊爾維斯特像是發現一絲曙光，臉龐發亮地看向我。

「羅潔梅茵，真的嗎?!現在還來得及嗎?!」

「當然還是要看本人的意願和努力，不可能什麼都不做就有進步。」

和重新找回了希望的齊爾維斯特相反，斐迪南的愁眉苦臉正好與他呈現對比。他就這麼想廢除韋菲利特的繼承權嗎？我正這麼心想，斐迪南使力捏起我的臉頰。

「羅潔梅茵，妳自己已經有許多事務要處理，還想把時間和體力花在這種無謂的事情上，幫助從一開始就只想著逃避的愚者改頭換面嗎？連妳也會跟著變笨，況且妳也沒有這種閒工夫，快死心吧。」

雖然句句帶刺，但我想斐迪南是在擔心我的身體。非常正面思考的話，應該吧。我摀著紅腫發燙的臉頰，抬頭瞪向斐迪南。

「斐迪南大人說得沒錯，我確實沒有這種閒工夫。可是，明知道是周遭環境不好，就這麼置之不理、廢除哥哥大人的繼承權，也會讓人良心不安。養母大人身為母親，現在好不容易可以插手管教韋菲利特哥哥大人了。既然還有機會教導，應該好好教育他才對吧。」

「羅潔梅茵，我是在提醒妳不要感情用事、自找苦吃，這是妳的壞毛病。」

斐迪南像在看著不懂事的學生，金色雙眸受不了地低頭看我。我忍不住叛逆地噘起嘴巴，「唔唔唔唔」低吼，仰頭看著斐迪南。

「……那麼，只要韋菲利特哥哥大人有努力的意願就好了吧？」

「什麼意思？」

「我在交給法藍的計畫表當中，出了兩個作業。」

我豎起兩根手指，斐迪南似乎稍微被引起了興趣，朝我看來。

「一個是記住祈禱文，一個是熟記飛蘇平琴的樂譜。如果韋菲利特哥哥大人真的完成了這兩項作業，代表只是環境不好，但他確實具有努力的意願。屆時請斐迪南大人也改變自己的看法，並為教育計畫提供協助吧。」

「妳想要我提供什麼協助？」

斐迪南泛起冷笑，像在說白費力氣，我也微微一笑。

「請您威脅韋菲利特哥哥大人，說他有可能被廢除繼承權，讓他產生危機意識，再罵醒和身邊人們一起縱容他的蘭普雷特哥哥大人吧。」

如果是由至今很少相處的父母告訴他，有可能廢除他的繼承權，那韋菲利特太可憐了。我希望讓父母扮白臉，負責稱讚、安慰，給予獎勵。反正剛好有人適合扮黑臉，可以說是適材適所。

「再來的話……對了。斐迪南大人可以把韋菲利特哥哥大人綁在椅子上，強迫他學習。我希望可以讓他的大腦與心靈同時深刻體會到，現在自己已經站在不能回頭的懸崖邊緣了。斐迪南大人最擅長做這種事了吧？」

「真要說的話算是擅長，但難保我不會下手不知輕重，這樣也無所謂嗎？」

斐迪南曾說過想讓韋菲利特嚇得魂飛魄散、把他推進恐懼深淵，此刻露出了蓄勢待發的駭人笑容。我一邊點頭，一邊在心裡向兩人合掌默哀，但比起在一無所知的情況下遭到廢嫡，就算會嚇到晚上作惡夢，還是產生點危機意識比較好吧。

「那麼假使韋菲利特沒有完成這兩項作業，妳又打算怎麼做？」

「如果哥哥大人沒有完成作業，也確認了他確實毫無努力的意願，那便照著斐迪南大人的建言，從繼承人人選中剔除掉韋菲利特哥哥大人，再致力於教育弟弟和妹妹。」

聞言，斐迪南訝異地輕喊：「哦……」齊爾維斯特則是焦急地站起來：「羅潔梅茵，這麼做對韋菲利特太……」

「很遺憾，這也是養父大人等人太過縱容哥哥大人的結果，屆時還請您死心放棄吧。冬季的首次亮相之前一定要展現出成果，因為一旦表現出錯，留下的污名與評價將會跟著哥哥大人一輩子，所以我們真的沒有時間了。」

而且我的工作很多，才沒有時間再去照顧沒有努力意願的人——我說完，齊爾維斯特按著太陽穴，頹然坐回椅子上。斐迪南聽著我們兩人的對話，再交互看向我們兩人，露出了壞心眼的笑容。

「羅潔梅茵、齊爾維斯特，從第五鐘直到第六鐘為止，韋菲利特完全沒有試圖背誦祈禱文。你們期待也沒用。」

不同於露出絕望表情的齊爾維斯特，我倒是沒有那麼悲觀。

「即使沒有用，我還是會等到明天中午的交換截止時間。如果看到了孤兒院的孩子們和工坊，也看到了我的侍從以後，韋菲利特哥哥大人仍是沒有任何感覺，也沒有任何改變的話，只怕也不可能在冬天之前扭轉局面，所以，到時候我會果斷放棄。」

「別忘了妳這句話。」

斐迪南顯然深信自己會贏得勝利，我對他點頭微笑。

「當然。可是，我一點也不擔心，要賭上我的讀書時間也沒關係喔。」

聽到我說要賭上讀書時間，斐迪南的嘴角一陣抽動。他露出了想查探真正意圖的凌厲眼神，低頭由上到下打量我。

「……妳賭上讀書時間的根據是什麼？妳與韋菲利特接觸的時間也不多吧？」

「我的根據和韋菲利特哥哥大人一點關係也沒有。」

接著我得意萬分地雙手扠腰，挺起胸膛。

「因為我的侍從非常優秀。他們每一次都能完成我交代的任務，所以只是讓韋菲利特哥哥大人完成兩項作業而已，一定可以成功。」

斐迪南微微瞠大了眼，隨即按著太陽穴嘆氣，再雙手環抱胸前，非常居高臨下地看我。

「很遺憾要潑妳冷水，但一手教育法藍的人可是我。」

「才不只有法藍，我的侍從全都非常優秀！」

我卯足了全力反駁斐迪南冷靜的吐槽，四周傳來了忍俊不禁的笑聲。

隔天上午，我召集了莫里茲和奧斯華德等韋菲利特的侍從，與芙蘿洛翠亞和黎希達一同聚集在韋菲利特的房間。然後我向大家展示斐迪南帶來的歌牌、繪本、撲克牌，教大家怎麼邊玩邊學。比起教育，更像在玩遊戲。

「羅潔梅茵，這些都是妳做的嗎？」

芙蘿洛翠亞看了繪本，再檢視歌牌，用讚嘆的語氣輕聲說道。

「負責製作的是工坊的人，但構思的人是我。孤兒院的孩子們就是閱讀這些繪本，玩歌牌和撲克牌，才在過冬期間便學會了讀寫文字和計算。」

而且不光諸神和眷屬神的名字，連神司掌什麼、擁有什麼神具也都學會了。

「護衛騎士對我說過，學習魔法的時候，若能熟知諸神會很有幫助。如果孩子們可以在冬季期間用這些教材邊玩邊學，我想領地整體貴族的水平都能大幅往上提升。」

「……是呀，如果能在就讀貴族院之前學會這些，日後學習起來一定能輕鬆許多。韋菲利特身為領主的孩子，該指導他趕在其他貴族之前先學會呢。」

芙蘿洛翠亞注視著歌牌，用十分小心的動作撫摸。果然歌牌和繪本應該能在貴族間賣得不錯。看來在冬天結束之前，最好多做一點。

「等韋菲利特哥哥大人回來，下午的課程就教他玩歌牌吧。首先，要看著歌牌的奪取牌，由老師唸出詠唱牌上的內容，讓哥哥大人重複唸到他記住為止，然後練習讀寫這部分的第一個字。」

像麗乃那時候，也會練習邊唸「ㄅ，ㄚ，ㄅㄚˋ，爸爸的爸」邊寫注音，而且包括自己名字中用到的字，韋菲利特已經懂得大約一半的基本文字，所以我預計以那些基本文字為主，從連結圖畫與詠唱牌開始進行。

書寫練習結束後，接著是玩歌牌。要從許多張歌牌當中，找出自己已知基本文字的奪取牌，再努力搶到當天所練習文字的歌牌。由侍從當對手，最一開始詠唱牌唸完後，侍從必須先等十秒鐘才能搶牌。等到韋菲利特習慣了玩法，可以再慢慢縮短時間至八秒、五秒，調整上應該不會太困難。

撲克牌的話建議先玩排七，學習計算花色的個數、熟悉數字。目標在於讓韋菲利特可以看懂數字，並且養成可以接納比賽結果的忍受力，就算比賽輸了也不會鬧脾氣。當然要玩其他遊戲也可以。

至於繪本，可以等到睡前再唸給他聽，一天要唸一次。只要一直唸到他記住了內容，之後就能照著內文追逐耳朵記住的文字，或許能讓他對文字產生一點興趣。

「而且我希望侍從們能認真比賽，所以會排出名次，超過三十次以上都最後一名的侍從會被列入替換的候選名單中。玩歌牌要贏過韋菲利特哥哥大人，應該很簡單吧？」

侍從們的表情全僵住了。可別以為至今的怠忽職守不會有任何處罰喔。今後會從各個方面不斷進行評估，逐一篩選淘汰，因為斐迪南認為，「下任領主不需要無能的侍從，更何況他成為領主的希望本就渺茫」。

「所有比賽都一樣，全勝和全敗都不會使人進步。有時候贏、有時候輸，才會讓人想要認真全力以赴，所以偶爾要適時地讓韋菲利特哥哥大人獲勝，偶爾也要讓他輸得一敗塗地，請激發出他想努力的鬥志吧。」

我再補充說可以利用點心做加數減數的練習，或是要求韋菲利特用餐點的醬料在盤子上寫字，而且要唸出來以後才能開動，盡可能地把教育融合運用在日常生活當中。黎希達聽了露出可靠笑容。

「大小姐，請包在我身上吧。」

然後，第四鐘響後過了不久，韋菲利特和蘭普雷特一臉憔悴得不成人形地回來了。看來斐迪南的威脅，恐怖到了足以讓他們留下精神創傷。看見斐迪南有些痛快，但也有些不是滋味的表情，我猜打賭是我賭贏了。我呵呵微笑後，他臭著臉瞪過來。

「歡迎諸位歸來。午餐已經準備就緒。」

領主夫婦也和我們一起吃午餐，詢問了韋菲利特在神殿的所見所聞。看過了孤兒院和工坊裡的孩子後，韋菲利特果然大受衝擊。聽完了他的報告，父母再為他完成了作業一事給予表揚。同時，雖然只是在韋菲利特和蘭普雷特面前故意演戲，斐迪南也用斥責的語氣向領主夫婦報告了自己的觀察結果，我也表示自己在看過韋菲利特的教育環境以後，覺得有必要改善。

「……基於上述見解，我認為應當改善生活環境，抑或廢除韋菲利特的繼承權。」

斐迪南厲聲下達結論後，兩人面色鐵青，用求救的視線看向齊爾維斯特。齊爾維斯特在眾人的注視之下，緩緩摸著下巴，想了一會兒後回答：

「我明白了。關於這件事，等到觀察過冬季首次亮相時的表現後再作考慮。假如韋菲利特能在冬季的首次亮相之前，學會書寫所有基本文字和數字，也懂得簡單的計算，還能用飛蘇平琴完整彈奏一首歌曲，便可維持現狀。」

「在冬天的首次亮相之前……？」

韋菲利特和蘭普雷特聽了指定的期限和目標，全都臉色丕變。我想也是。他們一定是心想花了幾年時間也學不會的事，現在怎麼可能學得會。

「韋菲利特哥哥大人，請您放心吧。我已經送來了孤兒院孩子們在學習文字時所用的教材，既然您已經可以在一天當中完成兩項作業，相信能在冬季來臨前勉強達到目標吧，但只要一鬆懈，恐怕就無可挽回喔。」

「……嗯。」

「才勉強而已……」

不論基本文字還是數字，韋菲利特至少都會一半了。如果能夠照著我訂定的每日計畫表，完成所有進度，一定可以達到目標。

「羅潔梅茵，妳看起來心情很好嘛。妳一整天都在城堡裡做什麼了？」

「大半時間都在訂定韋菲利特哥哥大人的教育計畫，自由時間則都在圖書室看書唷。居然睡覺前和起床後都可以閱讀借來的書籍，真是幸福的一天。」

「……看書會覺得幸福？我無法理解。」

那是因為你看不懂文字。等到看得懂了，一定可以體會這種幸福。可以體會以後，一定會和我一樣為身邊就有藏書量這麼豐富的圖書室，幸福得感動泛淚。

「韋菲利特哥哥大人，您很想到外面去吧？要不要再和我交換生活三天呢？」

「絕對不要。」

韋菲利特恐懼得皺著臉即答，顯然是被斐迪南欺負得很慘。

「因為就只有韋菲利特哥哥大人可以過著這麼輕鬆又幸福的生活，太奸詐了。我也想要有很多自由時間，可以盡情看書。」

「嗚……羅潔梅茵，我不會再說妳奸詐了。那個，對不起。」

韋菲利特說完，用力把頭撇開，因為韋菲利特每次見面就一直說我奸詐，讓人很不耐煩，所以我才提議了交換生活的計畫，讓他以後再也不會說這種話，看來是順利達到了最一開始的目標。

……唔呵呵，真是心滿意足。

「那麼關於吃完午餐後的下午課程，我也打算一起參加……」

「妳不行。」

斐迪南說我還有其他事情要先處理。

「我已經替妳安排好了會面。妳得和收穫祭的同行人員碰面，並且討論細節，之後還要與文官協商，再著手進行哈塞那邊的事前準備工作。」

這些事情比起韋菲利特的學習，確實更該優先處理。

「在我們回來之前，努力多記點歌牌的內容吧。羅潔梅茵可是連對初學者也不會手下留情。」

斐迪南說的對初學者也不手下留情，是指玩黑白翻轉棋那時候吧。那是因為我判定只有最一開始的時候可以贏過斐迪南，才會使出渾身解數。和韋菲利特這樣的小孩子玩歌牌，我怎麼可能使出全力嘛。

「……這麼久以前的事情還一直記恨在心，糾纏不休的男士會不受歡迎喔。」

「本來歡迎我的人便不多，被討厭更是家常便飯，所以不必放在心上。」

……這樣子不對吧。來人啊，也幫這個人訂定一下重生計畫吧！身為人類他一定是哪裡有問題！被人說愛書到不正常地步的我也沒資格訂定重生計畫，所以請來人幫幫忙吧！

收穫祭的準備

斐迪南說要在本館的會議室討論收穫祭的事情，於是我帶著奧黛麗和四名護衛騎士，坐著小熊貓巴士，小跑步地跟在斐迪南身後。每次只要路上經過的文官帶著驚嚇的表情看向小熊貓巴士，斐迪南就會沉下臉來，瞪向小熊貓巴士。我正開始樂在其中時，抵達了會議室。

「艾克哈特、尤修塔斯，讓你們久等了。」

在面積不大，只放有六人座桌子與椅子的房間裡，兩名男子正跪地等候。艾克哈特我已經認識了，所以另一位有著灰色頭髮，身高偏矮的削瘦男子就是尤修塔斯吧。

「羅潔梅茵，他是尤修塔斯。是妳首席侍從黎希達的兒子，這次的收穫祭將以徵稅官的身分與妳同行。」

「在這風之女神舒翠莉婭護佑的結果之日，得以在諸神的引導下與您會面，願能為您獻上祝福。」

「准許你。」

說完了麻煩又冗長的問候語後，兩人敏捷起身。尤修塔斯的褐色雙眼往下朝我看來。我微微歪過頭後，他露出了好像帶有欣慰的淺笑。

接著尤修塔斯在桌上攤開地圖，開始說明這次的收穫祭，也確認了行程與收穫祭的流程，雖然這些事情法藍已經告訴過我了，但因為沒有實際執行過，所以我腦海中無法浮現出具體的影像。

「關於馬車的數量，一人兩輛足夠嗎？」

「我們一輛便足夠了，但羅潔梅茵大小姐就算有兩輛，恐怕也不夠用吧？男性的行囊比較輕便，但女性的行李往往數量龐雜。只是換套衣服，就需要好幾名侍從吧？」

尤修塔斯說完，斐迪南用看好戲的眼神望向我。

「羅潔梅茵，妳打算帶哪幾名侍從同行？」

「因為這次是以神殿長的身分前往，所以要帶神殿的侍從吧？那麼我會帶法藍、莫妮卡、妮可拉，還有專屬廚師艾拉。如果需要樂師，也會讓羅吉娜同行，這樣可以嗎？」

要和我一同前往收穫祭的人手似乎算是非常少，尤修塔斯還瞪大眼睛問我：「這幾個人就夠了嗎？」在城堡，每項工作都會被詳細劃分，但在神殿並不是這樣，所以只要有少少幾人就能維持運作。

「啊，斐迪南大人，其實不需要搭馬車，可以坐我的小熊貓巴……」

但我話還沒有說完，斐迪南就想也不想否決。

「不行。首先，妳在採集材料時就已經需要魔力，若還要加大騎獸的體積，連續使用多日，只會白白浪費魔力。再者，當妳被捲進危險當中，也會波及到與妳同行的人，我無法安排那麼多護衛騎士，保護妳的每一個侍從。最後，萬一妳因為身體不適而無法集中精神，屆時會危險到完全無法移動，所以也是為了防範無法使用騎獸的情況，必須要搭乘馬車。」

斐迪南扳著手指一一列出理由，我也同意。畢竟要是發生了什麼狀況，最先被捨棄的就是神殿的侍從們。危險的地方最好別讓他們同行。

決定好了馬車的數量後，斐迪南接著開始叮嚀我收穫祭期間需要注意哪些事情。

「羅潔梅茵，妳聽好了。收穫祭期間，妳一定要寸步不離地跟著兩人，不能不帶護衛也不帶侍從就四處閒晃。祭典上雖然會提供豐盛的菜餚，但妳必須等到侍從試毒以後才能放進口中。第七鐘響後，即便受到挽留，也要以就寢為由離開祭典會場。村長們和鎮長不管說什麼，全要回以模稜兩可的答案，避免明確回答。若有不明白的地方，就全權交由艾克哈特和尤修塔斯處置，妳別輕舉妄動。還有……」

斐迪南簡直和學校的老師沒兩樣，對著要去遠足和校外教學的學生絮絮叨叨地重複著相同的叮嚀，但因為瑣碎的注意事項太多，我反而開始陷入混亂。與專心傾聽的艾克哈特剛好相反，尤修塔斯調侃笑道：

「斐迪南大人，您的個性還是一樣這麼小心謹慎。之前聽說您將一個小女童納入庇護下時，我還十分擔心，想不到完全就像個監護人。我真是太吃驚了。」

尤修塔斯間接地暗示著，他還以為連對小孩子也要求甚高、只要判定不成材就果斷放棄的斐迪南，不可能照顧得了小孩子。聽得出來他的語氣充滿揶揄。斐迪南輕瞪向尤修塔斯，再看著我說：「我倒希望這些注意事項已經足夠了……」

因為大約會有近千人從周邊的農村聚集到冬之館，所以收穫祭是規模相當大的祭典。祭典會在下午舉辦，一直持續到第七鐘。我基本上只需要在祭典最剛開始的時候出場，舉行洗禮儀式、成年禮、結婚儀式。

……但祝福的祈禱文全都很像，真怕搞混呢。

「收穫祭雖然第七鐘就結束了，但村長和鎮長會在那之後進行接待。這次收穫祭妳分派到的地方，都是去年為止前任神殿長前往的地點。雖是為了順便昭告神殿長已經換人了，但他們今年的接待，仍然是配合前任神殿長在作準備，並不適合妳參加，所以妳要堅稱就寢時間已經到了，離開現場，絕對不能理會。」

斐迪南說得很籠統，但只要想想前任神殿長的種種事蹟，再看看尤修塔斯和艾克哈特一臉了然於胸的表情，就能料想到大概是夜晚那種準備了酒和女人的接待。

「但若向村民表示不需要接待，只怕他們自己會疑神疑鬼、不知所措，擔心是不是有哪裡讓妳不滿意，煩惱現在該怎麼辦？明年又該怎麼辦？所以我才指派了艾克哈特，代替妳去接受招待。艾克哈特，你要代替可愛的妹妹，去應付那些鎮長和村長。」

「謹遵斐迪南大人的吩咐。」

斐迪南似乎是認為，如果大家知道了新任神殿長是領主的養女，又是個地位極高的小女孩，會有很多人以為我很好巴結，朝我蜂擁而來。好像也是因為前任神殿長是會接受賄賂的人。因此艾克哈特要肩負起防波堤的重任，尤修塔斯則在徵稅時負責監督。

「若不好好看著羅潔梅茵，她老會做出意料之外的舉動，像是莫名其妙便瀕臨死亡邊緣，還會惹出麻煩，甚至讓問題變得更嚴重。雖然也需要你們多加留心，但羅潔梅茵，妳絕對不能自作主張，一定要和兩人其中一人共同行動。明白了嗎？」

「是。」

討論完了收穫祭的事情後，斐迪南拿出防止竊聽的魔導具放在桌上。大家很快伸手拿起，我也拿起了小巧的魔導具。

「那接著進入正題，關於採集一事。」

斐迪南說完，艾克哈特和尤修塔斯的表情都變得嚴肅。看來採集材料這件事要不為人知地進行，我也跟著繃緊神經。

「羅潔梅茵，一般上流貴族的女兒，一出生便會得到用以吸取魔力的魔導具，原本絕不可能因為身蝕而險些喪命，還出現魔力在身體中心凝固的現象。之所以要趕在妳就讀貴族院前製作尤列汾藥水，也是為了隱瞞妳曾因身蝕而險些喪命的事實。」

聽到斐迪南這麼輕易就說出了我出生的秘密，我不禁倒抽口氣，偷偷瞄向兩人，但艾克哈特和尤修塔斯都一臉理所當然地點頭。

「他們兩人都知道這件事，因為我在調查妳的時候，就是派了他們當左右手。」

「呃，所以說……」

「在平民區搜集情報真是太好玩……不，真是項非常有意思的體驗。」

尤修塔斯輕笑一聲後，說話語氣忽然一百八十度轉變。

「因為當時幾乎打聽不到任何有關梅茵的消息，雖然透過魔法契約書知道了妳與奇爾博塔商會有往來，但還是很難挖出更多線索。非常有挑戰性。」

雖然端正的坐姿看得出是上級貴族，但尤修塔斯的語氣和平民沒有兩樣。原來他是諜報人員。我這樣心想著，仔細觀察起尤修塔斯，發現他的髮色與眼睛確實不屬於醒目的顏色，長相也很普通。是那種沒有什麼特色、容易埋沒在人群裡的人。個子雖然偏矮，但也不至於矮到讓人留下印象，可以利用鞋子蒙混過關。削瘦的體型只要披上布料，也可以任意改變身型，可以說是從事諜報工作的最佳人選。

「羅潔梅茵大小姐，為了搜集情報，我會假扮成各種階級的人。舉凡語氣、走路方式、態度、生活習慣都要加以模仿，藉此獲得情報。因此我自認為，多少可以理解妳要假扮成上級貴族的女兒、以領主養女的身分生活下去有多麼困難，妳真的很努力。」

尤修塔斯說他就是欣賞我的努力，才決定以徵稅官的身分與我同行。我聽了雖然高興，但也有些疑惑。上級貴族會為了搜集情報，專程跑到平民區嗎？我歪著頭，斐迪南用傻眼的表情看著尤修塔斯。

「尤修塔斯，你還是老樣子，只會說些對自己有利的話。羅潔梅茵，尤修塔斯是怪人。他最大的興趣就是搜集情報和材料，甚至還曾經為了搜集情報，男扮女裝混進貴婦人們的茶會。之所以成為文官，也是因為可以明目張膽地搜集情報，轉化為工作。這次因為要保護妳，可以同時做到兩種工作，他還非常高興，所以妳不用對他心懷感恩。」

尤修塔斯說他在小時候發現，侍從與僕人會在主人面前和主人背後說出不一樣的話，這於是成了他對搜集情報產生興趣的契機。聽說黎希達還對他說：「你那麼愛搜集情報，乾脆去當文官，幫齊爾維斯特大人搜集對他有利的情報吧！」

「所以我照著母親大人的吩咐，為齊爾維斯特大人搜集了情報，但每一次都是不得不幫忙處理公務的斐迪南大人在活用我所提供的資訊。就讀貴族院的時候，我發現他竟然能把乍看下毫無意義的情報結合起來，除掉敵對的貴族。那俐落的手法甚至讓我興奮得全身發抖呢。」

結果尤修塔斯沒有照著黎希達的期望為齊爾維斯特工作，而是選擇了能夠活用自己所提供情報的斐迪南為主人。聽說斐迪南命令他潛入貴族從未踏進過的平民區，調查我的事情時，他還興奮到睡不著覺。用興奮的口吻說著這些事情的尤修塔斯，百分之百是怪人。

「自從羅潔梅茵大小姐出現在斐迪南大人身邊，我每天都為了搜集情報而過得非常充實，對此我非常感謝妳。」

這感謝真讓人高興不起來。

「斐迪南大人，瑠耶露的採集您也不會前往嗎？」

艾克哈特看著地圖問道。斐迪南一臉非常遺憾地嘆氣，跟著低頭看向地圖，伸出手指描過自己的行進路線。

「可以的話我也想趕過去，但目前還無法肯定……」

「斐迪南大人，您也和尤修塔斯一樣喜歡採集材料嗎？」

因為斐迪南手指的動作透露出了非常可惜的感覺，我感到意外地問。斐迪南看向尤修塔斯，不快地板起臉。

「我不是喜歡採集材料，而是喜歡思索獲得新材料後，要用來製作什麼東西。別把我和只要搜集到珍貴材料便心滿意足的尤修塔斯混為一談。」

「羅潔梅茵，斐迪南大人在就讀貴族院期間，為了做出自己想要的魔導具，還曾和見習騎士們一起打倒魔獸和魔樹，取得魔石與材料。我也同行過數次。」

聽到艾克哈特這麼說，我腦海中迸出了斐迪南在消滅陀龍布的畫面。想不到斐迪南平常會做這種事情搜集材料，學生時期過得相當狂野嘛，因為很難得可以聽見斐迪南以前的事情，我還想再多聽一點，斐迪南卻睨了眼艾克哈特，要他閉上嘴巴。

「如果是要前往會有強大魔獸出沒的地點，需要安排更多人手，但這次只是要採集魔樹的果實，僅有幾人應該沒問題吧，尤修塔斯？」

被點名的尤修塔斯明確點頭。

「是的。杜爾潘村外的瑠耶露，是在滿月之夜會結果的魔樹。我以前曾在夏季的滿月之夜採集過一次，風屬性相當強烈。假使要搜集尤列汾的秋季材料，只要在舒翠莉婭之夜那天前往採集，肯定可以採到最高等級的材料。」

聽起來，尤修塔斯也搜集了可以在領地內採集到哪些材料的資訊。尤修塔斯好像因為喜歡搜集材料，所以不會拘泥於時期與地點，搜集了各式各樣的材料。斐迪南再根據他提供的資訊，選擇時期與地點，決定了材料的採集地。

「我搜集到的情報，經常有人質疑到底有什麼用，但斐迪南大人總會善加利用。」

尤修塔斯說完露出苦笑。

「關於這次的採集，因為羅潔梅茵大小姐尚未擁有思達普，所以需要有儲存了魔力的刀型魔導具。」

「我正在準備，很快會完成。」

看來斐迪南正在準備我所需要的工具。他一如往常總會顧慮到細節，思慮非常周詳。接著大家再確認了採集時會用到的手套、皮革手套和小刀等必要工具，尤修塔斯還向我說明該怎麼採集。

「羅潔梅茵大小姐，採集的時候，請妳騎著騎獸盡量靠近瑠耶露，然後直接以手觸摸瑠耶露的果實，注入魔力，直到它變色為止。變色以後，再用刀型魔導具把果實砍下來，這樣便大功告成。如果是戴著能夠阻絕魔力的皮革手套進行採集，他人也可以使用這些材料，但在自己要調配藥水時就沒那麼好用。」

「我知道了。我會加油。」

討論完了收穫祭和採集的事情，兩人把防止竊聽的魔導具還給斐迪南，然後告退離開。下次見面就是要前往收穫祭的出發當天了，屆時會在神殿會合。

「我接下來傳喚了坎托納，妳要安分坐著別動。」

「是。」

哈塞的契約

負責哈塞的文官坎托納走進房間。他是個中等身高身材的中年大叔，該說是第一印象嗎？總之我在見到他的瞬間，腦海中蹦出的單字就是「諂媚小人」。從他的面相，完全可以看出他善於趨炎附勢的性格。也不知道算是好消息還是壞消息，那雙帶著試探的眼睛在我和斐迪南之間不斷來回。那副模樣看來就像是陰險狡詐的小官吏，而且是那種會對身分比自己低的人耀武揚威，但對身分比自己高的人又會過分討好。

結束了貴族間的寒暄，斐迪南請他就座後，坎托納的雙眼更是焦躁不安地轉來轉去。

「斐迪南大人，您找我來究竟有何要事呢？」

「看見我們兩個，你還不明白嗎？」

斐迪南稍微壓低音量。坎托納的表情像是真的完全沒有頭緒，正在拚命回想。不知道是忘了自己負責什麼工作，還是已經被調離原本的工作崗位，還是說，他不知道我們有參與哈塞的推廣印刷業工作？

「實在是非常抱歉，但我真的毫無頭緒。」

「……是關於哈塞的事。」

坎托納的眼珠子僅一瞬間動了下，除此之外仍是面帶笑容，繼續又說：「您說哈塞嗎？那裡怎麼了嗎？」

「在哈塞成立孤兒院與印刷工坊的計畫，是由領主親自下令，並由羅潔梅茵與負責監護的我為中心在推展這項事業。不久前還派遣我們經常光顧的商人與羅潔梅茵的侍從前往視察，卻聽說當時你的態度相當不配合。」

「不，這怎麼可能呢……」

坎托納微笑說道，雙眼卻有些失焦，似乎正飛快動著腦筋在盤算許多事情。臉上雖然在笑，但很明顯心裡正想著「糟糕」，拚命在思考要怎麼全身而退。

「但我聽說你的態度甚至還讓對方懷疑，可能想讓這些計畫以失敗告終。」

「這當中想必有所誤會……也許是商人他們連成一氣，在謀劃什麼主意。畢竟他們只要有錢，三兩下便能改變說詞。」

你是在介紹自己嗎？我硬是把這句來到了喉嚨的話吞回去。今天是為了了解貴族的處事方式，我才會在場，所以不能隨便插嘴。

「所以你的意思是……他們的報告是在說謊嗎？」

「不，這我不敢斷言，但也許是彼此有什麼誤會，也或者是想法上有什麼不同吧。畢竟他們是一心追求利益的商人，哪裡能夠習慣我們貴族的處事方式呢。」

坎托納帶著討好的假笑，一直強調商人、商人，但他不知道一行人當中也有我的侍從吉魯嗎？斐迪南老說我「真的從不察言觀色」，因此我再度把忍耐和自制力都拋到腦後，開口說了。

「您的意思是，我的侍從也不習慣貴族的處事方式嗎？」

雖然確實是完全不習慣啦。我一邊在心裡補上這一句，一邊觀察對方的反應。大概是沒想到我會開口說話，坎托納慌了手腳，支支吾吾地說：「我不是這個意思……」儘管我個人很想接著逼問：「不然是什麼意思？」但斐迪南在桌子底下輕拍我的腳，所以我只好作罷。

斐迪南先是垂下雙眼，說「我明白你的主張了」，然後抬起頭來，對著坎托納淺淺一笑。

「關於今日叫你過來的原因，是聽說你與哈塞的鎮長簽下了購買孤兒的契約？」

「咦？是、是的。這有什麼不妥嗎……？」

「羅潔梅茵相當中意那名孤兒，所以當時半是強行地把她帶走了，事後才聽鎮長提起，原來他已經與你簽訂了契約。為了確認事實，我才傳喚你前來，畢竟算是搶走了別人的人，我們也有些於心不安……」

斐迪南說到這裡先停下來，露出了非常擔心的表情。很明顯是假的。

「但是，聽說你那位善於嫉妒的夫人，十分懷疑你出城的理由。我想你應當沒有愚蠢到還在這種情形下購買即將成年的孤女，想必是有什麼理由吧？」

一邊露出擔心的表情詢問原由，一邊還穿插威脅，我忍不住在心裡為斐迪南的心機之重拍手叫好，坎托納則是瞬間變得面無血色，但就算臉色蒼白，諂媚的笑容還是繼續掛在臉上，這一點讓我覺得他真的果然是貴族。

「正是、正是，確實有著複雜且重大的理由，但是，既然羅潔梅茵大人中意那名孤兒，我當然樂意讓出。我會取消契約，現在馬上把契約書拿過來，還請兩位稍候。」

坎托納近乎落荒而逃地暫時離開。看著房門啪噹關上，我仰頭看向斐迪南。

「斐迪南大人，您連坎托納的夫人也調查得很清楚呢。」

「貴族之間在交涉時，關鍵往往在於事前能取得多少對方的情報。尤修塔斯提供的消息雖然五花八門，要從中找出有用的資訊也很費力，但非常有用。」

尤修塔斯喜歡搜集各式各樣的情報，斐迪南又記憶力超群、擅長取捨，由他來活用尤修塔斯的情報，根本無敵又恐怖。正如尤修塔斯所說的，「只有斐迪南大人能夠好好活用我的能力」，一般人很難從複雜繁多的情報當中，找出自己需要的資訊。

就算無意與他為敵，斐迪南還是找人調查了我在平民區的人際關係與行動，所以不知道尤修塔斯和斐迪南到底知道了我哪些事情，但感覺我這個人就只有一堆把柄，所以要是與斐迪南為敵，大概會像蟲子一樣兩三下就被捏扁了。

「我絕對不會與斐迪南大人為敵，請您放心吧。」

「……為何突然這樣宣告？是艾克哈特還是尤修塔斯對妳說了什麼奇怪的話嗎？你們怎麼全都沒頭沒尾就突然這麼說，簡直莫名其妙。」

……一定是因為大家都覺得神官長很可怕啊。

許久之後我問了才知道，原來和我這個因為害怕、才決定不與斐迪南為敵的膽小鬼不一樣，另外兩人是基於各自的理由敬仰斐迪南，才決定視他為侍奉一生的主人，然後說出了這句話。艾克哈特還對我說，「別把我們和妳混為一談」。

……對不起喔，艾克哈特哥哥大人。我真的不太明白視為侍奉一生的主人是什麼感覺。

斐迪南正因為我突如其來的宣言而板著臉孔，這時坎托納帶著契約書回來了。一看到斐迪南眉頭緊皺，神情不悅，他嚇得一抖，立即遞來契約書。

「這張便是契約書。」

「嗯，失禮了……我們會支付違約金，所以你可別再跑去哈塞索討違約金和孤兒。」

只要帶著這張契約書去哈塞和鎮長協商，與孤兒交易有關的糾紛就能劃下句點了。終於結束了──我正鬆一口氣，卻發現坎托納頻頻瞥向斐迪南，用像在辯解的語氣和態度又開始說：

「但是，如此一來我也十分為難。正如方才所說，這當中確實有著複雜的原委。這份契約我也是受人所託，並非自己所願。」

還以為那只是封口以及向夫人辯解的說詞，原來坎托納是真的受別人所託在尋找成年女性。

「請問是哪一位的委託呢？我們也需要與他協商嗎？」

我們會拿回契約書，是為了避免在哈塞鎮民眼中變成邪惡的那一方。我也不希望看在坎托納和他的委託人眼裡，我們成了中途搶人的惡棍。畢竟比起鎮長，得罪貴族引來的麻煩可能會更加棘手。

「我希望能真誠且坦白地也與那位大人好好溝通。」

「不，呃……這件事並不適合讓羅潔梅茵大人聽見……」

坎托納流著冷汗婉拒，只用視線向斐迪南求助說「請幫幫忙」。看來是些我在場就不方便說的話吧。

「羅潔梅茵，妳可以先走了，和韋菲利特一起學習吧。布麗姬娣、安潔莉卡，妳們帶著羅潔梅茵先行離開。」

斐迪南揮揮手催促我們離開，我順從地點點頭，走出會議室。

然後我坐著小熊貓巴士，前往韋菲利特的房間。一進房間，我發現大家為了討好韋菲利特，正玩著一點也沒有緊張刺激感的歌牌。詠唱牌唸完後的那十秒，持續了很久，非常久。在馬屁精們的包圍下，韋菲利特一臉百無聊賴地看著奪取牌。

我環顧房間一圈，看見黎希達只是安靜站著。大概是正在評判哪些侍從派不上用場。明明她的眼中跳動著熊熊怒火，卻表現得很安靜，反而讓人覺得很恐怖。

「韋菲利特哥哥大人，我不介意中途參加，請讓我也一起玩吧。」

我面帶笑容，制止了非常緩慢地數到十的侍從們，然後照著正常的速度數到十，再立即搶走奪取牌。當中似乎也包括了韋菲利特今天剛學會的文字。

「什麼?!羅潔梅茵，妳太快了！」

「不對，是韋菲利特哥哥大人太慢了。一開始在排歌牌的時候，您應該就已經知道自己記得的歌牌放在哪裡了吧？如果沒辦法在開始唸詠唱牌的那一瞬間就伸手搶牌，這樣怎麼來得及呢，而且我還已經為您先等了十秒鐘唷。」

儘管中途參加，我仍然贏了韋菲利特。我邊數著歌牌的數量，邊環顧侍從。

……這個人、這個人和這個人，都確定可以換掉了，表現太糟糕了。

「那我們再玩一次吧？這次只要韋菲利特哥哥大人能搶到有今天學會文字的歌牌，就算是哥哥大人贏了。」

「哼！如果只要搶我學會的歌牌，那簡單！」

第一次我刻意讓韋菲利特獲勝，但第二次我不時攪亂奪取牌的位置，讓他要重新尋找，提高難度。

「唔！再一次！」

看來是激發了他不服輸的個性。重複玩了好幾次歌牌後，韋菲利特已經幾乎都能搶到自己名字所用的基本文字了。

「哥哥大人，您犯規了。這種情況稱作『誤觸』，您搶錯牌後我會沒收一張牌。」

「什麼?!」

由於這一張牌將差距拉開，輸了的韋菲利特不甘心得直跺腳。

「在下次比賽之前，還請哥哥大人多多練習吧。」

「我可是今天一天就搶到了這麼多牌，下次我一定會全部都搶到！」

「哎呀，我才不會輸給哥哥大人呢。」

話雖然這麼說，但我之前才發現在我不注意的時候，自己已經贏不了孤兒院的孩子們了，所以總覺得不出多久，我也會輸給韋菲利特。

嗯……我想韋菲利特哥哥大人的基本資質相當高吧。記憶力好像很好？還是這表示他和養父大人一樣，對有興趣的事情就會全力以赴？

「那麼，接下來我們用撲克牌來學習數字吧。」

「……數字嗎？」

可能是對數字特別棘手，韋菲利特一臉厭惡，我從一到十在他面前排好撲克牌。

「剛才搶歌牌的時候，我們從一到十數了好幾遍吧？我現在照著順序排列，請哥哥大人一邊按著數字，一邊從前面開始唸起吧。」

「一、二、三……」

韋菲利特順利地唸到了十，所以我再按照十到一重新排列撲克牌，也要求他拿起我所唸數字的撲克牌。然後是玩排七，因為已經能理解花色數量代表的數字，雖然花了點時間，但最終也學會了玩排七。

「黎希達，妳已經決定好要換掉哪些侍從了嗎？」

我問向學習期間，一直靜靜觀察著侍從們的黎希達。她轉頭環視了房內一圈後，微微一笑。

「是，當然，雖然大小姐說了，只要玩遊戲輸了三十次就要替換掉，但從來沒有說過，沒有輸就不會替換，所以不夠認真的侍從，會一一替換掉吧。」

奧斯華德也環顧房間，低喃說道：「缺乏危機意識的人真是不少哪。」因為聽到芙蘿洛翠亞親口對他說「我對你太失望了」，意識到自己是頭號替換人選的奧斯華德，今日在黎希達的指示之下，工作起來判若兩人。

……要是主從今後可以一起成長就好了。

第六鐘快要響起前，斐迪南捎了奧多南茲給黎希達說「要回神殿了」，因為沒有許可不能進入北邊別館，所以他會在等候室等我。

「韋菲利特哥哥大人，我要回神殿了。只要像今天一樣練習，我想一定也能夠彈奏飛蘇平琴喔。」

「嗯，我知道了。」

韋菲利特表情充滿自信地大力點頭，因為上午要求他背下來的樂譜，他直到下午也還沒有忘記，所以練起飛蘇平琴來並不會太吃力。他不斷重複一小節羅吉娜教的音階，一直練習到手指的動作變得流暢，因為只有五個音而已，就算一開始還彈得斷斷續續，但也很快變得流暢。

「比想像中簡單嘛。」

進度達到後就能劃掉的計畫表上，劃掉的量已經比預期中多。只要韋菲利特沒有在中途感到厭煩，應該可以趕上冬天的首次亮相。

「只要有心一定可以做到，所以請哥哥大人照著現在這樣，繼續完成計畫表上的進度吧。晚餐的時候，可以給養父大人和養母大人看看這張計畫表，他們一定會對您稱讚有加，因為韋菲利特哥哥大人的努力非常顯而易見。」

「這樣啊。」

我坐著騎獸回到神殿，大肆表揚了自己的侍從們。如果不是我的侍從竭盡所能，韋菲利特恐怕只有廢嫡一途吧。真正的功臣是我的侍從們。

「大家都做得很好喔。我非常高興，身為主人也非常驕傲。」

「我們已經習慣羅潔梅茵大人突如其來又難以理解的請求了。」法藍沒轍地笑著說。接著我請侍從從他們的角度告訴我，韋菲利特在神殿過得如何。

「倘若看作是受洗前，進入神殿要擔任青衣神官的貴族孩童，其實韋菲利特大人的表現不算罕見。他多少還願意傾聽我們的意見，已經算是相當坦率了。」

想到今後會來到神殿的青衣見習神官和青衣見習巫女，我不禁有些頭痛。

隔天回復到了平常的生活。我如同往常練習飛蘇平琴，幫忙斐迪南處理公務。然後，斐迪南朝我遞來防止竊聽的魔導具。

「昨天在妳離開後，坎托納說了……」

斐迪南表示，現在可以提供給貴族的灰衣巫女人數驟減了許多。從前只要拜託神殿長，便能輕易取得。然而，由於前任神殿長先前為了減少伙食費，縮減了灰衣巫女的人數，只留下面貌姣好的人；現在又加上身為領主養女的我，會分別在工坊和孤兒院為灰衣巫女們安排工作，所以無從取得。

就算拜託青衣神官將現在手邊擔任侍從的灰衣巫女讓給他們，青衣神官還會提高價碼。聽說青衣神官辯稱，這是因為現在很難開口向神官長和神殿長討要到新的侍從。

貴族們也因為斐迪南和前任神殿長不同，對捧花完全沒有興趣，所以不好開口請他幫忙準備，況且以前也是因為灰衣巫女便宜才願意購買，所以現在不至於不惜撒下大筆金錢，也要從青衣神官那裡買過來。結果，他們才轉為向周遭城鎮的孤兒院，尋找有無年齡適當的孤兒。

「羅潔梅茵，妳認為呢？要把灰衣巫女賣給貴族嗎？」

斐迪南邊問，邊用試探的眼神盯著我瞧。

「……雖然我個人是不樂意這麼做，但如果有灰衣巫女比起現在的身分，更想成為貴族的愛人，那我可以當作是幫忙找工作，為她居中介紹，但是，我絕對不會賣掉不想被賣掉的人。畢竟目前工坊還養得起她們，而且孤兒們的去向，最終是由我來決定。」

我回答完，斐迪南「嗯」地應道，淡金色的雙眼綻放厲光。

「那麼，關於貴族在周遭城鎮的孤兒院購買孤兒，妳打算怎麼處置？」

會對孤兒的買賣感到不快，是因為我還沒能適應這個世界的道德觀，但是，厭惡的感覺已經比以前要淡了。

「……班諾告訴過我，周邊城鎮的孤兒都是以鎮長為中心，用鎮民的錢養活他們，所以是鎮民們用來購買過冬物資的共同財產，我不能因為自己有權力就擅加干涉。既然我不可能拯救所有孤兒，那麼只要不在我的視線範圍內，我便不會過問。」

如果動用我身為領主養女的權力，我確實可以輕易插手，帶走哈塞所有的孤兒，但是，既不知道會在哪個地方發生怎樣的衝突，何況也不是只有哈塞才有孤兒。我沒有力量可以拯救所有的孤兒。

最重要的是，大家才對我說過，我是神殿長，更應該優先考慮神殿的孤兒院，不該不假思索就去干涉其他城鎮的孤兒院。哈塞的小神殿因為是在我的管轄範圍內，還可以想想辦法，但除此之外看不見的地方，不能過問，雖然無法接受，但如果不接納這個事實，以後很難生存下去。

「是嘛。很好，看來妳也稍微學到了教訓。」

聽了我的回答，斐迪南滿意地點頭，再露出了壞心眼的表情繼續追問：

「羅潔梅茵，那哈塞鎮長那裡的孤兒呢？那裡的孤兒算在妳的視線範圍內吧？」

我咬了咬唇後，輕輕搖頭。

「聽說其他城鎮的孤兒和神殿的孤兒院不一樣，男孩子在成年之後，便會成為鎮民的一員，得到田地。女孩子也能得到田地，還會為她介紹結婚的對象。既然成年後就能成為鎮民，那與其進入孤兒院一輩子當神官，不如以鎮民的身分住在自己熟悉的土地上，照著熟悉的生活習慣繼續生活，也許會比較幸福。」

一邊是至今的生活習慣全盤遭到否定，還得重新接受教育，來到神殿的孤兒院成為神官和巫女，在始終看不見未來的情況下待在貴族身邊生活；另一邊是生活也許困苦，卻能待在自己常識可以理解的世界裡。究竟哪一邊比較好，只有本人才會知道，因為無論周遭的人怎麼想，我也比起成為領主的養女，更想和家人待在一起。

「我已經給過他們一次選擇的機會。從他們沒有選擇來到孤兒院的那一刻起，我就不該插手干預他們的人生。」

我相信身為領主的女兒，這是正確的答案。斐迪南聽了也點頭說：「很好。」看著斐迪南滿意的表情，我一邊為自己沒有說錯話而鬆了口氣，一邊也慢慢垂下目光。

……唉，真討厭。

自己大腦中的常識，好像又有一個部分染上了貴族的色彩。

商人活動開始

帶著奇爾博塔商會的人走進秘密房間，儼然變成是種慣例了。現在布麗姬娣也都一臉理所當然地看著我們進入房間，達穆爾則是一臉疲憊地跟著進來。我都已經習慣他的表情了，達穆爾也早就該習慣了，卻好像還是無法適應看到我黏在路茲身上。

「路茲、路茲、路茲！我受夠了！好麻煩！腦袋快要爆炸了！」

「這次又怎麼了?!」

「貴族的常識對我來說根本不是常識！我的常識對大家來說也不是常識！互相磨合太痛苦了！我再也不想動腦了！啊～討厭啦！」

「羅潔梅茵大人，您變成戴莉雅了。」

吉魯笑著提醒我，但看到我還會大吼大叫宣洩壓力，大家似乎都判定情況並不嚴重，所以誰也沒有擺出嚴肅的表情。

「我真的很想扯開喉嚨大喊嘛，像是『討厭，我受夠了』！」

「那現在喊完了，心情輕鬆多了嗎？」

「嗯，稍微啦。」

扯開喉嚨吶喊完後，心情暢快一點了。畢竟在城堡裡的寢室當然是不用說，我也不可能在神殿長室裡用最大音量喊出真心話，身邊人們努力為我打造出來的聖女傳說會瞬間瓦解。別看我這樣，我已經一直很努力在維持貴族千金的形象了。

向路茲大發了一陣子的牢騷後，我吐出長長的氣，再環顧奇爾博塔商會一行人。

「總之，我真的非常努力，請大家稱讚我吧。不只養父大人親口對我說了，印刷業可以照著我的速度去進行，我也成功讓坎托納取消了與哈塞的契約，收回了契約書。聽神官長說，負責哈塞的文官已經從坎托納換成別人了。關於散播消息這件事，神官長也同意可以隨我們去做。我非常努力對吧？」

我「唔呵呵」地挺起胸膛，路茲大力摸了摸我的頭。

「哇噢，太厲害了。做得很好，妳很努力。」

「羅潔梅茵，幹得好，這下子總算輕鬆多了。」

「是啊，因為冬季期間無法造紙，印刷業的進度勢必會陷入停滯。現在光是知道領主大人不會再不斷催促，我們便安心了，接下來可以把心力都集中在哈塞這件事上。」

雖然一直覺得很麻煩又不愉快，但這次的努力沒有白費。大家都稱讚了我一番，我也重新充滿活力。感覺可以再努力一陣子。

「呃，那麼關於接下來要散播的消息……因為我不知道在這裡商人間消息流通的速度有多快，影響力又到哪種程度，所以這一次想向馬克先生學習。」

我說完，馬克那充滿幹勁的笑臉便轉向我，雖然馬克的燦爛笑容看來城府非常深沉，但比起斐迪南在策劃什麼陰謀時的笑臉，已經是清爽得多。

「若能為羅潔梅茵大人的學習幫上忙，我自當竭盡所能。請問您打算如何趕盡殺……喔不，請問已經決定好了，希望最終有什麼結果嗎？」

……哈塞鎮長，你之前到底是怎麼對待班諾先生和馬克先生的？

雖然很想知道，卻又不想聽。

「我希望最終哈塞和小神殿可以達到互助合作的關係。最好是能夠一邊加速推廣我的聖女傳說，提高斐迪南大人給我的分數，一邊促使哈塞裡頭覺得和我合作比較有利的鎮民，形成反對鎮長的派系，盡可能把受害人數壓到最低。至於鎮長……恐怕是沒救了吧，但因為哈塞還有冬之館，周圍有很多農村的農民都會聚集前來，所以我希望與襲擊神殿一事完全無關的農村，可以再少受一點牽連。」

「妳說再少受一點，意思是對鎮長以外的懲罰也已經決定了嗎？」

我點點頭後，馬克稍微瞪大眼睛，班諾也輕吸口氣。

「神官長還說這也可以拿來當作是消息散播出去，煽動鎮民的不安。神官長說他已經決定，明年春天的祈福儀式不會派青衣神官前往哈塞。」

「……這對農民來說可是天大的壞消息。」

因為領地是由領主保護，所以領地會充斥著魔力，但是，那只是一層又薄又廣闊的魔力而已，如果想讓所有領民可以維生，還需要再添注少許魔力。於是，雖然不足以成為貴族，但因為青衣神官仍舊具有魔力，所以會被派往領地各處，以春天祈福儀式的名義提供魔力。

藉由獲得祈福儀式的祝福，魔力遍布農村，祝福還會大幅左右收成的結果。如果只是一、兩年的時間，只要農民們多花心力照料，還是能得到與往年相差不多的收成，但一旦魔力不足，土地會漸漸變得貧瘠，就很難有收穫。政變之後，擁有較多魔力的年輕青衣神官們都被召回貴族社會，神官和巫女的人數與素質因而急速下降。因此，聽說充斥在艾倫菲斯特整片土地上的魔力正在一點一點減少。斐迪南推測，今年因為有我給予祝福，收成量應該會比去年要多。他還說了，明年的祈福儀式有我給予祝福的土地，和甚至沒有舉行祈福儀式的哈塞，兩者的收成量多半會出現極大的差距。

「神官長說了，他會依據哈塞鎮民們在下一次收穫祭之前的表現，和我處理的方式，再決定要不要繼續給予處罰，還有處罰的範圍。」

班諾盤著手臂，臉色凝重地發出沉吟。

「羅潔梅茵，剛才妳說文官與哈塞的契約已經作廢，但妳和鎮長的契約呢？妳已經付了孤兒們的那筆錢嗎？」

「之後才要付。我預計後天和神官長一同前往哈塞。」

馬克「嗯嗯」點頭，在寫字板上作記錄，然後偏細長的雙眼發出亮光，看向班諾。

「老爺，那散播這樣的消息如何？『聽說哈塞的鎮民不過是孤兒被搶走了，就對神官表現無禮，其他神官因此勃然大怒，是羅潔梅茵大人在安撫他們』。」

「嗯，可以。散播的時候，還可以補上我們自己的看法，像是『如果不是羅潔梅茵大人，這種行為就算被當場處死也不奇怪』。重點在於要強調是因為羅潔梅茵大人宅心仁厚，他們目前才沒有受到處罰。」

班諾摸著下巴，點頭同意馬克的意見。路茲表情認真地聽著兩人的對話。

「只要傳出這些消息，之後我們再去哈塞，木工工坊那邊有見過面的鎮民就會來找我們吧。到時候再告訴他們，羅潔梅茵大人非常擔心哈塞今後的處境，也希望後果不會太嚴重。順便也告訴他們，換作是在艾倫菲斯特城裡，同樣的事情會有什麼下場。這樣一來，他們就會對貴族感到害怕，逐漸分裂成反抗鎮長的人，和繼續巴結鎮長、設法利用至今與貴族的關係解決這件事的人。」

如果以前都是靠著與前任神殿長的關係在請他幫忙，還寄來了可以佐證的信件，表示今後也會採取一樣的手段吧。馬克這麼猜測。

「如果消息順利擴散開來，收穫祭那時一定會有變了臉色的鎮民來找妳。到時羅潔梅茵大人要讓侍從這麼轉告：『神官長已經決定春天的祈福儀式不會派神官過來，雖然羅潔梅茵大人已經努力說情，但還是安撫不了神官們和領主的怒火。』如此一來勢必會在冬之館內造成轟動，鎮民們自己也會議論紛紛。」

我「嗯嗯」地點頭，把自己該做的事情寫在寫字板上。班諾微微側過臉龐。

「馬克，不是該先放出『聽說哈塞的鎮民攻擊了領主為女兒建造的小神殿，即使神殿長再慈悲為懷，也沒辦法包庇下來』這個消息嗎？」

「老爺，這是我們該做的工作，而不是羅潔梅茵大人。等到收穫祭結束，我們要帶著神官返回艾倫菲斯特的時候，再散播這個消息給周遭農村的農民。」

如果農民們在收穫祭之前就知道自己受到牽連，涉嫌反叛領主一族，哪裡還有心情舉辦收穫祭。整個小鎮恐怕會陷入恐慌，我以神殿長身分出席的時候，大家還有可能為了提問蜂擁而上，情況會很危險。

「之後整個小鎮想必會非常混亂，所以我希望至少讓大家好好享受收穫祭。畢竟大家在聽到傳聞後，若是恐慌得想跑來神殿詢問詳情，但前任神殿長已經不在，心地善良的羅潔梅茵大人和青衣神官也因為收穫祭悉數外出，根本無法得到回覆，雖然也有可能在城裡逗留，想從我們這裡打聽到一些消息，但只要我們堅稱自己也只知道這些，他們便束手無策。」

我彷彿在面帶微笑的馬克背後看見了這行字：掌控情報的人，掌控一切。

「因為襲擊小神殿，等於是對領主一族犯下謀反的重罪。就算是羅潔梅茵大人，也包庇不了他們。不知道哈塞他們自己會得出什麼結論……啊，為了不讓鎮民搶先一步殺了鎮長，還得加上一句提醒，告訴他們到時應該要由鎮長負起責任、接受制裁。」

冬季期間，不知道鎮長的處境究竟會有什麼變化——馬克上揚著嘴角說道。明顯可以看出他是以報復鎮長為首要目的，但也沒關係吧。既然斐迪南也要求我孤立鎮長，只要可以達成任務就好了。

「……所以只要把消息放出去，接下來是置之不理嗎？」

「沒錯，因為收穫祭結束後，等妳關閉小神殿，大概暫時都不會再去哈塞，而我們在妳離開小神殿、前往下一處冬之館的同時，也會帶著神官他們回到艾倫菲斯特。哈塞的鎮民究竟會討論出什麼結果？是否會出現其他人可以取代鎮長，管理哈塞？這些都只能置之不理，靜待結果。」

聽完，一想到收穫祭結束後直到春天為止，都不需要去理會與哈塞有關的事情，我的心情輕鬆許多。

「那直到春天為止，我都不用去想哈塞的事情了吧。」

「喂，慢著，妳還是得想一下吧。」

「可是，我現在根本什麼也沒辦法做啊？原本我就不喜歡思考這種麻煩的事情，而且也不擅長，我只想要成天待在有一堆書的圖書室裡看書。為了可以順利推動印刷工坊，我會希望能與哈塞建立起一定程度的合作關係，但只要他們不會有生命危險，我才不在乎鎮長和鎮民未來會怎麼樣呢。」

這次是因為若沿用斐迪南那套貴族的行事原則，整個小鎮會遭到殲滅，許許多多的人民也會無辜喪命，我才會絞盡自己僅存的腦汁。

「妳再怎麼嫌麻煩，要對我們發號施令的人可是妳，至少要動點腦筋、掌握現況。要是只會說『我什麼都不知道』，那和哈塞鎮長有什麼兩樣。」

「呃……那麼，直到收穫祭為止，麻煩路茲和吉魯負責觀察消息在鎮上流傳的情況，還有商人到哈塞後有什麼反應、鎮上又有什麼變化。我也會搭乘騎獸偶爾過去察看，到時你們兩人再向我報告吧。」

「可以啊，反正妳的目的不只是搜集情報而已吧？」

路茲往我瞄來，像在說「我已經看穿妳了」地揚起嘴角。

……為什麼會被發現呢？

「嗯，我想拜託你們在收穫祭之前買好豬皮或牛皮，在哈塞製作明膠，雖然去年做的明膠還有剩，但接下來不知道還會用到多少，所以我希望今年也做一些備用。想請你們趁著製作明膠的空檔，幫我看看鎮上的情況。」

「我就知道。只要趁著製作明膠的空檔，幫妳察看鎮上的情況就好了吧？」

路茲和吉魯一口答應：「包在我們身上。」比起情況應該會照著馬克的計畫去發展的哈塞，對我來說，為明年所準備的明膠更重要。

「還有這個，可以麻煩你幫我轉交嗎？」

我把寫給家人的信交給路茲。我在信上稍微報告了近況，再委託母親和多莉製作冬季首次亮相時要戴的髮飾，也委託父親擔任護衛，在收穫祭時護送要帶著神官回到神殿的班諾他們。從小神殿帶著神官他們返回神殿的一路上，我希望能有護衛士兵護送。尤其是回來前班諾他們又會在哈塞散播擾亂人心的消息，更是需要小心。

「班諾先生，雖然到時候是收穫祭，但因為不能讓擔任護衛的士兵喝酒，所以我想請我的廚師煮一桌豐盛的美食招待他們。食材部分也可以麻煩你作準備嗎？」

「知道了。除了要在哈塞販售的商品，我也會載點食材過去，但不只擔任護衛的士兵，我們這邊的伙食也麻煩妳準備了。還有，增加的運貨馬車要由妳負擔。」

「……知道了，麻煩班諾先生了。」

允許馬克散播消息後，已經過了兩天。路茲向我報告，「聽說哈塞的鎮民不過是孤兒被搶走了，就對神官表現無禮，其他神官因此勃然大怒，是新的神殿長在安撫他們」這項消息已經以公會長為中心，開始在大店的老闆之間傳開。

這天，我要帶著從坎托納那裡收下的契約書，和斐迪南一起前往哈塞。同行的有侍從法藍、莫妮卡，還有護衛騎士達穆爾、布麗姬娣。

「事已至此，那幫傢伙多少也該了解到自己的處境了吧。」

聽到斐迪南這麼說，我緩慢歪頭。如果對方看得懂信，想必會點頭哈腰地接待我們，但真的有人看得懂嗎？

我其實不介意用平民容易看懂的寫法寫信，但法藍帶著讓人感到一絲涼意的笑容提醒我說：「您是領主的女兒，現在又就任成為神殿長，即便只是一封信，也要寫得拘謹慎重，否則對方會因為您是孩子便看輕您。」當時法藍的笑臉和馬克之前的笑容幾乎一樣，都為自己主人受到的待遇感到憤怒，我只好用貴族特有的拐彎抹角寫信。

「……如果他們看得懂那封信就好了，但要是不習慣貴族特有的迂迴，恐怕很難正確解讀吧。」

但就算看不懂信，艾倫菲斯特和哈塞之間，只有坐馬車不到半天便能抵達的路途，說不定馬克散播的消息也已經傳到哈塞了。還是說，害怕受到波及的商人們都是迅速穿過哈塞，結果他們幾乎什麼消息也沒聽到？

這次我搭乘騎獸，從小神殿移動到鎮長的宅邸，只見帶著幾輛馬車的商隊指著我們這邊，不知道在說些什麼。因為從前的神殿長好像都是搭乘馬車移動，若乘坐只有貴族能夠操控的騎獸前去拜訪鎮長，想必可以增加消息的可信度。

一起搭乘小熊貓巴士的法藍、莫妮卡和布麗姬娣下車後，我把巴士變回魔石，放回腰上的裝飾籠子裡。現在我也已經習慣變出和消除騎獸，所以速度變快了不少。

「神殿長、神官長，恭迎兩位大駕。」

一名自稱是利希特的男性出來迎接我們。上次來的時候沒有見到他，聽說他是鎮長的親戚，負責幫忙處理雜務。恐怕輔佐鎮長的工作全都落在他身上吧，看起來處理行政工作的能力比鎮長要優秀。乍看下好像和卡斯泰德差不多，大概是三十五、六或三十後半吧。整個人散發出來的感覺，就像是能夠細心打點好上下關係的中階主管。

「請問兩位今日前來，有什麼要事嗎？」

說完了對貴族的問候語後，利希特問道。法藍於是上前，傳達本日前來的事由。

「正如先前請求會面的信函上所寫，本日是前來正式購買孤兒。」

利希特聽了輕輕點頭，但接著又歪過頭，像是感到疑惑，也像是無法理解為什麼事情會發展成這樣。

「這我們自然是非常感激……」

「直到有往來的商人提醒之前，羅潔梅茵大人和我們完全不知道，原來哈塞會藉著賣掉孤兒的錢過冬。本以為我們只是收養了哈塞在照顧的孤兒，也以為帶走孤兒以後，能夠減輕哈塞的負擔。」

這些都是真的，當上孤兒院長以後，必定會發現要撫養孤兒長大非常花錢。我本來的想法，是既然哈塞沒有錢能讓孤兒三餐溫飽，那麼由小神殿收養孤兒，哈塞也會因為減少了負擔而鬆一口氣吧。

「聽說因為我擅自帶走了和貴族簽訂契約的孤兒，哈塞十分為難吧？我因為在神殿出生長大，實在是不諳世事……」

真傷腦筋呢……我用手托腮，故意稍微偏過臉龐。至於用冰冷眼神低頭看我，像在說「妳哪裡不諳世事了？」的斐迪南就無視。

「因此羅潔梅茵大人聯繫了文官坎托納大人，與他協商，請他同意取消契約了。」

法藍拿出與坎托納的契約書後，利希特的表情明顯放鬆下來。孤兒被帶走後，想到將與貴族發生的衝突，果然一直提心吊膽吧。

「取消了與坎托納的契約以後，我打算正式買下諾拉他們，這樣子可以嗎？」

「那當然，這邊請。」

從利希特的言行反應來看，我想商人間開始流傳的消息應該還沒有傳進他耳裡，不曉得這裡的資訊都是如何流通。我以前別說是離開城市了，生活周遭的傳聞也都是透過家人和路茲聽說，所以不清楚在農村消息都是如何傳播開來。

我們被帶到鎮長的房間，在邀請下入座。端上來的不是茶水，而是用了在附近可採到的芬里吉尼現榨成果汁。想來是專為貴族準備的銀杯中，盛有粉紅色液體。如果想把茶泡得好喝，泡茶的技術與茶葉的品質至關重要。我想是沒有多餘的錢為極少來訪的貴族賓客，隨時準備好高價的茶葉吧。

「請問您喜歡哪一種酒呢？」

端給我的是果汁，要端給斐迪南的卻是酒。

……大白天就喝酒？而且我們是來簽約的吧？

我們偏過頭眨了眨眼，利希特也像是沒料到這種反應般，眨了幾下眼皮。看來前任神殿長和文官們來訪的時候，都是端酒款待。

「我不需要酒，與神殿長相同即可。」

斐迪南說完，同樣的銀杯也端到他面前，倒了果汁。法藍拿起銀杯，聞了聞味道，觀察色澤，又細細檢查了幾個地方後，喝了一口。他緩慢地嚥下那口果汁，再用手指抹開自己嘴唇碰到的部分，察看銀器有無變化。

試完了毒，法藍用布再擦了一次自己嘴唇碰過的地方，然後將銀杯遞到我和斐迪南面前。我斜眼看著莫妮卡在自己的寫字板上記錄試毒順序，同時伸手想拿起杯子，隨即定住不動。

……好重！

和自己平常使用的餐具不一樣，這個銀杯重得要命！一隻手根本拿不起來，就算用了兩隻手，手還是抖個不停。

……會灑出來，我一定會打翻後把果汁灑出來。

法藍馬上注意到了，幫我扶著杯子。不對，其實現在我才是扶著杯子的人，由法藍拿著杯子舉到我嘴邊。我喝了一口後，柑橘類果汁的清爽酸味在口中蔓延。

喝了對方端出的飲品後，總算可以進入正題。

「本日是因為已經取消與坎托納大人的契約，並由新上任為神殿長的羅潔梅茵大人與神官長買下孤兒，對此皆無異議吧？」

「是的。」

法藍對鎮長重複了也對利希特說過的說明，遞出坎托納的契約書，然後請對方同意解除契約，再正式簽訂由我們買下諾拉他們的契約。身為神殿長的我和鎮長在契約書上簽名，再由法藍支付款項後，一切便宣告結束。眼見事情沒有任何問題地順利落幕，我如釋重負。

取消了與文官的契約，再簽訂新契約，順利拿到了賣掉孤兒的錢以後，鎮長也鬆了一口氣吧。他的肩膀有些放鬆下來，與之同時，臉上也露出了讓人看了就感到不舒服的嘻嘻賊笑。

「不過，前任神殿長真不愧是領主的舅舅大人，就算卸任了，影響力還是無比巨大哪。真是佩服。」

看來鎮長果然看不懂信，並沒有理解到前任神殿長已經去世了，再加上還一直強調前任神殿長是領主的舅舅。

……雖然是領主的舅舅，但已經以罪犯的身分被處刑了喔。

面對似乎不知道我是以領主女兒的身分就任為神殿長、還對我冷嘲熱諷的鎮長，我一點也不想好心告訴他事實。我隨聲應和著說「這樣子啊，我都不知道他是這麼了不起的人物呢」，把鎮長對前任神殿長的各種阿諛奉承當成耳邊風。

……但是拜託，快點閉嘴吧，旁邊的人散發出了好強烈的冷空氣。

坐在我右手邊，掛著假笑散發出寒冰氣息的斐迪南好恐怖。居然感受不到斐迪南足以讓人結凍的氣息，鎮長如果想自取滅亡、主動踏上處刑臺，我是無所謂，但希望至少可以挑我不在場的時候。

「這件事可別說出去，其實我和前任神殿長有很深的交情，他經常幫我通融協調，這次也是他好心幫忙周旋。」

在看不懂信的鎮長心目中，顯然以為送到神殿的信已經順利交到了前任神殿長手中，我們是在被前任神殿長訓了一頓後，才與文官協商溝通，來到這裡重新簽約。

……不要再開口說話了！本來就已經來日不多，不要再加快自己的死期！

但鎮長似乎完全沒有察覺到我內心的吶喊，還沾沾自喜地提醒我們，像是以後也要乖乖聽前任神殿長說的話，還有即使他已經不是神殿長了，但還是領主的舅舅。

我在心裡冷汗直流，擔心斐迪南不知道什麼時候會火山爆發。結束了會談後起身離席。幸好沒有發生鎮長在我眼前被人一刀斃命的殺人命案——我緊張的心情慢慢緩和下來，暫時回到小神殿。

「羅潔梅茵，接下來我倒要好好看看，妳會怎麼處置那個無禮又無知又愚昧又愚鈍還無可救藥的昏聵之徒。」

他可是妳無須在意會有何下場的絕佳教材、儘管利用他好好學習——斐迪南忿然說道。從斐迪南用了那麼多形容詞來批評鎮長，還有他全身散發出的冷冽氣息來看，要不是因為鎮長是我的教材，他現在恐怕早就親身體會到了地獄的滋味。雖然光是成為教材就已經夠可憐了，但總比突然降下腥風血雨要好得多。

……但也因為鎮長的關係，我任務的難度好像又提高了。

我實在不覺得自己回應得了斐迪南的期待。

「我會傾盡全力孤立鎮長、別讓小神殿與哈塞形成對立……目前馬克正樂在其中地散播消息，計畫也慢慢有所進展，還請你耐心等到春天吧。」

……希望神官長的怒火可以在春天之前平息，但多半不可能吧。

召集了小神殿的神官們，討論了關於收穫祭和之後要搬回神殿過冬的事情，再告知路茲與吉魯近日內會過來這裡製作明膠後，我們回到了艾倫菲斯特的神殿。

哈塞的收穫祭

收穫祭早晨，馬車載著艾拉、羅吉娜、妮可拉、莫妮卡，還有替換衣物與餐具等生活用品從神殿出發了。一起出發的還有艾克哈特和尤修塔斯兩人的馬車，車上載有侍從與行李。

為了優先確保我的身體健康，我決定搭乘騎獸去哈塞。隊伍的編排是達穆爾與布麗姬娣在前，尤修塔斯和艾克哈特在後，所以這次只有法藍和我共乘騎獸。法藍還負責管理斐迪南託付的藥水，所以收穫祭期間，自始至終要和我一起行動。

「羅潔梅茵，妳一定要小心，千萬別擅自胡來。」

「是。」

現在我房裡的專屬廚師和侍從都不在了，所以斐迪南邀請我共進午餐。艾克哈特和尤修塔斯也來了，一邊聽著斐迪南最後的叮嚀一邊吃完午餐，馬上就要出發。

「艾克哈特、尤修塔斯，麻煩你們了，你們的視線絕對不能離開羅潔梅茵。」

「是！」

我變出小熊貓巴士後，艾克哈特和尤修塔斯都往後退了一步。

「……羅潔梅茵，這是妳的騎獸嗎？」

「是啊，艾克哈特哥哥大人，很可愛吧？」

我「唔呵呵」地笑道，艾克哈特顯得大吃一驚，來回看著我和小熊貓巴士，發出了不知所措的話聲。

「可、可愛嗎？但這是窟倫吧？」

「咦？這不是窟倫，是小熊貓巴士喔。」

「是、是嗎……」

艾克哈特的表情非常僵硬，和斐迪南最一開始的反應非常相似。我不禁再一次意識到，自己的小熊貓巴士在貴族之間果然不太受歡迎。

……哼，就算不太受歡迎，但還是很可愛又方便，我才不管呢。

我讓入口變寬，和法藍一起坐進去。尤修塔斯看了，雙眼興奮難抑地發亮。

「羅潔梅茵大小姐，這隻騎獸是怎麼運作的？請務必也讓我搭乘……」

「尤修塔斯，你坐上去做什麼?!別說蠢話了，快點變出自己的騎獸。」

斐迪南立即喝斥，尤修塔斯於是輕輕聳肩，變出騎獸。他的騎獸是我在騎士團裡從沒見過的類型，頭部有很多角，非常具有威嚇感，外形像是長有翅膀的牛。有的角像獨角獸一樣細長尖銳，也有的角像麋鹿一樣又大又寬，甚至讓人擔心坐上去後，不會看不到前面嗎？四肢則類似獅子和老虎，粗壯又結實，還有銳利的爪子。

「和妳的窟倫一樣，尤修塔斯的騎獸也是模仿了魔獸巴赫姆。」

「我的騎獸才不是魔獸！」

「任誰看了都只覺得是魔獸，但這種事無關緊要。你們快點出發吧，否則收穫祭無法開始。」

斐迪南揮揮手，向達穆爾和布麗姬娣下達指示，要我們快點出發。兩人的騎獸各自往上升空後，我的小熊貓巴士也跟上兩人。

今天是法藍坐在副駕駛座。最初還臉色僵硬的法藍，現在已經不再抱著必死的決心，而是習以為常地坐在小熊貓巴士裡。我跟著達穆爾的飛馬在空中往前奔馳，不忘把今天的重要工作交給法藍。

「法藍，收穫祭期間，請你別忘了去找利希特喔。」

「是。只要委婉地告訴他，現在已經決定春天的祈福儀式不會派遣神官前來，還有羅潔梅茵大人雖然已盡力說情，但神官長還是怒不可遏，這樣就可以了嗎？」

「……請不要委婉，要清楚明白地向他轉告。」

就是因為用貴族特有的拐彎抹角寫了信，鎮長才會還不知道前任神殿長已經過世。但是，看到「已經登上通往遙遠高處的階梯」，會不明白這是死亡的意思也很正常，也不能怪鎮長會誤以為前任神殿長是升遷了。換作在麗乃那時候，等於是要從「歸天」和「作古」聯想到死亡。這種委婉的說法如果沒有聽過，根本不會知道意思。

法藍微微蹙眉，垂下雙眼，說著「遵命」的語氣十分僵硬，明顯不情不願。

「我知道那個鎮長與前任神殿長有著密切交情，神官長又對鎮長的無禮十分憤怒，尊敬神官長的法藍也因此很生氣，但我不希望牽連到哈塞所有的鎮民。」

「但是，襲擊小神殿的正是哈塞鎮民吧？」

法藍為我的處置太過寬容發出嘆息。但我也不是寬容，而是如果不在鎮長犯下更多不敬之罪之前，讓他知道前任神殿長已經去世的話，現在打分數的人可是斐迪南，每當鎮長表現不敬，我要達成任務也會變得更加困難。

「我明白了，法藍，那我換個說法吧。」

我清了清喉嚨，模仿斐迪南說話。當然，還不忘盡可能地讓眉心間擠出深深的皺紋，表情還要很嚴肅。

「你要讓那個鎮長和哈塞鎮民的大腦與心靈都深刻地體會到，如今前任神殿長已經遭到處刑，不是可以依靠的對象，還有明年春天不會派遣神官過來，要讓他們嚇得魂飛魄散、跌進恐懼的深淵當中。聽清楚了嗎，法藍？」

這下子不會再說我寬容了吧——我轉頭看向副駕駛座上的法藍，只見他按著嘴角拚命忍笑。

「謹遵您的吩咐。」

在哈塞中心，有棟曾在麗乃那時候的社會教科書上看過、外觀很像是古老小學校的巨大ㄇ字形木造建築。面向街道的部分是鎮長的宅邸，鍛造工坊和木工工坊等工坊都坐落在同一棟建築物裡，內側則是只有冬天才會使用的冬之館，鄰近農村的農民都會聚集來到這裡過冬。

ㄇ字形中央有一片運動場般的廣場，是用來舉行儀式的場地，現在那裡已經聚集了大批人潮。和鎮上平時安詳寧靜的氣氛完全不同，如今籠罩著祭典特有的熱氣與喧囂。在鼎沸的人聲當中，我們和祈福儀式時一樣，騎著騎獸直接降落在冬之館的廣場。

人們發現騎獸後，紛紛仰頭指著天空，異口同聲大叫，並為我們空出了可以降落的空間。同時，也自然而然地讓出了一條通往舞臺的通路。

舉行儀式用的舞臺緊鄰著建築物搭建，左手邊的位子用來招待神官與徵稅官，哈塞的相關人員則坐在右手邊，都已經準備好了桌椅。正中央是舉行儀式用的祭壇。

由達穆爾領頭，接著是布麗姬娣，再來是由法藍抱在手臂上的我，雖然我表示過要自己走，卻遭到全員反對。尤修塔斯和艾克哈特還分別對我說了：「看過大小姐在洗禮儀式和星結儀式上的走路速度，這是我們作出的判斷。」、「身邊的人配合不了妳走路的速度。」

於是我由法藍抱在手臂上，往舞臺移動。在感到新奇的好奇視線當中，還夾雜了正在觀望情勢的不安視線。是不是因為馬克散播的消息開始傳開了呢？

跟在我身後的艾克哈特旋即站到我身旁，擋下視線。他的表情凜然嚴肅，毫不鬆懈地警戒著四周。

「羅潔梅茵大人，這邊請坐。」

我在法藍的催促下就座，艾克哈特與尤修塔斯分別坐在我兩邊，法藍與兩名護衛騎士則並排站到身後。

來到舞臺上後，廣場上的樣子一覽無遺。今年要參加洗禮儀式、成年禮和結婚儀式的主角們全都盛裝打扮，聚集在舞臺前方。洗禮儀式的孩子們都穿著白色正裝，用秋季的貴色加上了刺繡；即將參加成年禮的少年少女們，則穿著帶有秋季貴色的簡單正裝。至於結婚儀式的服裝，有的可能是一代傳一代，一次次地增加點綴，所以服裝上的刺繡與裝飾都十分華麗；也有的像是剛做好的新衣，雖然布料嶄新潔淨，卻也沒有什麼裝飾。女性都戴著用秋季野草和果實編織而成、看來像是花環的頭冠。由於所有儀式都在秋天舉行，所以和艾倫菲斯特不同，即便是出生季節不同的兄弟姊妹，好像也不需要特別縫製正裝，所有人都穿著以秋季貴色為主的服裝。

只看哈塞的居民，這裡的小孩子與艾倫菲斯特的孩子們沒有什麼差別。至今看到哈塞的鎮民，我也沒有特別留意到什麼，但從農村聚集前來的成年人和老人或許是因為長年務農，好像多數人都有些駝背，往前彎腰。

「收穫祭正式開始，要舉行洗禮儀式的孩子們上臺來。」

鎮長宣布收穫祭正式開始後，現場響起了偌大的歡呼聲。在掌聲與歡呼聲中，今年要舉行洗禮儀式的孩子們走上舞臺。十多名孩子中，已經快要八歲的孩子和剛滿七歲的孩子，在體型上就可以看出差距。

……至少可以肯定的是，我比站在這裡的所有人都還要矮。

法藍拿著從神殿帶來的白色平坦牌子，走到十幾名孩子面前。和我還是平民梅茵時參加過的洗禮儀式一樣，要讓他們蓋血印。我稍微垂下眼瞼，別開視線，等著所有人蓋完血印。就算是別人的血，看到還是會覺得痛。

嗚嗚……快點結束。

接下來要講述神話，但這次是由法藍向孩子們展示我所做的聖典繪本，然後唸出書上的內容，因為我的聲音不夠響亮，才由法藍來唸。

大概是從來沒有看過繪本，孩子們都往前傾身，直盯著繪本瞧。看到孩子們雙眼發亮、聽得入迷，我覺得果然還是需要學校，才能夠提升識字率。

……但神殿好像只在艾倫菲斯特才有，就算成立了神殿學校，也不會擴展到領地的其他地方吧？真希望有預算可以成立學校，但當然沒有這種預算，神官長又不願意舉辦慈善演奏會……啊，可是，如果是派灰衣神官前往農村的冬之館，這個方法說不定可行喔？也就是冬季限定的出差式神殿教室。要是被大雪困在屋子裡，無事可做，也許不只小孩子，大人也會產生學習的意願。

……但如果想付諸實行，首先必須提升灰衣神官的地位。

目前灰衣神官都因為是孤兒而遭到輕蔑，如果要派他們前往可說是封閉空間的冬之館出差，我很擔心灰衣神官所面臨的待遇。雖然把他們提拔為我的侍從很簡單，但不代表孤兒的標籤會就此消失。

「大家都明白怎麼向神祈禱了嗎？那麼，由神殿長賜予你們祝福吧。」

法藍的聲音讓我回過神來，我走向舞臺中央。廣場和舞臺上所有人們的視線都集中在我身上，我站上準備好的臺階，慢慢吸一口氣。

「我是羅潔梅茵，今年夏天受領主之命就任為神殿長。」

我邊簡單致意，邊環顧孩子們。看見出現的神殿長比自己還要矮小，他們全在眨眼睛。看來是以為我只是與法藍同行的人，沒想到我居然是神殿長吧。

「願今年在此的孩子們健健康康成長，向神獻上祈禱吧……祈禱獻予諸神！」

孩子們照著法藍的教導，雖然東倒西歪，但也一臉認真地獻上祈禱。努力祈禱的模樣非常可愛，我不禁莞爾微笑，同時往戒指注入魔力。

「接下來給予你們諸神的祝福，在原地跪下吧。」

法藍依著我的指示跪下後，孩子們也有樣學樣地擺出相同的姿勢。

「風之女神舒翠莉婭啊，請聆聽吾的祈求，為今年聚集於此的孩子們賜予祢的祝福。彼等的赤誠真心奉獻予祢，謹獻上祈禱與感謝，懇請賜予祢神聖的守護。」

黃色光芒從戒指往外飛出，灑落在孩子們頭上。

「哇塞！」

「會閃閃發亮耶！」

孩子們猛然站起來，往上舉高雙手，不停跳來跳去想要接收到更多光粒。那副模樣非常天真可愛，但法藍因為只在孤兒院見過受到嚴格教育的孩子們，這麼奇特的行為讓他感到很陌生吧。他微微睜大眼睛，僵在原地。

「現在已經給過你們祝福了。你們該下舞臺，換今年成年的人上來吧。」

「嗯，知道了！」

「妳年紀這麼小，好厲害喔！」

孩子們神色興奮地這麼說道，雙眼發亮地走下舞臺，跑回自己家人身邊。接著，輪到今年成年的男女走上舞臺。

緊接在洗禮儀式之後，也舉行了成年禮與結婚儀式，然後收穫祭的另一個重大活動即將開始。簡單來說，就是村子對村子的球技大賽。這是一種模仿了秋冬大戰的比賽，優勝者可以得到明年的收成。我因為很少外出，還是第一次看到這種類似運動比賽的活動。我一邊聽著鎮長的說明，一邊很期待會看到怎樣的比賽，艾克哈特卻倏然起身。

「羅潔梅茵大人，我們回小神殿吧。」

「咦？嗯，雖然可以……」

……咦？不是到第七鐘為止都可以參觀祭典嗎？現在第五鐘才剛響吧？

艾克哈特帶著不容分說的笑臉牽起我的手，所以我雖然歪著頭，但還是由他牽著手站起來。

「法藍，你和尤修塔斯一起檢查呈上來的供品。達穆爾，你負責保護兩人。布麗姬娣負責護衛羅潔梅茵大人，返回小神殿。」

「法藍，接下來就麻煩你了。」

艾克哈特迅速下達完指示，便毫不費力地把我抱起來，然後在舞臺上變出騎獸跨坐上去，蹬上天空。布麗姬娣也緊接在後。

「艾克哈特哥哥大人，怎麼這麼突然呢？」

「哈塞這裡有許多人的眼神看來都十分可疑，雖然不太可能遭遇到危險，但祭典期間容易使人情緒亢奮，難保不會出事，還是以安全為重。」

……啊，是指利希特吧。

我知道坐在哈塞那邊的利希特，一直露出想找我攀談的表情，但因為儀式還沒有結束，艾克哈特、尤修塔斯和法藍又包圍在我身邊，沒有辦法接近我吧。也因為他頻頻覷向我的方向，想要找到機會攀談，才被艾克哈特視為可疑人物。

「可是，我本來很期待參觀祭典呢……」

「即使在這邊無法觀看，接下來每天都是收穫祭，妳會看到不想再看。況且今天為了小神殿裡不能去收穫祭的人，還準備了筵席要款待他們吧？妳回小神殿感受氣氛吧。」

「是～！」

因為目前還不清楚散播消息以後，哈塞會產生怎樣的變化，所以已經吩咐小神殿裡的人，收穫祭期間不能外出。相對地，為了讓奇爾博塔商會一行人、負責護衛的士兵，還有灰衣神官和巫女們可以一起感受祭典，班諾他們載了食材過來，由艾拉和妮可拉煮出一桌美味的飯菜。

回到小神殿一看，大家正為了整理今晚的睡舖和擺設筵席，忙得不可開交。士兵們在灰衣神官的指示下，正把奇爾博塔商會帶來的物品搬進男舍房間與廚房。有那麼一瞬間，我還看見父親抱著木箱奔往廚房的方向。

諾拉和瑪塔把女舍裡頭堆積不用的棉被搬到食堂，托爾和瑞克再搬到男舍。現場似乎是由莫妮卡下達指示、坐鎮指揮，她一看到我出現，立即瞪圓了眼衝過來。

「羅潔梅茵大人?!怎麼回事？您身體不舒服嗎？」

「沒事，只是為了安全起見，才帶她回來這裡……羅潔梅茵大人，今晚我們會在鎮長的宅邸留宿，明天早上再來迎接妳，請妳在此等候。」

「我知道了。」

我點一點頭，艾克哈特再轉向莫妮卡。

「侍從，為羅潔梅茵大人更衣吧。那我返回會場了。」

「接下來就麻煩哥哥大人了。」

目送艾克哈特返回收穫祭會場後，我和莫妮卡一起走進禮拜堂裡當作我房間使用的秘密房間。出入過幾次小神殿後，房裡的東西也慢慢準備齊全，現在已經隨時都能待在這裡過夜。

在莫妮卡的協助下，我換下了神殿長的儀式用服。艾拉、妮可拉和灰衣巫女們正在廚房努力展現廚藝。羅吉娜在女舍整理著包含妮可拉與莫妮卡在內，她們自己要用的房間。布麗姬娣因為是貴族女性，會在我的房間一同就寢。她說只要有長椅就夠了，所以只請人搬了棉被進來。

「現在尚未準備就緒，所以請羅潔梅茵大人在晚餐備妥之前，先待在房間裡好好歇息吧。」

「莫妮卡，謝謝妳，妳不用擔心我。現在一定很忙吧，加油喔。」

我待在房裡休息時，不久牆壁上的魔石發出亮光，是有人找我。布麗姬娣「喀嚓」一聲打開房門，門外站著吉魯和路茲。

「羅潔梅茵大人，有事想向您報告。」

讓兩人進了房內，布麗姬娣關上房門，因為有布麗姬娣在，兩人都繼續維持著恭敬拘謹的姿勢。我也端正坐姿，聆聽兩人的報告。

「羅潔梅茵大人，您吩咐的明膠已經製作完畢，現正擺放在工坊裡頭，只要趁著冬季期間風乾即可。」

聽了吉魯的報告，我輕輕點頭。要不是有布麗姬娣在，我現在早就摸摸他的頭，表揚他說「你做得很好」吧。我正想著這些事情，目光與吉魯對上。大概也想著同樣的事情，吉魯偷瞄向布麗姬娣後聳了聳肩。發現兩人想的事情一樣，我輕笑起來。

「哈塞的孤兒們原本非常期待一年一度的收穫祭，所以這次不能參加，全都相當失望，但一聽到這裡會有筵席後，又都高興得手舞足蹈。此外，上次委託士兵擔任護衛的時候，羅潔梅茵大人給了出差費用一事似乎已在士兵之間傳開，所以聽說這次士兵們都搶破了頭，歷經一番激烈的競爭後才決定護衛人選。不知道是羅潔梅茵大人的一席話打動了他們，還是士長教導有方，士兵們比起上次都更積極地協助神官。」

聽說只有我指名委託的父親一派悠然自得，看著士兵們你爭我搶。我感到有趣地聽著報告，但路茲是在提醒我，要準備好出差費用吧。

「真高興聽到士兵們都積極給予協助，那這次也得準備出差費用才行呢。路茲，幫我問問班諾能不能先代為墊付吧。」

前來舉行收穫祭的我並沒有帶著現金，只有公會證是隨身攜帶，所以可以結算。路茲往自己的寫字板記下這件事。

「那消息散播得怎麼樣了呢？」

「在艾倫菲斯特聽到消息的商隊，不是快步經過哈塞，就是也把消息傳達給哈塞的人知道，提醒他們要小心。老爺和馬克先生來鎮上的時候，也有人來打聽情況。目前散播的速度好像都在馬克先生的預料之中。」

「我發現每當農村的農民成群出現，哈塞的鎮民好像都會馬上閉上嘴巴，所以先不說鎮上的人，我猜可能還沒有多少農民知道這項消息。」

聽了路茲和吉魯的報告，我想起了頻頻覷向我的方向、想和我攀談的利希特。

「想必是想防止恐慌蔓延吧……」

要是告訴農村的農民，前任神殿長已經死亡，以及明年春天的祈福儀式不會有神官前來，肯定會在冬之館裡頭造成恐慌。

「路茲，麻煩你告訴馬克可以進行下一階段了。」

「遵命。」

結束了與兩人的談話，又過了半晌，莫妮卡前來通報說晚餐已經準備就緒。

到了食堂，只見一大群人跪在整桌佳餚前方等候迎接。

「今天是收穫祭，可是祭典呢，所以請大家不必拘禮，盡情享用吧。」

我說完，在場所有人都露出了無法理解的表情。這也難怪。除了我以外，恐怕沒有貴族會這麼說吧。可是，明明桌上擺滿了佳餚，卻要在大家都等著我的情形下，一邊吃飯一邊感受著大家都希望我快點吃完的情緒，我實在無法忍受。

「意思就是大家一起用餐吧。現在餐點都還熱騰騰的，要是冷掉就太可惜了，請把廚房的人也叫過來吧。只有座位會依照貴族、侍從和專屬、神官和巫女、奇爾博塔商會以及士兵個別分開，但大家一起享用吧。」

雖然沒有酒，但大家一起用現榨的果汁乾杯，然後開始大快朵頤。士兵們在身後大聲喧譁，只見布麗姬娣沉下了臉。對貴族階級的布麗姬娣來說，這讓她難以忍受吧。

「布麗姬娣，對不起喔。可是，我實在無法在這麼多人的注視之下，慢慢享用餐點。要和隨從及士兵一起吃飯，妳可能會不太高興……」

「哪裡，我老家所在的伊庫那十分偏僻，有時也會和隨從一起吃飯，甚至舉辦活動的時候，還會與農民同歡，所以對此並不感到厭惡。只不過，一想到倘若被斐迪南大人發現，不知道他作何感想……」

布麗姬娣托著臉頰，瞥向我說。很容易可以想像到，斐迪南一定會對我怒吼說：

「妳到底在想什麼?!」

「這是因為法藍和艾克哈特哥哥大人他們都在接受鎮長的款待，又會在那裡留宿，我才敢這麼做。請妳不要告訴大家喔。」

我豎起食指在嘴邊比叉，布麗姬娣輕笑起來，說著「羅潔梅茵大人才請小心，可千萬別說溜嘴了」，然後一樣用食指交錯比叉。

我用完餐後，走到每一張桌子察看。一走向士兵所在的桌子，還在狼吞虎嚥的所有人全急急忙忙放下食物，但雙眼仍然意猶未盡地瞪著食物瞧。我為此咯咯輕笑，向身為代表的父親攀談。

「大家吃得還開心嗎？」

「只可惜沒有酒，否則這些料理真是人間美味。你們說對吧？」

父親問，大家一致點頭。

「是啊，我以前從來沒有吃過這種料理。」

「光是能吃到這頓飯，跑來這裡就值得了，要是有酒就更完美了。」

大家很努力必恭必敬地回答，稱讚起來有些結結巴巴，雙眼一直盯著食物不放。完全可以感受到他們想接著繼續吃的渴望。

「很高興合你們的胃口，我會轉告廚師的。那請繼續享用吧。」

我話一說完，士兵們不約而同馬上撲向餐點。我看著他們邊吃邊吵吵鬧鬧地搶奪食物，這時父親就像在客套閒聊，用會被喧囂聲蓋過的音量嘀咕說：

「……今天這些飯菜讓我感到非常懷念，讓我想起了女兒第一次為我做的料理，她當時還擅自用掉了大半瓶我珍藏的酒呢。」

父親邊吃著酒蒸鳥肉，邊懷念地瞇起眼睛。我也跟著想起了當時自己偷用了父親珍藏的蜂蜜酒、做了酒蒸鳥肉，一家人一起笑得很開心，懷念的淚水險些溢出眼眶。

……現在不可以哭。

我盡可能慢慢地深呼吸，忍住淚水，露出笑容。

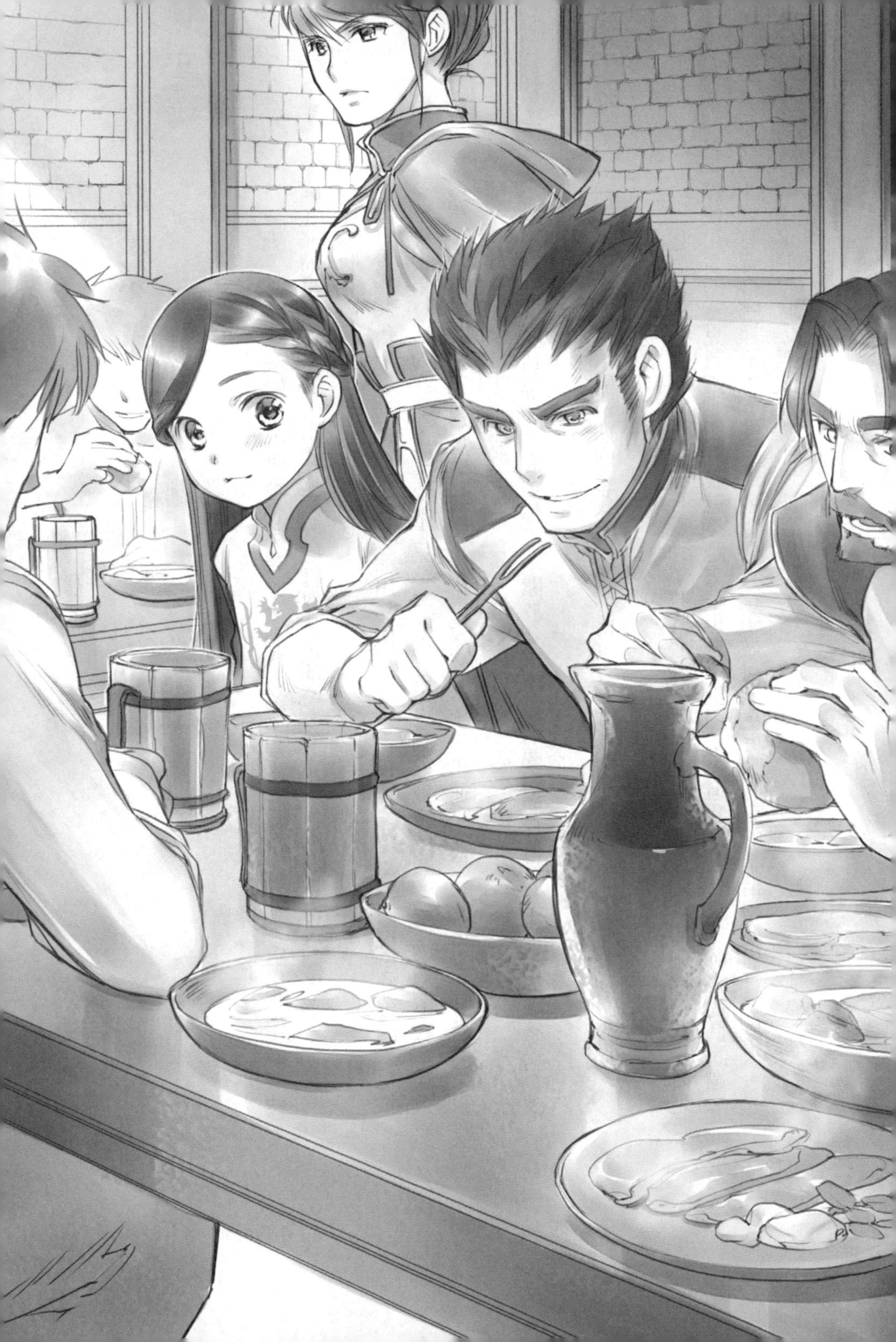

收穫祭

天一亮，小神殿鬧哄哄地動了起來，因為今天上午要關閉小神殿。廚房正用最快速度在準備早餐和午餐，由於直到收拾打包為止都要盡快完成，所以忙得人仰馬翻。早餐準備了麵包和湯，大家各自找時間吃。

神官們各自把棉被和餐具等生活用品搬上馬車，打掃房間；奇爾博塔商會的人也忙著準備做生意用的商品，並要求士兵整理好自己用過的棉被與房間。這種情況下我在場太礙事了，所以我和布麗姬娣在莫妮卡和吉魯的服侍下，迅速吃完早餐，馬上回到房間，只能一直等到出發的準備就緒為止。

「路茲，工坊那邊就麻煩你了。關於冬天手工活要用的材料，英格工坊應該差不多準備好了吧？」

「是。還有，能請您同意我們委託英格改良印刷機嗎？」

「是的，那當然。」

儘管放手去做吧──大概是聽到了我的心聲，路茲咧嘴一笑。因為印刷機在改良時是以使用者的意見為主，所以我就算跑去了也派不上用場。但我已經對灰衣神官他們說過，如果有覺得哪裡不太方便、或者覺得哪樣子做可能更好，想到的事情都要儘管提出來。一味滿足於現狀，無法促使印刷業蓬勃發展。

「吉魯，麻煩你在神殿留守了。還有想請你幫忙留意，諾拉他們是否可以適應孤兒院的環境。」

「遵命。」

哈塞的灰衣神官和灰衣巫女似乎是寸步不離地教導諾拉他們在神殿的生活方式，所以看起來適應得很不錯。可是，現在是離開哈塞，要前往所有人都不認識的孤兒院，不同於之前，得和一大群人一起生活，想必會產生與這裡又不太一樣的壓力。

拜託吉魯多留意孤兒他們以後，我再轉向率領士兵的父親。

「……昆特。」

要直呼父親的名字讓我很不習慣，必須稍微繃緊神經才叫得出口。

「麻煩你們擔任神官他們的護衛了，請平安地把大家送回神殿。幸虧有你願意接受我的請託，我才能放心地送神官他們離開。」

「請儘管交給我們吧。」

我拿出班諾先代墊的錢，發給士兵們當作是出差費用。「回神殿的一路上就麻煩你們了。」我一邊說，一邊把出差費用遞給跪在地上領取的士兵們。他們的雙眼全都炯炯發亮，想必會認真完成任務。於是，往艾倫菲斯特前進的隊伍出發了。

目送他們離開後，班諾和馬克也開始移動。為了散播消息，兩人與隊伍分開行動，上午他們會在哈塞做生意，一邊散播消息說：「聽說哈塞的鎮民攻擊了領主所建造的小神殿，這根本算是謀反的重罪吧？不知道是誰下的指示，真不敢想像會有多少人被追究責任……」然後再火速返回艾倫菲斯特。

「班諾、馬克，請務必小心。」

「感謝您的掛心。」

班諾和馬克朝著哈塞鎮上的方向離開後，我再讓侍從和專屬搭上馬車，出發前往鎮長的宅邸。

「莫妮卡、妮可拉，麻煩妳們和艾克哈特哥哥大人及尤修塔斯的侍從會合，前往下個目的地的冬之館吧。我在這裡等艾克哈特哥哥大人他們。」

送走大家以後，我和布麗姬娣一起待在小神殿的房間裡，等人前來迎接。因為還有艾拉準備的餅乾、當作午餐的三明治、裝了新鮮現榨果汁的水筒，所以可以度過一段悠閒的時光。

「布麗姬娣，妳的老家坐落在什麼地方呢？因為我對領地的地理位置還不太熟悉，妳可以說給我聽嗎？」

如果能由實際住在當地的人來形容，應該更有助於學習地理位置吧。為了打發時間，我向布麗姬娣攀談，她露出了為難的笑容。

「伊庫那位在艾倫菲斯特的西南方，地幅雖算廣大，卻也因為地處偏僻，人口稀少，沒有什麼值得一提的特產。雖然我們聲稱特產是木材，但其實周圍的領地也一樣。」

「……既然木材很豐富，說不定伊庫那適合造紙唷？」

那裡樹木的種類可能和這裡不一樣，如果想要推出特產，我認為紙是相當不錯的選擇，而且若沒有大量的紙，也無法推廣印刷業。我想深入了解看看究竟有哪些樹木，或者有沒有少見的樹木和像陀龍布那樣可以做出優良紙張的魔樹。

「接下來好一段時間，都必須優先在領主的直轄地推廣印刷業，但以後我也想找機會見見基貝．伊庫那，詢問他對生產紙張的意願呢。」

我說完，布麗姬娣那紫水晶般的雙瞳綻放出了前所未有的光輝。

「是，非常歡迎。我們會衷心期盼羅潔梅茵大人的召見。」

聊著這些事的時候，魔石發出了光芒，告知有人來訪。布麗姬娣打開房門，只見艾克哈特、尤修塔斯、達穆爾和法藍都神色緊張地站在門外。

「你們幾位的表情都好可怕呢。發生什麼事了嗎？」

「因為小神殿裡一名侍從也沒有，而且毫無人影，我們對此大吃一驚。明明昨天還有那麼多人，到底都跑到哪裡去了？」

「因為冬天要關閉小神殿，所以我把大家都送回艾倫菲斯特的孤兒院了。至於我的侍從，應該已經派往鎮長的宅邸了吧？」

原來如此──艾克哈特用虛脫的語氣說道。看來是看到小神殿內空無一人，大感吃驚，才急急忙忙趕到這裡來吧。

「法藍應該知道吧？……哎呀？法藍，你的臉色很難看呢。是身體不舒服嗎？」

法藍的臉色一眼就能看出很糟。他頂著憔悴不堪的臉孔，看著我說：「我沒事。」還硬逼著自己擠出笑容。

「你的臉色哪裡是沒事了？我們應該可以中午再出發，所以直到第四鐘為止，你去男舍休息吧。」

「不行，我不能在沒有其他侍從的情況下，拋下主人，自己前去休息。請您見諒。」

法藍斷然拒絕，表達了自己的主張。艾克哈特也「嗯嗯」點頭。是因為接受過斐迪南的教育，大家才都變成這個樣子嗎？

……這些固執又一板一眼的工作狂！

「我不准。」

多半沒想到我會否決，法藍驚訝地瞪大眼睛，一旁三人也不敢置信地看著我。

「既然傳聞都說我慈悲為懷，那我只能命令法藍躺在這間房裡的長椅上休息，不然就是前往不必在意他人眼光的男舍睡覺，你選一個自己喜歡的吧。」

「羅潔梅茵，這樣也太……」

「無法管理我身體狀況的艾克哈特哥哥大人請不要說話。接下來還要麻煩法藍代替我處理事務，要是他倒下了，傷腦筋的人可是我。」

我兇巴巴地瞪向想勸告我的艾克哈特，讓他閉上嘴巴。

「好了，法藍。這裡的長椅和男舍，你喜歡哪一邊呢？如果無法抉擇，我可以再提供我的大腿給你當枕頭唷？請你選一個地方休息吧。」

我不容置喙地瞪著法藍，逼他作出決定。法藍帶著死心的表情走向了男舍。

「羅潔梅茵，妳似乎還不太明白……」

「不明白的人是艾克哈特哥哥大人。老實說，就算我倒下了，也還有法藍和艾克哈特哥哥大人能填補我的空缺。」

只是給予祝福而已，只要是貴族，誰都做得到。最多就是沒有神官服，但艾克哈特只要換上藍色或白色的寬鬆長袍再站上舞臺，遠遠看去也有七八分像。

「可是，沒有人可以代替法藍。連在侍從這方面的工作上，莫妮卡和妮可拉也還無法取代法藍，而且不論是輔佐儀式、管理我的身體狀況、管理藥水，還是跟在貴為貴族的艾克哈特哥哥大人及尤修塔斯身邊，還不會令你們感到不快，這些事都只有接受過神官長教育的法藍才辦得到。」

「但是侍從……」

艾克哈特才要開口說話，尤修塔斯便居中調停。

「到此為止，你們兄妹別吵了。艾克哈特，這次你就認輸吧。羅潔梅茵大小姐說得沒錯。當然，從大小姐的身分來看，她這麼做也不應該……」

尤修塔斯先是斥責我說：「身為高貴的淑女，身邊不該沒有半名侍從。」再對艾克哈特教誨說道：「你也該考慮到周遭的情況，稍微知道變通，不要變得比斐迪南大人還頑固。」雖然他個性有些奇怪，但不愧是比我們年長的人。我和艾克哈特都只能道歉：「對不起。」

把法藍趕去男舍以後，直到第四鐘為止，我聽了艾克哈特和尤修塔斯報告的收穫祭情況。然後鐘才剛響，法藍彷彿就站在門外待命般立即回到房間。看到他原本讓人擔心的臉色好了許多，我總算鬆一口氣。

大家一起享用了果汁搭配三明治的午餐，然後關閉小神殿啟程出發。尤修塔斯吃了美乃滋以後，雙眼發亮，向我詢問做法，我於是聲明：「食譜的費用可不便宜喔，養父大人也是花了錢才得到食譜。」但他似乎還不死心，糾纏不休地又說：「等我回去再付給妳。」我只好笑著回答：「購買情報時，請當場支付現金吧。」看來這位情報搜集狂，往後很可能成為老主顧。

搭乘小熊貓巴士的時候，法藍也向我報告了哈塞相關的消息。他說：「我已按照您的吩咐，讓對方嚇得魂飛魄散，利希特面如死灰。」之後就看哈塞採取的行動了。

隨後，抵達了下一個農村聚集的冬之館。和哈塞一樣，收穫祭隨即開始。我走上舞臺，一樣舉行了儀式，大家也一樣為祝福發出了歡呼聲。緊接著，開始舉行我昨天沒能在哈塞看到的玻爾非比賽。

在鎮長說明玻爾非規則的時候，菜餚也一一端上我們眼前的桌子，是遵循了貴族先吃、之後再往下分送的規矩吧。廣場四周堆起了平臺圍成一圈，但臺上還沒有看到任何食物。法藍試完毒後，各式各樣的料理我每樣都吃了一點。大概是使用了現採的新鮮蔬菜，口味雖然平實，但很好吃。

「比賽開始！」

鎮長朗聲宣布，同時一隻被帶來廣場中央的動物朝著地面被人丟出。撞上地面的那一瞬間，那個動物就像球鼠婦和犰狳一樣縮成一團。

「咦?!」

選手們蜂擁而上，追逐著微微彈跳起來的小動物。小動物被當成是球，遭人踢飛後在地面上滾來滾去。我看了忍不住臉頰抽搐。

「等、等一下，這樣子對小動物……」

「啊，大小姐不知道嗎？玻爾非是種魔獸，鱗甲很堅硬，並不會因為被平民踢來踢去就喪命。」

問題不在於會不會喪命，而是這種會把動物踢來踢去的比賽本身就有問題吧——但他們完全沒有感受到我的弦外之音。我只能保持沉默，說服自己這裡就是這樣。

大家爭相追逐踢著玻爾非，看起來就好像是在踢足球。球場中央畫了條有點歪歪斜斜的直線，分成了兩個陣營。兩邊陣營的四分之一處又畫了條直線，那塊區域裡頭擺了一個圓圈，只要把玻爾非放進那個圓圈裡就算得分。

在進入得分線之前都只能用踢的，這部分很像足球；但進入得分線以後，就必須把玻爾非拿在手上，放進或丟到圓圈裡，這部分又像是橄欖球和手球。

用手拿著玻爾非時，衝擊的力道一旦消失，玻爾非就會探出頭來，但玻爾非若探出頭來就算界外。由於不能讓玻爾非落入敵隊手中，選手一跑進得分線內，就會藉由運球和傳球來持續給予玻爾非衝擊，一邊向著球門跑去。

「唔噫！……看、看起來好痛。」

用身體把人撞開和推開別人大概都是正當動作，但在我看來，只覺得這個比賽毫無規則可言。選手會互相把對方拉開，搶走玻爾非；還會推開人以後，把玻爾非踢走。

「反正農活已經結束了，就算接連有人受傷也不會有大礙。況且這項比賽非常重要，會決定他們今年在冬之館的地位高低，所以當然每個人都全力以赴。」

原來過冬期間的地位高低，會透過這項比賽來決定。選手都是農村的代表，賭上名譽進行一年一度的比賽。

「我明白大家為什麼會全力以赴了，但看起來很恐怖呢。」

「這點程度而已，迪塔更加危險。」

艾克哈特看著玻爾非說。又出現了我從沒聽過的單字。迪塔也是某種比賽嗎？

「……迪塔是什麼呢？」

「是貴族院經常舉辦的比賽。這是為了讓見習騎士練習騎乘在騎獸上進行戰鬥，但因為是以空中為戰場，所以危險性也更高。斐迪南大人相當擅長比迪塔，用人的戰術非常高超。迪塔比的是智力，要怎麼欺騙敵人……」

艾克哈特得意地講訴起貴族院時期的斐迪南，這時球場上傳來了格外盛大的歡呼聲，看樣子是分出勝負了，勝利的村子得到了肉做為獎品。

戰況激烈的玻爾非比賽快要結束時，食物也接二連三地端上了設置於廣場周邊的平臺。孩子們一邊發出歡呼聲一邊端送食物，大人們開始倒酒。這時天色也逐漸暗下，氣溫一口氣降了許多。秋天的晚風涼爽得讓我忍不住微微打了哆嗦，下一秒法藍立刻拿出溫暖的外套，聽說是莫妮卡帶過來的。

……我的侍從們真是太優秀了。

剛才舉行過玻爾非比賽的廣場中央，如今焚燒著火堆，雖然不到營火那麼盛大，但也足以取暖和照明。宴會在篝火的照耀下開始了，鎮長慰勞了大家一年來的辛勤，並要大家為寒冬作好準備，然後一起乾杯，開始了吃吃喝喝的熱鬧收穫祭。

期間，已經吃完飯的我們，與鎮長他們一同討論徵稅與供獻糧食要繳納的數量。聽說今年是暌違多年的大豐收，鎮長他們的表情都很明亮，雖然我不知道去年的收成有多少，但因為今年春天的祈福儀式是由我給予祝福，所以看到他們因為收成量增加這麼開心，我也很高興。

徵稅是在尤修塔斯的主導下進行討論。聽說明天早上開始徵稅的工作，因為當中也包含我應得的農作物，所以我也必須出席。

「羅潔梅茵大小姐，妳可以吃完早餐再過來。」

太陽西下，天色已經完全變暗，祭典依然持續著。大家吃飽喝足後，平臺上只留下酒和下酒菜等簡單的食物，很快被收拾乾淨。

開始收拾食物後，一群人便拿著樂器聚集前來，開始演奏音樂。身為今天主角的新郎新娘率先走進廣場跳舞。不久後，手牽著手的男女也接連不斷加入。有剛受洗過的小孩子，也有害羞地面對眾人揶揄、看來十分青澀的戀人。周遭人們一致地拍手吹口哨，雙腳蹬地炒熱氣氛。歡呼聲與嘹喨的歌聲融為一體，吆喝著對豐收的感謝。無數的笑臉、人聲與熱氣像要淹沒整個會場，祭典非常熱鬧。

第七鐘響後，收穫祭宣告結束。孩子們回家準備睡覺，女人們手腳俐落地收拾場地，男人們慌忙拿好了酒，準備回到房間繼續喝。

「神殿長，我們希望能與您多多交流，接下來還請您移駕……」

「這個時間羅潔梅茵大人該休息了，有什麼話，可由我們代為傾聽……」

鎮長等有權人士們想邀我一起談話，受斐迪南之命的艾克哈特立即介入擋下。接著在艾克哈特的指示下，由法藍和布麗姬娣帶著我，撤退回到為我準備好的房間。

莫妮卡和妮可拉在準備沐浴和就寢時，我問了她們從侍從的角度來看，對收穫祭有什麼感想。兩人說她們都是第一次參加收穫祭，有很多事情很好玩，也令人感到驚訝。

隔天一早，尤修塔斯開始執行徵稅官該做的工作。確認過繳納的物品確實如祭典時所說，尤修塔斯在昨天的舞臺上攤開畫有巨大魔法陣的布。他在四個角落擺放魔石，再把徵收的農作物放上去，拿出思達普唸了某個咒語。下一剎那，農作物籠罩在一陣光芒中消失了。

「這麼做就能把東西送回到艾倫菲斯特嗎？」

「嗯，沒錯。這些則是羅潔梅茵大人的那一份。」

由我收下要捐獻給神殿的那些農作物也做了記號，顯示收取人是誰，幫我送回了城堡，因為我在收穫祭上給予了真正的祝福，所以聽說他們比去年要多捐獻了一些。

「如果是其他青衣神官和巫女，都是由老家的貴族前去領取送到城堡的物品。而羅潔梅茵大小姐因為老家就在城堡，所以會由城堡裡的廚師為妳作加工處理，以備過冬。之後只要再拜託母親大人或諾伯特準備馬車，請人送到神殿。」

「太好了，城堡的人能幫忙加工。等我回去，再拜託黎希達準備馬車。」

徵完稅收，便朝著下個地點的冬之館出發。我們會先目送侍從們乘坐的馬車離開，再騎乘騎獸隨後趕上，所以可以悠悠哉哉地度過直到中午的時光。

……哇啊，收穫祭真好玩。

但這樣的想法也只持續到第三天為止，因為接下來每天都得置身在祭典狂熱的氣氛當中，讓人身心俱疲。雖然對周遭人們來說是一年一度的祭典，但我卻是連續十天都要參加這麼熱鬧歡騰的祭典，突然間非常想念寧靜又平凡無奇的日常生活。

……我已經想回神殿，躲進圖書室裡頭了。拜託來人給我點讀書時間吧！

舒翠莉婭之夜

正對連日來的祭典感到厭倦，覺得筋疲力竭時，我們抵達了杜爾潘。杜爾潘在我這次收穫祭前往的範圍中位在最南邊，是個有冬之館的小鎮。在散落於杜爾潘周邊的農村外圍，有著我所需藥水尤列汾會用到的秋季材料瑠耶露。舒翠莉婭之夜是秋季期間魔力最強大的滿月之夜，據說在這一晚採到的瑠耶露，在艾倫菲斯特能採到的材料當中，擁有的秋季屬性品質最好。

現在距離滿月還有兩天。告知鎮長收穫祭結束之後，我們仍會停留到舒翠莉婭之夜那一天，再歸還部分杜爾潘捐獻的食材，當作是我們逗留期間的住宿費。

因為連續好幾天參加了載歌載舞的收穫祭，不光是我，大家好像都累積了不少疲勞，正好可以休息一下。我喝了恢復疲勞的藥水，沉沉熟睡回復體力。趁著休息的空檔，還去參觀了杜爾潘的冬之館。我走在冬之館內來回參觀，一邊盤算著出差式神殿教室能否付諸實行。法藍還攤開在洗禮儀式時也唸過的繪本，再唸一次給大家聽。不只當時受洗的孩子們，許多其他的孩子們也聽得興致勃勃，因為冬天沒有什麼娛樂，要是能夠順利推動，說不定也能提升農村的識字率。

「今晚就是舒翠莉婭之夜。羅潔梅茵大小姐，請妳先睡午覺，充分休息，因為瑠耶露在照到滿月的亮光後才會結果，所以要到深夜才能進行採集。」

尤修塔斯在一起吃午餐的時候這麼說了。艾克哈特、尤修塔斯和達穆爾說他們吃完午飯後，會去尋找瑠耶露魔樹，因為要趁著天色還亮時做好記號，等到月亮升起再出發。

「我明白了。事前準備想必十分辛苦，那就麻煩各位了。」

為了不變成累贅，我聽話地睡了午覺，在傍晚醒來。因為整個下午只有睡覺，所以我在肚子不怎麼餓的情況下又接著吃晚餐。

「我們已經做好記號了，入夜後即可出發。羅潔梅茵，妳身體沒問題嗎？」

「是的，艾克哈特哥哥大人，沒有問題。」

快要吃完晚餐的時候，奧多南茲飛了進來，降落在艾克哈特的手臂上，用斐迪南的聲音開口說話。內容是他很遺憾，行程配合不了無法趕來。艾克哈特惋惜地嘆口氣後，取出思達普變出了奧多南茲，捎去回覆。

「我們已經順利找到了瑠耶露，今晚會按照計畫前往採集。斐迪南大人那一份會由尤修塔斯負責。」

晚餐結束後，我回到房間更衣。我和女騎士們一樣穿上了褲子，這樣就算裙子往上掀開也不用擔心。從頭套在身上的連身裙也是款式簡單，沒有什麼花紋，布料很耐穿。

「這件衣服不太可愛呢。」

妮可拉露出了可惜的表情，但和葳瑪一樣崇尚簡潔的莫妮卡搖搖頭。

「妮可拉，去森林採集的時候不需要添加裝飾，最重要的是方便行動。羅潔梅茵大人，您說對嗎？」

「莫妮卡說得沒錯，今晚不需要輕柔飄逸的裝飾。」

我的頭髮用髮蠟牢牢定型，在腦後綁成一束，以免妨礙行動。也把因為只在冬之館內行走才穿的短靴脫下來，換上可以在森林裡頭走動的及膝皮靴。隨著每一次鞋帶被拉起繫緊，我的心情就越來越激動。

……好久沒去森林了，也好久沒有採集，我一定要加油！

自從進入神殿，我去森林的機會就大幅減少，又被告誡青衣見習巫女不能自己動手做事，所以法藍他們也不喜歡我去森林。而且就算我想一起去，依照我的體力也只會礙手礙腳，所以工坊的孩子們要外出做紙時，我只能目送他們和路茲還有吉魯一起前往森林，每次都留在神殿。成為領主的養女以後，更是只在神殿和城堡之間往返。

唔唔……好期待喔！

侍從為我穿好鞋子後，我再站起來，讓她們繫上皮革腰帶。腰帶上掛著採集用的皮革手套、裝材料用的皮袋和放置魔石的道具等等。今天還多繫了一個皮革腰帶，配備了斐迪南準備的刀型魔導具，這下子斐迪南吩咐的採集準備就完成了。

我低頭看著掛在腰上哐啷作響的各種採集工具和小刀刀柄，「呵呵」地笑起來，雖然沒有布麗姬娣那樣的盔甲，但今天我這身打扮看來特別英挺帥氣，威風凜凜。

「莫妮卡、妮可拉，妳們覺得怎麼樣？」

「我覺得很不錯，看起來也非常方便行動。」

不同於冷靜給予評語的莫妮卡，妮可拉開心得雙眼發亮，用力握拳。

「羅潔梅茵大人看起來好強悍，好有威嚴唷。」

聽到妮可拉說出了我正好想聽的稱讚，我得意萬分，走出房間。

「艾克哈特哥哥大人，我看起來是不是很厲害呢？」

作好了準備的我走向艾克哈特他們正等著的房間，張開手臂展示自己身上的裝扮。

艾克哈特先是張大眼睛，再露出了非常不予置評的表情緩緩搖頭，用像在教導不聽話孩子的語氣說了：

「羅潔梅茵，除了採集以外，妳什麼事都不能做，明白了嗎？」

「……是。」

所有人都作好了準備後，移動外出。我還以為既然現在是滿月，晚上就算走在路上應該也很明亮，卻比想像中還暗。我訝異地仰頭看向天空，發現月亮呈現出了我從未見過的顏色。

「月、月月、月亮居然變成紫色了?!」

因為太過詭異，我嚇得指著月亮大叫。大家只是瞥了一眼月亮的方向，沒有什麼特別的反應。

尤修塔斯還一臉理所當然地說：「因為今天是舒翠莉婭之夜啊。」艾克哈特驚訝得微微瞠目。

「……羅潔梅茵，妳從來沒有見過嗎？」

「這還是第一次，因為我從來不曾這麼晚了還出來外面，這個季節也經常都是躺在床上昏睡。」

因為很少踏出家門，沒有看過也是無可厚非，但我明明已經在這個世界生活三年了，卻從來沒有聽說過月亮會變成紫色。

「因為舒翠莉婭之夜一過，天氣會突然變得寒冷，據說在這一晚，生命之神埃維里貝的力量會大過風之女神舒翠莉婭。而初春時分的芙琉朵蕾妮之夜，月亮則會變成紅色，因為過了芙琉朵蕾妮之夜後，積雪會開始融解，水之女神芙琉朵蕾妮的力量會大過生命之神埃維里貝。」

什麼！原來月亮不只在秋天會變成奇妙的顏色，因為在每年的季節交替時都會發生，這天魔力是否會增強又和平民區的平民毫無關係，所以家人也不認為需要把這件事說給正在發燒昏睡的我聽吧。我自己得出了這個結論。

「羅潔梅茵大小姐，瑠耶露會在照到滿月的月光後開花，時間應該差不多了。」

尤修塔斯說完變出自己的騎獸，飛身跨坐上去後往前疾奔。我看著發出紫色光芒的奇異月亮，也變出一人座的小熊貓巴士，追上尤修塔斯。左右兩邊分別是布麗姬娣和達穆爾，艾克哈特負責在後面保護我。

尤修塔斯在晚餐席間描述過，他先是越過所有人都已移動到冬之館、如今杳無人煙的農村，再進入森林，行進一段距離後便發現了瑠耶露魔樹。尤修塔斯也正如他所描述的，毫不遲疑地飛快衝進森林，雖然他說已經做好了記號，但我完全不會辨識。

「大小姐，那個就是瑠耶露。」

瑠耶露已經開花了，樹葉稀疏，在質感像是金屬的光滑樹枝上，佇立般地開著幾十朵有如白木蓮的花朵，散發著馥郁的芳香。

「瑠耶露在照到滿月的光芒以後，花瓣會從外側開始慢慢剝落，然後長出果實。直到長出果實為止，可能要再等一段時間。」

我「哦哦」地點頭聽著尤修塔斯的說明，坐著小熊貓巴士接近花朵。靠近以後，香氣又更強烈了。我輕閉上眼睛，慢慢地吸了一口飄散過來的芳香，不由得陶醉其中。

「這個花可以用來做些什麼嗎？我覺得好像可以做成香水。」

聽了我的問題，尤修塔斯瞇起眼睛，端詳起瑠耶露的花朵。

「嗯……我都不知道瑠耶露竟會散發出如此強烈的香氣，說不定是舒翠莉婭之夜與其他的滿月之夜不同。乾脆也帶朵花回去吧？」

尤修塔斯並不是在對我說話，語氣聽來像是只專注在自己的興趣上，嘟囔說著和以前見過的瑠耶露有哪裡不同，同時興匆匆地取出思達普，低聲唸著「密撒」。

尤修塔斯拿著變作小刀形狀的思達普，騎著騎獸靠近樹枝。他踩著腳鐙，直起身體後，砍下樹枝採集花朵；再把多餘的樹枝切斷，只留下長有花朵的部分，然後小心地把花收進皮袋裡。

「尤修塔斯，我也想試試看。」

「嗯？啊，嗯，大小姐請。」

看他那樣，明顯是已經把周遭的人都拋在腦後，沉浸在自己的興趣裡了。聽到我的聲音，尤修塔斯才恍然回神地抬起頭，露出有些尷尬的表情後，馬上又微微一笑。

「那請大小姐拿出小刀，注入魔力，再像我剛才那樣，切斷樹枝採集花朵吧。」

「是！」

我決定也模仿尤修塔斯，用斐迪南給我的小刀採集一朵花，當作是小規模的預先演習，因為還是要先確認過，我是否真的可以獨自一人完成採集。我用右手抽起刀型魔導具，靠近瑠耶露直到可以碰觸花朵，再從小熊貓巴士的窗戶往外探出身體。我伸出手，握住觸感光滑的樹枝，注入魔力後把小刀貼在樹枝上。真的能砍斷嗎？——我內心七上八下，同時用力一壓，結果就像在切奶油一樣，毫不費力地砍下了樹枝。

「好厲害，一下子就砍斷了……」

我交互看向手中的瑠耶露樹枝和斐迪南給我的小刀。這個刀型魔導具真是太優秀了，只要注入魔力，就算我手無縛雞之力，也能順利砍斷樹枝。現在有了它，說不定我在森林裡採集的時候也能幫上忙。我邊想著這些事情，邊切除多餘樹枝，把採到的花朵放進皮袋裡。

「嗯，看來採集是不用擔心了。」

一直擔心我能否完成採集的艾克哈特說道，表情明顯安下心來。

「大小姐，採集果實的方法也一樣。只要砍斷樹枝，再切除多餘樹枝即可。」

「是，我知道了。」

看樣子應該可以順利採到瑠耶露的果實，採集方法也練習過了，我鬆一口氣。

「啊，你們看花……」

沐浴在月光下，瑠耶露的花朵開始凋謝。花瓣彷彿一片又一片地被人剝下，翩然地接連落進空中，隨風飛揚起舞。和櫻花瓣不一樣，是那種與白木蓮比較相似的大片花瓣。看來就像是白色小鳥的羽毛被風吹得搖搖晃晃，在空中不停迴旋，緩緩降落。花瓣一落到地面上，就與土壤同化般消失無蹤。那幅光景有著難以形容的夢幻與唯美，讓我的目光完全無法從飄落的花瓣上移開。

但是，如夢似幻的時光非常短暫。我才在心中訝叫的時候，花瓣就已經完全散盡，樹枝上已經看不見半朵花朵。接著再定睛細看瑠耶露的樹枝，會發現曾經有過花朵的地方，這時都長出了和我小拇指差不多大的紫水晶。

「這個就是瑠耶露的果實，照到滿月的光芒後，會長到大約這麼大。」

尤修塔斯用大拇指和食指比出了約十公分的長度，然後抿緊嘴唇，納悶地盯著瑠耶露的果實瞧。

「但我之前採集的時候，果實是偏淡黃色，記得不是現在這個顏色……」

尤修塔斯好像又沉浸在自己的思緒裡了，因為語氣也跟著變了，非常好懂。

「是果實顏色也會受到月亮顏色的影響嗎？」

「也許吧，最好多採幾個，以便向斐迪南大人報告，也能增加我收集的樣本數……大小姐，妳也這麼認為吧？」

「畢竟是為了報告和研究嘛，只要不是全部採光，應該沒有關係吧。」

我和尤修塔斯隔著瑠耶露討論起來，忽然聽見由遠而近地傳來了踩過草叢的「喀沙喀沙」腳步聲，而且腳步聲聽起來不只是一兩隻，說不定有幾十隻——才剛這麼心想，下一秒高度還不及達穆爾膝蓋的動物便竄出草叢，朝著我們衝過來。那些動物有的長得像貓，有的長得像松鼠，雖然牠們的體型勉強可以稱作小動物，但我一點也不覺得可愛，因為在黑暗之中，牠們的雙眼發出了讓人不寒而慄的紅光。

「是魔獸！」

艾克哈特大喊道，立即取出思達普，變化作長槍的形狀，再從下降的騎獸上一躍而下。他順著墜落的加速度，舉起長槍刺向外形像是兔子，但長著角而非長耳朵的魔獸。長槍從魔獸的肚子往背部貫穿，槍尖上還刺著一顆閃閃發亮，看來像是小寶石的東西。兔子外形的魔獸隨即融化般潰散，槍尖上的寶石也融進了長槍裡般消失無蹤。

「目前看來這些魔獸都不難纏，只是數量眾多，一定要確實消滅！」

「是！」

達穆爾和布麗姬娣也立即從騎獸上跳下來，取出思達普，各自變化成了自己擅長的武器拿在手上。他們振臂一揮，一口氣劈倒了好幾隻魔獸。

「艾克哈特哥哥大人，那邊還有更多！」

我因為坐著騎獸飛在半空中，清楚看見了魔獸正包圍著瑠耶露魔樹逐漸聚集前來。在草叢後方，我看見了更多綻放著紅光的眼睛，駭人的眼睛和明顯對我們流露出的敵意，讓我的背部打了冷顫。

「羅潔梅茵，妳千萬別從騎獸上下來！要以妳的採集為首要之務！」

三名騎士拿著武器，背對著瑠耶露保護我，動作一致地開始消滅魔獸。只見長槍被大力一揮，才剛劈倒魔獸，又貫穿了魔獸的身體，給牠們致命一擊。有些魔獸是融解般消失不見，也有些魔獸只是倒臥在地。

「呀啊?!」

四周的魔獸居然撲向倒地的魔獸，開始啃咬起來。看到牠們比起手持武器的騎士，更優先吃掉自己的同類，這種同類相食的景象讓我瞬間全身寒毛直豎。

擠成一團的魔獸們像是失去了興趣般，突然往後飛退，這時地上已經不見剛才那隻倒臥在地的魔獸。相對地，四周的魔獸中有一隻比起其他的要變大了一些。

「達穆爾！再弱小的魔獸也一定要取得牠的魔石！否則一旦被其他魔獸吃掉，之後會越來越難應付！」

從艾克哈特這些話，我猜魔獸吃了魔石以後會成長。而稍微成長的魔獸又會在吃掉四周較弱的魔獸以後，更是成長茁壯。

聽了艾克哈特的提醒，達穆爾急忙舉起長槍，朝著稍微變大的魔獸接連刺了好幾槍，刺穿魔石。魔獸因同類相食稍微變強後，達穆爾戰鬥起來就顯得相當吃力。比起另外兩個人，看得出達穆爾完全是上氣不接下氣。

「有、有沒有我可以幫忙的呢……」

我慌張地想找出我可以幫上忙的地方，但尤修塔斯搖頭。

「大小姐沒有任何可以幫上忙的事情。」

但就算他這麼說，我還是想要幫忙。我拚命地動起因為遭到魔獸襲擊、恐懼得停止了運作的大腦，努力思考。戰鬥時我能幫上忙的事情，就只有向神祈禱而已。

「要、要不要立下風盾呢？只要用舒翠莉婭之盾覆蓋在瑠耶露四周，魔獸牠們就進不來了！那麼也有餘力恢復……」

「不行！要是罩上了魔力的風盾，滿月的光芒也會照不進來！」

不能採集還有什麼意義——尤修塔斯這麼反對後，我用力咬唇。

「大小姐，妳只要專心在採集上就好，戰鬥就交給騎士他們吧。」

我同意尤修塔斯說的戰鬥就交給專家，他說得很對。可是，和源源不絕地從草叢後頭竄出來的魔獸量相比，現場能夠戰鬥的騎士人數實在少得可憐。

「尤修塔斯，每次都會出現這麼多魔獸嗎？」

「不，在我採集的那次滿月之夜，甚至幾乎沒有魔獸出現。現在的情況非比尋常。斐迪南大人也說過，舒翠莉婭之夜是特別的。既然能夠吸引來這麼多魔物，代表魔力的蘊含量一定極高……雖然聚集而來的魔物量也在預料之外。」

尤修塔斯咬牙切齒地說，對於現在的情況，內心好像也閃過了許多推測，但是，全部都是以我的採集為最優先考量。我心急如焚地注視著慢慢變大的瑠耶露果實，但是果實成長的速度，卻只是慢得讓人感到焦慮。

「尤修塔斯，還要再多久?!」

艾克哈特焦急的話聲從下方傳來。尤修塔斯瞪著瑠耶露果實，近乎呻吟地回答。

「現在連一半都還不到！」

「現在數不清的魔獸都想來搶瑠耶露果實！再這樣下去沒完沒了！」

三人中魔力最低的達穆爾顯然陷入了苦戰。他的肩膀劇烈起伏，呼吸也很急促，因為魔力不夠，必須用蠻力制伏魔獸，所以體力的消耗非常劇烈吧。

「尤修塔斯，舒翠莉婭之盾因為會擋住魔力，所以不能使用吧。那如果是給予庇佑呢？我可以向英勇之神安格利夫祈禱，給予他們祝福嗎？」

尤修塔斯像是這才想起這件事，扭過頭來看我，眼睛發亮地使勁點頭。

「嗯，這可以。大小姐，請給他們庇佑吧。」

「願火神萊登薛夫特的眷屬，英勇之神安格利夫給予三人庇佑。」

我往戒指注入魔力，獻上祈禱。祝福的藍光往外飛去，落在了在瑠耶露四周奮戰的三人身上。下一秒，三人的身手明顯出現變化，速度和動作的敏捷度都與剛才截然不同。武器甚至好像也變得更銳利了，揮出後擊倒的數量變得比剛才要多。

「羅潔梅茵大人，您的庇佑太優秀了！」

布麗姬娣精神抖擻地喊道。她那紫水晶般的雙眼亮起凜然厲光，瞪著四周，裙襬忽然往上翻起。只見她稍微壓低了身子，接著用力揮下外觀像是長刀，長長的棍尖上有著微彎刀刃的武器。

「喝啊——！」

布麗姬娣揚聲大喝，武器伴隨著「轟！」的聲響劃破空氣。四周在長刀攻擊範圍內的魔獸有好幾隻都在一瞬間融解消失。旁邊的魔獸隨即撲向其他沒有一擊便倒的較弱魔獸，想要增強力量，但布麗姬娣再提著武器連奔數步，衝向那群聚集的魔獸。

「散開！」

布麗姬娣使力蹬向地面，揮下武器。偏長的刀刃閃著光芒，一鼓作氣劈開了聚集的魔獸。接連揮舞武器的模樣英氣逼人，我腦海中浮現了卡斯泰德說過的，布麗姬娣的魔力比達穆爾要強這句話。

「感激不盡！」

艾克哈特和達穆爾看起來也像是輕鬆許多，繼續消滅魔獸。

「羅潔梅茵大小姐，請握住瑠耶露的果實，注入魔力，要持續到完全變色為止。」

尤修塔斯指著變大的瑠耶露果實說，我點點頭，但還是在意著底下的情況。

「大小姐，狩獵領地內的魔獸就是他們的工作，所以妳不必擔心，還請妳集中精神在採集上。大小姐若不完成採集，他們的戰鬥也無法結束。」

在尤修塔斯嚴厲的注視下，我大力點頭，伸手握住變大的瑠耶露果實。看來像是紫水晶的果實也一如外表，摸起來十分堅硬且冰涼，觸感光滑。

……要快點結束才行。

直到我採集完成為止，騎士們都無法停止戰鬥，我死命瞪著瑠耶露果實，注入自己的魔力。但是，和之前製作小熊貓巴士時的魔石不一樣，我的魔力遲遲無法注進瑠耶露果實裡頭，可以感覺到果實好像在抗拒讓外來的魔力進入自己體內。

「因為魔樹也具有生命，所以反抗很激烈吧？」

就和不想讓別人的魔力進入自己體內一樣，尤修塔斯說。我想起了討伐陀龍布那時候，斐迪南曾為了封住我的傷口，要往我體內注入魔力，當時我也覺得想吐又不舒服，便可以理解瑠耶露的抵抗。

「大小姐，我會一邊警戒四周，一邊採集那邊的果實。」

尤修塔斯想取得未染上自己魔力的材料，所以戴上了能阻絕魔力的皮革手套，動作迅速地採下了好幾顆瑠耶露果實，因為不需要染上魔力，所以他一下子就採好了。

我用力握緊手中宛如紫水晶的瑠耶露果實，不斷注入魔力。明明夜晚的空氣十分冰涼，我的額頭卻浮出汗水。我用足以摧毀抵抗的速度傾注魔力，紫色果實也開始一點一點地變成了淡黃色。

……再一下下。

在我握著果實的時候，有隻像是松鼠的魔獸突破了防禦網，爬上瑠耶露來。但尤修塔斯立刻把牠踢下去，達穆爾再給了牠致命一擊。雖然我沒有受傷，但現在這種握著瑠耶露果實、完全不能動彈的情況，讓我油然升起了難以言喻的恐懼。我在心裡催促著快點、快點，不停傾注魔力。

「尤修塔斯！這樣可以了嗎？完全變色了嗎？」

「可以了！請把果實砍下來。」

請尤修塔斯確認過果實已完全變色後，我拿出小刀砍斷樹枝。

「採到了！」

「好，準備撤退！」

艾克哈特喊道，氣氛因此稍微鬆懈下來，但說時遲那時快，一隻像貓的魔獸從另一棵樹上起跳，發出了「嘶啊啊啊啊！」的吼叫聲往我飛撲過來。牠張著彷彿快要裂開的血盆大口，尖銳的牙齒和發光的利爪迎面欺近。

「呀啊?!」

我立刻交叉手臂保護頭部，緊緊閉上眼睛。

「大小姐！」

尤修塔斯揮下思達普打飛魔獸。結果不只魔獸，我的手也感受到了一股衝擊。張眼一看，只見被尤修塔斯打飛的魔獸還叼著原本在我手中的瑠耶露，就這麼飛了出去。

「我的瑠耶露！」

我下意識想追上魔獸，卻被尤修塔斯厲聲制止。

「大小姐，不行！艾克哈特，回來！」

艾克哈特也衝上前想追上飛走的魔獸，但叼著我瑠耶露果實飛走的魔獸在墜地之前，就在半空中爆炸了……至少看起來是這樣。

善後

那隻長得像貓的魔獸忽然間膨脹變大，並不是爆炸了。原先牠還只有成人的膝蓋大小，現在卻一瞬間就變大了十倍以上，此刻牠的頭部甚至比坐著騎獸飛在空中的我還要高。變大的魔獸甚至遮擋住了月亮，落下濃密的黑影。

「戈爾契?!」

追著魔獸想搶回瑠耶露的艾克哈特立即往後飛退，跨上騎獸折回。達穆爾和布麗姬娣也坐上騎獸，驚愕地仰頭看著戈爾契。

「戈爾契是什麼？」

「是薩契的上位種，但我還是第一次看到薩契變成戈爾契。」

根據尤修塔斯的說明，四周那些長得像貓的大量魔獸就是薩契，在得到魔力後，經過好幾個階段的變化，最終可以變成戈爾契，但一般吃了瑠耶露的果實和其他魔獸以後，薩契即使會稍微變大，也不一定能夠進化到下一階段的弗爾契。

「八成是因為吸收了大小姐的魔力吧。否則一般不可能有這種變化。」

足足有兩層樓高的戈爾契慢吞吞地動了起來。牠張開巨大的嘴巴，開始吃起附近的小魔獸。看到體型巨大、魔力也異常強大的戈爾契突然出現，小型魔獸們恐慌得四處逃竄，還攻擊比自己弱小的魔獸想獲得魔力，現場頓時陷入一片混亂。

「奧多南茲。」

尤修塔斯變出奧多南茲，緊急聯絡斐迪南。

「斐迪南大人，薩契吃了含有大小姐魔力的瑠耶露果實後，變化成了戈爾契。必須即刻進行討伐，請向騎士團請求支援。」

艾克哈特緊咬著牙，聽著尤修塔斯報告的內容，接著把思達普變成需用兩手握住的巨劍。看見雙手握住長劍的艾克哈特，尤修塔斯的神色變得嚴峻。

「艾克哈特，你可以嗎？」

「只能試試看了。戈爾契也因為突然進化，還無法靈活使用自己取得的魔力，也不習慣現在的體型和力量吧。要攻擊，只能趁牠現在動作還很遲鈍的時候。」

艾克哈特往長劍注入魔力，眼睛眨也不眨地瞪著戈爾契。戈爾契用牠巨大的舌頭捲起小魔獸，不斷扔進自己口中。艾克哈特騎著騎獸，衝向始終低著頭的戈爾契，朝著牠的腦門高舉長劍。

「嗚噢噢噢噢——！」

在他揮下長劍的瞬間，一道炫目的亮光朝著戈爾契筆直飛出。威力雖小，但看起來和卡斯泰德在祈福儀式遇襲時使出的攻擊一模一樣。艾克哈特和卡斯泰德又十分神似，讓我更是產生了強烈的既視感。

炫目亮光所形成的斬擊襲向戈爾契，在牠才剛注意到，正要轉動頭部的時候命中了牠。戈爾契隨即發出了疼痛又憤怒的咆哮，代表這記攻擊還算有效，但是由這記攻擊也可明顯看出，單靠艾克哈特一個人的力量並不足以打倒牠。

不過，大概是覺得攻擊還算有效，艾克哈特再一次高舉起長劍。可能是因為刺眼的光芒受到驚嚇，或是害怕受到波及，小魔獸們爭先恐後地跳進草叢裡逃之夭夭。在這當中，尤修塔斯一邊以電光石火般的動作接連採下瑠耶露果實，一邊下達指示。

「布麗姬娣、達穆爾！快帶著大小姐馬上撤退！先回農村待命！」

我跟著布麗姬娣，坐著騎獸離開現場。穿過森林，回到毫無人影的農村，因為指示我們在這裡待命，所以我們先停了下來，回頭看向森林。森林的樹木都在不自然地搖晃擺動，可以想像戈爾契正失控地在裡頭橫衝直撞。

……怎麼辦？

小型的薩契要消滅很容易，也是不會造成什麼重大災害的小魔物，但戈爾契不同，連上級騎士的艾克哈特也無法輕易撂倒。事情會演變到這個地步，很明顯是因為我的魔力。截至目前為止，我都是在憤怒得失去理智的情況下，還有給予祝福的時候，才會用到魔力，所以沒有機會可以客觀地檢視我所擁有的魔力究竟有多麼強大。雖然斐迪南對我說過，我因為擁有強大的魔力，若不學會怎麼操控魔力和保護自己會很危險，還得確認魔力太過強大的我是否會對領地造成危害，但是我對於自己擁有的魔力量，從來沒有過清楚正確的認知。

「……我都不知道自己的魔力會創造出那種魔獸，這都是我的錯吧？」

「不，羅潔梅茵大人，這是沒能保護您的護衛騎士的責任。」

布麗姬娣斷然說道，達穆爾聽了按著腹部，不安地望著森林。

「現在該怎麼辦……不能就這樣放著戈爾契不管。」

「羅潔梅茵大人，請交給騎士團吧，騎士團正是為此而存在。」

布麗姬娣挺起胸膛，勇敢地接下這份任務。可是，看到艾克哈特的攻擊並沒有什麼效果，我實在無法那麼樂觀。

「羅潔梅茵大人您看，艾克哈特大人也回來了，請您不必擔心。」

兩道黑影從森林裡衝出，朝著這裡飛來。是尤修塔斯和艾克哈特。

幾乎在兩人與我們會合的同一時間，斐迪南也捎來了奧多南茲。奧多南茲停在尤修塔斯的手臂上，為斐迪南傳話。

「我馬上趕到。快放出路德求援。在戈爾契失控到攻擊附近城鎮之前，必須採取行動。首先，艾克哈特負責攻擊。如果還是無法打倒戈爾契，便由羅潔梅茵做出倒置的風盾，用風形成圍欄，把魔獸困在裡面。羅潔梅茵，因為魔獸是得到了妳的魔力，目前在場所有人當中，只有妳能壓制住牠。」

重複了三次斐迪南的指示後，奧多南茲變回魔石。達穆爾立即取出思達普，說著「路德」往上釋出紅光。

「用風做出圍欄？……這種事有可能嗎？」

「斐迪南大人已經建議了可以做出倒置的風盾，那我會試試看。自己闖下的禍，要自己收拾善後才行吧？」

今後採集的時候，每當我往魔石注入魔力，或是遭到魔獸襲擊，都有可能再發生同樣的情況，所以最好先學會可以採取什麼對策。況且得到了有用的建言以後，我心情也輕鬆多了。明明是因為自己的魔力才招致這種事態，比起只能束手無策，還是可以幫忙善後比較好。

「羅潔梅茵，妳說得簡單，但妳嬌小的身體裡哪裡還有這麼多魔力？妳已經給了許多人神的祝福，還往瑠耶露果實注入了大量魔力，怎麼可能再向神祈禱做出風盾。這樣子太魯莽了。」

其實我還有餘力可以做出風盾，但現在這種情況，似乎一般人都會覺得太過魯莽。關於我所擁有的魔力，身邊的人好像都未被清楚告知，雖然透過洗禮儀式時的祝福，大家都知道我擁有強大的魔力，但並不知道究竟強大到怎樣的程度吧。

我也因為沒有和他人比較過，所以不曉得精準來說我的魔力到底有多強大。該怎麼對艾克哈特解釋呢？我正為此煩惱，尤修塔斯盤著手臂，看向艾克哈特。

「艾克哈特，魔獸在吸收了大小姐的魔力之後，究竟會變得多麼強大，只有大小姐的庇護者斐迪南大人最清楚。既然斐迪南大人都說只有大小姐鎮壓得了魔獸，那你們應該要遵從斐迪南大人的指示，優先考慮如何輔佐大小姐，困住戈爾契吧。」

艾克哈特一瞬間對我露出了擔心的表情，但甩了下頭後，用力點頭。

「我明白了，我們全力輔佐羅潔梅茵吧。羅潔梅茵，既然妳要用魔力做出風盾，先把騎獸收起來，與布麗姬娣共乘騎獸吧。其他人都要騎在騎獸上，保護羅潔梅茵別讓小魔物接近她，讓她可以集中精神。沒問題嗎？」

「是！」

我把小熊貓巴士變回魔石，和布麗姬娣共乘騎獸。然後，再度回到戈爾契所在的森林深處。

大概是比起剛才更適應了新獲得的魔力，也可能是習慣了自己變大的體型，戈爾契的動作變得迅捷許多。牠察覺到我們後，轉頭看來。偌大的雙眼炯炯發光，縱長形的瞳孔定焦在了我身上。從牠微微張大的巨大雙眼，可以看出牠把我認定成了獵物。

看到肉食性野獸那種準備捕食的眼神，我打了個寒顫。戈爾契一眼便看穿我擁有強大的魔力，衝過來想把我吞掉。艾克哈特使出斬擊劈向牠的臉部，一邊大喊道：

「羅潔梅茵，快向神祈禱！」

「司掌守護的風之女神舒翠莉婭，侍其左右的十二眷屬女神啊。」

我往戒指注入魔力，如同往常說出祈禱文。那種彷彿諸神就近在身邊的感覺讓我寒毛豎起，不由得抬頭看向紫色月亮。不知道是不是因為月亮和平常不一樣，還是真的有什麼東西存在，魔力的流動有些異於平常。

「請聆聽吾的祈求，賜予吾聖潔之力，阻絕一切懷有惡意之物，為吾立下風盾！」

做出風盾的時候，我想像了用被風吹得開花的雨傘困住戈爾契。於是照著我在腦海中的想像，眼前出現了琥珀般透明的倒置風盾。一直精細到了雨傘內側繪有的圖案為止，我都在腦海中持續著這樣的想像。

半圓形屋頂狀的偌大風盾整個罩住了戈爾契，只見牠衝向風盾，卻被往後彈飛。四周傳來了安心的吐氣聲，但是，我忍不住按著胸口，因為在受到了戈爾契攻擊的那一瞬間，我總覺得魔力也被大幅吸走。一開始我還以為是錯覺，但並不是。每當戈爾契粗暴地攻擊風盾，魔力都被往外吸出。

「羅潔梅茵，妳臉色好蒼白，魔力還支撐得住嗎？」

「……我還可以。可是，感覺和以前不一樣。我曾經做出過風盾好幾次，但每次遭到攻擊，魔力就被吸走的感覺現在還是第一次。」

「那是為了要抵銷戈爾契在攻擊時釋出的魔力，維持風盾吧。妳至今碰到的對手，魔力應該都不高吧？」

聽到艾克哈特這麼說，我屏住呼吸。他說得沒錯，我是在祈福儀式時第一次做出風盾，但那時候的對象是農民；在神殿要保護大家的時候，正面接下斐迪南魔力攻擊的人也不是我。我只是在他攻擊蟾蜍伯爵的時候，保護大家不要受到波及。

想不到面對強敵，要維持住風盾需要這麼大量的魔力。我瞪著粗暴地不斷撞向風盾，想要突破包圍的戈爾契，死命咬著牙關。如果魔力再繼續被不停吸走，我實在不知道風盾能不能維持到斐迪南趕來。

……神官長，快來啊。

「羅潔梅茵，妳臉色真難看。是不是魔力快用盡了？」

「……現在我的魔力還足夠。」

雖然要一直維持住不斷遭受攻擊的風盾，會消耗大量的魔力，但現在更危險的是我快要無法集中注意力了。和之前不一樣，風盾可以做好後就置之不理，但現在如果不集中精神持續灌注魔力，風盾很可能被攻破。

「我現在正和比戈爾契還要強大的敵人奮戰。」
「比戈爾契還強大?!那是什麼?!」
「是睡魔。」
疲憊再加上時間不斷流逝，我與最可怕敵人的戰鬥也開始了。雖然睡過午覺，但畢竟是第七鐘響後才出發；等到瑠耶露的花朵散盡、開始結果，採集到注滿魔力的果實時都已經是半夜三更，又和戈爾契一直僵持到了現在，小孩子的身體快到達極限了。
而且因為我和布麗姬娣共乘騎獸，她正用一隻手將我抱在懷裡，還貼心地把護胸變軟，讓我不會撞到頭，所以形成了非常舒適的天然枕頭。
唔唔……好想就這樣睡著！
「羅潔梅茵，妳振作一點!在場只有妳能做出並維持這麼強大的風盾！」
「我知道！所以不管是誰都可以，拜託請說些有趣又好玩的事情，趕走我的睡意吧！」
我拚命撐開快要合上的眼皮，瞪著戈爾契，向周遭的人請求協助。他們正忙著閃躲不時飛撲過來的小魔獸。
「這可難倒我了。比起我，經常在搜集情報的尤修塔斯更能勝任吧，交給你了。」
「慢著，我是擅長搜集情報，不是發表情報。況且我又不清楚大小姐的喜好，怎麼知道哪些事情她會覺得有趣?應該是長時間侍奉她的達穆爾更能勝任吧？」
在兩人的注視之下，達穆爾的臉色瞬間刷白，忙不迭搖頭。
「羅潔梅茵大人喜歡和書以及圖書室有關的事情，我實在提供不了可以滿足羅潔梅茵大人的有趣話題！」

達穆爾發出近乎悲鳴的吶喊，尤修塔斯「哦？」地挑眉。

「圖書室？那要我說說貴族院圖書室的事情嗎？」

「麻煩你了！不管是藏書量還是收藏書籍的種類，請儘管告訴我吧！」

我的睡意瞬間飛到九霄雲外去。年滿十歲就要前往就讀的貴族院是貴族小孩在上的學校，那麼那裡的圖書館稱得上是學校圖書館，一定要趁這機會多多打聽。我的雙眼馬上發出精光，尤修塔斯聽了笑出聲來。

「真沒想到會有人想聽這方面的情報。」

於是尤修塔斯開始說起有關貴族院圖書室的事情，雖然是他人覺得無關緊要的資訊，我卻聽得不亦樂乎，覺得很有幫助。從圖書室成立的年代，乃至藏書量、書籍的種類、捐贈了最多書籍的人、在圖書室工作的管理員名字和年紀，還有從未打開過的書庫等等，內容非常精采。

「讓你們久等了！」

正當我渴望著想立即進入貴族院就讀的時候，斐迪南趕到了。他的白色獅子以高速欺近，拍動著翅膀停在半空中。

「……就是那隻戈爾契嗎？羅潔梅茵，妳做得很好，居然能夠困住牠。這想必需要非常專注的意志力和大量魔力，辛苦妳了。」

斐迪南看著風盾和在裡頭瘋狂衝撞的戈爾契，稱讚我說。

「多虧有尤修塔斯分享了趣事給我聽，我才能夠集中精神。」

「是嘛，但看妳身邊人們的表情，我就不追問細節了。快點消滅戈爾契吧，艾克哈特。」

「是！」

斐迪南立即從我身上移開目光，看向艾克哈特，然後取出思達普變作巨大長劍。接著他往長劍灌注了我至今從未見過的龐大魔力，駕著騎獸往上飛去。艾克哈特先是表情嚴肅地看了眼斐迪南，再轉過身保護我們，邊注入魔力邊慢慢舉起長劍。斐迪南乘著騎獸移動到戈爾契頭頂上方，手中的長劍發出虹彩。

「我會使盡全力！準備好了！」

才揚聲吼完，斐迪南便高舉長劍，朝著戈爾契以墜落般的高速俯衝。期間，長劍散發出的光芒好像也跟著越來越強烈。

「羅潔梅茵，消除風盾！」

我連忙解除風盾，與之同時，斐迪南和艾克哈特一同揮下巨劍。巨大的光之斬擊朝著戈爾契的腦門劈去，接著傳來轟隆巨響，同時一陣強大的衝擊席捲而來。森林裡的樹木倒了下來，地表也被挖開，土石泥砂全都飛進空中。

「呀啊啊啊啊！」

布麗姬娣張開斗篷把我護在底下，我也交叉手臂保護自己的頭部，雖然可以聽到和感覺到有許多小東西敲打在身上，但我們受到的波及還是遠比周遭輕微，因為多虧了艾克哈特的斬擊，待在他身後的我們才沒有受傷。

斐迪南僅用一擊，戈爾契便融化般消失了，原地只剩下一顆巨大的魔石。斐迪南細細打量之後，左右搖頭說：「不行，這個不能用。」

打倒戈爾契後，只會得到戈爾契的魔石，已經不是瑠耶露的果實了，而且不光我的魔力，當中還混雜了大量各式各樣魔獸的魔力，所以無法當作是藥水的材料。

「艾克哈特，之後記得分割。」

斐迪南說道，把魔石拋給艾克哈特。艾克哈特接下後，慎重地放進皮袋裡。

我看向森林裡因為衝擊而倒成一片的樹木中，依然矗立在原地的瑠耶露魔樹。

除了尤修塔斯採到的果實，其餘的都被魔獸吃掉，現在樹枝上已經沒有半顆瑠耶露果實了。

「……採集失敗了。」

都已經在大家的協助下來到這裡，還曾經一度取得，結果卻被薩契搶走。甚至還因為薩契進化成了戈爾契，不得不把斐迪南找來，大家一起收拾殘局，卻還是沒有得到任何回報。我沮喪地垂下頭，一隻大手輕放在我頭上。

「這也無可奈何，今年關於舒翠莉婭之夜，我們搜集到的情報太少了。只要明年作好萬全的準備即可……別哭了。」

「我、我才沒有哭，只是想睡覺，打呵欠而已。」

我急急忙忙揉了揉眼睛，抬起頭來。斐迪南哼了一聲。

我的過冬準備

瑠耶露果實的採集不僅以失敗告終，隨後我還臥床不起、不得不藉助藥水，但幸好整趟收穫祭都沒有發生任何情況，順利地結束了。

「歡迎您的歸來，羅潔梅茵大人。」

回到神殿，看見前來迎接的吉魯，我不禁鬆一口氣。

「吉魯，我回來了。留守期間有沒有發生什麼事呢？」

「有幾件事情想向您報告。」

吉魯說，法藍往前一站。

「吉魯，那麻煩你帶羅潔梅茵大人前往孤兒院長室，在那裡報告吧。」

現在剛從收穫祭回來，諸多行李都要搬回到神殿長室，所以去孤兒院長室會比較不受打擾吧——法藍如此建議。聽得出來法藍是在暗示，我不在大家會收拾得比較快，於是我在吉魯和護衛騎士的陪同下，前往打掃得乾淨整潔的孤兒院長室。

「羅潔梅茵大人，請進。」

到了孤兒院長室，我一邊喝著吉魯泡的茶，一邊聽吉魯報告我不在期間發生了哪些事。吉魯泡茶的手藝好像也精進了，雖然還比不上法藍，但進步了很多。他先是報告了做好紙張的數量、繪本的數量、所需墨水的數量等庫存現況，再報告了陀龍布的事情。

「前些天去森林做紙時，出現了快速生長樹，大家一起進行了砍伐，但因為長得相當大，還動員了士兵來幫忙。士兵們稱讚了孤兒院的大家，說我們做得很好，而且因為他們不需要剛長出來的小樹枝，我們便帶回來，已經先做到黑色樹皮的階段了。」

他說路茲問過士兵們以後，把剛長出來的陀龍布都拿來了。

「幸好大家都沒有受傷。」

「後來，有個名為英格的木匠來到工坊，和路茲及灰衣神官他們討論了要怎麼改良印刷機。詳細情況路茲應該會再向您報告。」

「這樣啊，真是期待呢。」

一想到印刷機改良過了，我就非常期待，不知道會變成什麼樣子。

「哈塞的孤兒他們還好嗎？有沒有順利地融入環境？我可以去探望他們了嗎？」

「……如果您擔心，要親自走一趟孤兒院嗎？」

「好，剛好我有事情想問葳瑪，也有事情想拜託她，那就去一趟吧。」

帶著護衛騎士，我再移動到孤兒院。看到我不說一聲突然來訪，葳瑪嚇了一跳，但告訴她現在侍從們正忙著在收穫祭結束後整理行李，她咯咯笑了起來。

「因為羅潔梅茵大人的侍從不多，每個人就算有三頭六臂也不夠用呢。」

「……我的侍從真的不多嗎？但我聽說大部分的青衣神官都只有大約五名侍從，所以我還以為不算少了呢。」

記得前任神殿長的侍從也是大約六人左右。之所以會說「大約」這麼模稜兩可，是因為我不確定該把戴莉雅算在哪一邊，但我以為自己的侍從人數算是平均值了。

「倘若是一般的青衣神官，確實五人左右便足夠了，但羅潔梅茵大人身兼神殿長、孤兒院長和工坊長，工作量龐大，各部分應該都需要大約三名侍從吧？」

工坊那邊有吉魯，孤兒院這邊有葳瑪，神殿長室那邊有法藍、莫妮卡、妮可拉，但妮可拉又經常去廚房擔任助手，仔細想想，確實每個人的負擔好像都不小。

「那麼我會和神官長及法藍商量看看，若有需要便增加人手，但先不說這個，今年收穫祭期間，大家過得怎麼樣呢？糧食還足夠嗎？」

「是的。多虧了羅潔梅茵大人幫忙準備，一切平安順利。」

即便青衣神官們的專屬廚師出門了，還有幾名灰衣巫女懂得煮飯，因為已經事先準備好了充足的食材，所以很順利地度過了收穫祭這段期間。

「哈塞來的孩子他們過得怎麼樣？已經習慣這裡的環境了嗎？」

「一開始對於生活作息的不同，他們似乎相當困惑，看起來也很不知所措，但先前和他們一起住在哈塞的巫女與神官都會從旁給予協助和建議。漸漸地，孤兒院裡的大家好像也明白到了他們和自己不一樣。」

因為這裡的孩子們都在神殿出生長大，沒有接觸過外面的世界，所以好像不太明白哈塞的孤兒們為什麼和自己不一樣。但因為在工坊認識了出生環境不同的路茲與萊昂，也認識了會出入工坊的工匠約翰與薩克，所以比以前更容易接納外來的人了。

「那麼孤兒院的過冬準備呢？」

「我們已經煮了果醬、晒了菇類，能做的部分已經開始進行了。今年從森林撿回來的木柴數量比去年要多，透過奇爾博塔商會購買的木柴也已經送到了。」

雖然距離豬肉加工日還有一段時間，但今年會和奇爾博塔商會一起合作，去年大家也有過經驗了，所以應該可以放心交給孤兒院處理。

「對了，羅潔梅茵大人。還有一件和過冬準備有關的事情。諾拉和瑪塔問我，神殿孤兒院的冬天手工活中，不包含紡線和織布嗎？因為我們從來沒有聽說過，想問問您什麼是紡線和織布？以及今年開始是否要納入這項手工活……」

對平民女性而言，紡線與織布是冬天非常重要的工作，因為要用來縫製家人的衣服，裁縫的手藝更是成為美人的條件，足以影響將來能找到的對象，但是，灰衣神官和巫女的衣服都是由神殿提供。去森林和在工坊進行印刷時，也都是穿著在平民區的貧民街買來的便宜舊衣，不需要害怕弄髒。老實說，買線回來反而更花錢。

若是被貴族買下成為僕人，宅邸也會提供衣服，另外還有往下分送的衣服，也因為幾乎不被允許結婚，不太需要具備織布和裁縫的手藝。

「既然神殿會提供衣服，沒有必要縫製，目前我並不考慮讓大家織布。不過，也許可以準備毛線，讓大家編織東西，過冬的時候就有東西可以保暖。」

去年我買了二手毛衣給大家禦寒，但保暖配件當然是越多越好。之後再向奇爾博塔商會訂購毛線和棒針，今年來挑戰看看編織吧。

「有東西能保暖真是太好了。諾拉和瑪塔應該知道怎麼編織，如果還有空閒時間，或許也可以拜託多莉。」

葳瑪也興致勃勃。冬季期間有事可做，也能打發時間吧。

我再告訴葳瑪收穫祭得到的捐獻農作物，會在城堡裡進行加工，先完成的份會先送到神殿，然後站起來。

「啊，羅潔梅茵大人，我還有件事情要向您報告。我已經用艾薇拉大人贈予的顏料畫好了神官長的畫像，請問該送到哪邊呢？」

「現在馬上讓我看看吧。」

葳瑪所畫的斐迪南畫像用了她特有的柔和色調，還經過了葳瑪的腦內濾鏡美化，所以畫中的斐迪南看起來非常莊嚴神聖。

……畫中的神官長看起來簡直像是聖人，但他才不是。真正的神官長會露出非常黑心的笑容，才不是這麼溫柔的笑臉！

我在心裡大聲吶喊，但根據聽到的形容，在艾薇拉眼中，斐迪南好像就是這麼的閃閃發亮，所以她看了一定會高興得流下眼淚吧。

「請妳用布包好，放進木盒，再送到孤兒院長室吧。」

「遵命。」

因為斐迪南會出入神殿長室，有可能被他發現，最好先保管在孤兒院長室吧。

和葳瑪討論完事情，我與吉魯以及護衛騎士一起回到神殿長室，大家也已經整理完畢。

「羅潔梅茵大人，今天請您先上床歇息吧，明天開始又要忙碌一段時間。」

法藍說。半數以上的青衣神官已經都從收穫祭回來了，所以明天開始，要和斐迪南一起聽取每位青衣神官的報告，這也是神殿長的工作。我得聽完所有人的報告，再從前往貴族所管理土地的青衣神官手中回收小聖杯。確認數量無誤後，把金色小聖杯放回規定好的櫃子裡，鎖上鑰匙。管理小聖杯也是神殿長的工作，帶回來的小聖杯，要在冬天的奉獻儀式上盈滿魔力。

「此外，也要決定返家和奉獻儀式時注入魔力的順序。」

青衣神官在收穫祭收到的捐獻農作物，會從城堡送回每個人的老家，所以青衣神官都會回老家取回那些農作物，因為將有大型的行李大量進出，若不預先決定好順序，到時的場面會非常混亂。

「這些事便是神殿的青衣神官該作的過冬準備……羅潔梅茵大人也同樣要前往城堡領回農作物，屆時請一併向領主大人報告吧。」

等到所有青衣神官回到神殿，收齊了所有小聖杯，我必須前往城堡向領主報告這件事。這也是神殿長的工作。

「但我收到的農作物，預計會在城堡裡進行加工，再請人準備馬車送回神殿。」

「那真是太好了，但是，您冬天的衣物也是由城堡那邊在作準備吧？不只屆時要帶回神殿，您也得返回城堡討論有關首次亮相的事宜吧？」

法藍接二連三地列出了我該做的事情。發現收穫祭都結束了，我還是非常忙碌，不由得渾身無力。我還以為神殿的過冬準備就和去年一樣，只要準備好孤兒院和自己房間需要的東西就好了，但看來頭銜一多，籌備起來也需要更多時間。

從隔天開始，我幾乎是每天都要與青衣神官面談。主要工作是回收小聖杯，但也會聽取有關今年的收穫量、徵稅官和農村的氣氛等報告。有些青衣神官意外地報告得相當鉅細靡遺，也有些青衣神官用簡單一句「每個地方都差不多」就結束了報告。

「……神官長，你要不要試著把一些公務分配給坎菲爾和法瑞塔克呢？兩人都是家境不太富裕的貴族，看起來只要給予報酬，他們也會認真工作。」

「也不知他們有無努力的意願，我沒那個時間從頭指導他們。」

斐迪南非常冷淡地回道，原來他以前就曾經試圖分配工作給其他青衣神官，但是，因為青衣神官實在太沒用，再加上不管要做什麼，前任神殿長都很麻煩，所以他才選擇了由自己獨力攬下工作。

「就是因為神官長覺得自己做會更迅速確實，又把所有工作都攬過來做，才會只有神官長這麼忙碌喔。就算覺得這樣只是浪費時間，還是請你分些工作給其他人吧，礙事的前任神殿長現在也已經不在了。」

前任神殿長去世後，現在可以說是由斐迪南獨攬神殿內的大權。有些青衣神官以前好像是因為顧慮到前任神殿長，為了明哲保身，才與斐迪南保持距離，那可以趁現在這個機會教育他們，提升他們的能力。

「現在神官長在做的工作，以前是由好幾名青衣神官在做的嗎？養父大人說，他還以為神官長在神殿裡頭無事可做，才會指派工作給你。你沒有向養父大人報告過自己現在的工作量嗎？」

「領主指派的工作，自然該確實完成。向他報告我的工作量有什麼意義？只要報告結果就夠了吧。」

看到斐迪南在工作上這麼一絲不苟，我止不住嘆氣。究竟是誰把他教育成這個樣子的呢？我曾經看過，報告、聯絡、商量是工作的基本。在這裡似乎沒有人徹底奉行，但為了讓工作能圓滿進行，這應該是必須的吧。

「為了讓工作能圓滿完成，了解彼此的現狀非常重要喔。實際上我也在和養父大人商量過後，他才答應了在印刷業上多給我點時間，他說我可以照著自己的速度進行。」

「……妳對領主說了，妳無法完成他交代的工作嗎？」

斐迪南不敢置信地睜大雙眼，我噘起嘴巴。

「我才不是說我無法完成。我只是告訴他現實情況，因為養父大人對印刷業提出了強人所難的要求，我才會完全沒有自由時間。養父大人好像以為我會把印刷業的工作都丟給神官長處理，所以告訴他其實是由我在主導時，他還非常吃驚。」

「只是因為這樣，齊爾維斯特就給了妳緩衝時間嗎？他對妳也太寬容了。」

斐迪南不滿地盤著手臂看我，但是，把工作拚命丟給身體虛弱、外表還是小孩子的我，斐迪南才不可思議，雖然他說「把工作交給有能的人去做，也是應該的吧」，但我才不想接下更多不必要的工作。

……因為我想看書啊，給我看書時間！

「總之我唯一可以斷言的是，請神官長別期待我能達到和你一樣的工作量，因為從體力來看不可能。」

冬天還有奉獻儀式和貴族的社交界，會忙得頭暈眼花。說實話，我一點也不覺得我的體力可以負荷。

「妳說得很對，所以妳的藥水我也幫妳準備齊全了。」

「這種成天喝藥的生活對身體不好吧?!倒是神官長應該要改掉依賴藥水的習慣。如果不把工作量減少到不依賴藥物也能和平常一樣生活，總有天你會累垮的！」

我要向黎希達告狀喔——我補上這一句後，斐迪南露出了非常厭惡的表情。想必是馬上想像到了自己會被黎希達臭罵一頓。

「要減少工作量哪有那麼簡單，不知妳有何高見？」

「首先減少去城堡的頻率吧，雖然為了搜集情報，必須進出城堡，但神官長每次去都會在那裡工作，所以一開始要先減少次數，再向尤修塔斯打聽消息就好了。」

我提議後，斐迪南用力蹙眉，面露難色。

「但我若不過去，堆在齊爾維斯特桌上的工作會沒人處理吧？」

「那是養父大人的工作，就讓養父大人自己解決吧。養父大人在艾倫菲斯特可是立於所有貴族之上，自己的責任應該要自己承擔吧？說到底神官長太縱容養父大人了，在嚴格對待韋菲利特哥哥大人之前，你應該先對養父大人嚴格一點。」

只要和斐迪南相處一段時間，就會發現他重視的親人，就只有異母兄長齊爾維斯特和堂兄卡斯泰德而已。然而，聽到我要他「別太縱容領主」，斐迪南一臉愕然。

「……我縱容齊爾維斯特？頭一次有人對我這麼說。」

「因為神官長不是經常對我說，自己的事情要自己收拾善後嗎？雖然我處理不來的部分，神官長會幫忙，但我自己可以處理的部分，神官長就不會幫忙吧？那麼養父大人的工作，他自己做不來嗎？」

如果領主做不來領主的工作，那就是個嚴重的問題了——我再補上這句。斐迪南閉上眼睛，撫著下巴，緩緩左右搖頭。

「他只是想讓自己樂得輕鬆，才把事情都推給別人做，並不是自己辦不到。」

「那既然韋菲利特哥哥大人都在努力了，養父大人也該努力呀。比起養父大人的工作，請神官長優先處理神殿的工作吧。再把神殿的工作也分派給其他青衣神官，讓自己多點休閒時間。」

我用力握起拳頭說。斐迪南似乎被引起了興趣，低頭看我。

「多點休閒時間嗎……這麼做又是為何？」

「……是為了神官長的健康啊，並不是因為要保有我的看書時間。」

「最後還是說了真心話嘛。不過，那好吧，之後只要齊爾維斯特對神殿提出無理的要求，屆時身為神殿長的妳會負責阻止吧？」

斐迪南彎起嘴唇微笑，把麻煩的工作丟給了我。

……奇怪了。本來是想減少自己的工作，怎麼好像反而增加了？為何？

從所有青衣神官手中回收了小聖杯後，我請人向齊爾維斯特提出會面請求，再和斐迪南一同前往城堡。抵達城堡後，我坐著一人座的小熊貓巴士，往齊爾維斯特的辦公室移動。一路上，我拜託黎希達從送來給我的捐獻農作物中，拿出已經加工完成的部分，打包好後讓我能帶回神殿，順便也問了韋菲利特現在上課的進度。

「韋菲利特大人現在正順利地達成作業表上的進度，侍從也換掉了一半，大家開始熱心積極地教導韋菲利特大人。韋菲利特大人也在努力練習歌牌，說下次一定要贏過大小姐。基本文字也大部分都看得懂了，也可以看懂數字，但書寫練習的部分可能要再練習一段時間。」

黎希達真的很喜歡教育小孩吧，她的表情生氣勃勃，訴說著韋菲利特的成長。機會難得，我再教了黎希達怎麼利用撲克牌邊玩遊戲邊學加法。如果再導入這個玩法，應該可以學會一些計算吧。

「飛蘇平琴的練習也有進步，應該趕得及在冬天之前完整彈奏一首曲子吧，但因為要反覆練習，韋菲利特大人很容易鬧脾氣，跺著腳大呼小叫了一會兒後，又會一臉不甘地繼續練習。韋菲利特大人的成長實在讓人刮目相看，齊爾維斯特大人和芙蘿洛翠亞大人都十分吃驚，也非常高興，對大小姐心懷感激。」

因為很努力在擺脫廢嫡的危機，父母想必很高興吧。我想就是因為韋菲利特感受到了父母的喜悅，才有動力繼續努力。

抵達領主的辦公室，我收起小熊貓巴士，和斐迪南一同入內。正如同斐迪南所說，桌面上堆積著大量的書簡，而且一看到斐迪南，居然連四周的文官都露出「得救了」的表情。我徹底予以無視，稟報所有小聖杯都已如數收回，再報告了收穫祭的情況。

「收穫祭順利結束了嗎？羅潔梅茵，辛苦妳了。還有，雖然不好意思，但我想和去年一樣拜託你們，再追加十個小聖杯。」

「恕難從命。」

我立即回答。齊爾維斯特眨了幾下眼睛後，腦袋往旁一歪。他注視著我，臉上的表情不知道是聽不懂，還是不想聽懂，所以我再說明了拒絕的理由。

「要和去年一樣是不可能的，因為我必須出席冬季的社交界，行動無法再和去年一樣，而且因為春天發生的那場騷動，神殿的人數又比去年更少了。」

雖然前任神殿長是那副德性，但畢竟老家的身分很高，所以魔力比起其他青衣神官都要高。去年都已經很吃力了，現在人數又變得更少，沒辦法和去年一樣。

「……但我已經答應對方了，不能想想辦法嗎？」

就算是這樣，我還是需要休息，也必須在貴族聚集的場合上露面。更何況我還被要求冬季的首次亮相上要協助韋菲利特，別讓他出糗，才沒有多餘的時間、體力和魔力耗費在其他領地的小聖杯上。

「請養父大人不要小看我身體虛弱的程度，以及現在青衣神官的人數和魔力有多麼缺乏。如果非得提供魔力不可，請養父大人親自來到神殿，注入魔力吧。」

「我嗎?!」

「貴族就應該負起責任，為自己作的決定收拾善後吧？是養父大人完全沒有問過我們的意見，擅自答應對方，請您自己設法解決吧。神殿再怎麼擠出人力，也只能幫忙承擔不到一半的小聖杯。」

艾倫菲斯特也一樣嚴重欠缺魔力，雖然不知道他們在政治上進行了什麼交易，但我們才沒有餘力還對其他領地伸出援手。如果堅持要幫忙，就得由齊爾維斯特來注入魔力，不然就是填補青衣神官的空缺，我希望他能想出對策。

大概是判定無法說服我，齊爾維斯特果斷放棄，轉頭看向斐迪南。

「斐迪南，那你……」

「非常抱歉，這是由你任命的神殿長的決定。於公我是位在神殿長之下的神官長，所以我也無能為力。況且我去年也說過了，『僅此一次』。羅潔梅茵說得沒錯，既然你是奧伯，就該為自己做的決定承擔後果。」

斐迪南揚起嘴角，露出不理不睬的冷漠笑容，用一點也不覺得抱歉的語氣拒絕。齊爾維斯特聽了雙眼瞪得老大，抱住腦袋。從他的反應可以看出，斐迪南以前就算會發發牢騷，最終還是會答應下來。

「現在神殿完全沒有餘力，請養父大人不要再依賴神官長，好好努力工作吧。身為父親，身為奧伯，您應該要成為韋菲利特哥哥大人的榜樣吧？」

我掛上貴族千金該有的優雅笑容，勉勵了朝斐迪南投去求救視線的文官和齊爾維斯特，再輕拉斐迪南的袖子，火速離開領主的辦公室。

「斐迪南大人，我們馬上回神殿吧。」

「為何？不是該先稍做觀察嗎？」

「因為要是留在城堡裡頭悠哉閒晃，感覺養父大人的文官們很可能會跑來懇求斐迪南大人；斐迪南大人又是工作狂，無事可做就會靜不下心，很有可能最後還是跑去幫養父大人的忙。」

我直言不諱說完，斐迪南皺起的眉心又皺得更用力了，雖然露出了不高興的表情，但他沒有反駁，想必是被我說中了。

我想起了星結儀式那天，法藍說過他以前被帶來貴族區時，就算斐迪南叫他們休息，他還是坐立難安，結果所有侍從全聚一起討論工作的事，不由得感到無力。

……真是的！這對主從也太像了吧！

「如果斐迪南大人這麼想要工作，請別在城堡，回神殿工作吧。順便也請您栽培後輩。假如青衣神官讓您感到絕望，不然也可以訓練灰衣神官啊。」

如果斐迪南的工作不再那麼忙碌，願意利用空閒時間認真培育後輩的話，就可以分散他對我的期許和注意力，丟給我的作業也一定會稍微減少吧。雖然腦海中某處傳來了「神官長才沒那麼好應付」這句話，但我當作沒聽到。

「嗯，栽培後輩嗎……」

斐迪南環抱著手臂陷入沉思，往我瞥來一眼。

……為什麼這時候要看我？讓人有不祥的預感，請神官長不要看我這邊。

終章

「布麗姬娣大人，歡迎您的歸來。」

「娜迪妮，我回來了。」

結束了收穫祭，從神殿回到騎士宿舍自己的房間，娜迪妮笑容滿面地上前來迎接布麗姬娣。娜迪妮是布麗姬娣在離開家鄉伊庫那、入住騎士宿舍時帶來的下級見習侍從，負責幫忙整理騎士宿舍的房間。在布麗姬娣解除了婚約後，娜迪妮一家是還繼續留在伊庫那的少數親戚之一，雖然是因為受了布麗姬娣的哥哥基貝·伊庫那的請託，以及父母的命令，娜迪妮才願意侍奉自己，但對於娜迪妮在自己前往神殿工作後仍然願意留下，布麗姬娣真的非常感激。

「布麗姬娣大人，沐浴準備已經就緒。」

聽見娜迪妮的呼喊，布麗姬娣脫下簡易鎧甲，泡了熱水澡，並在感到通體舒暢之際麻煩她泡了茶。在悠閒舒適的氣氛下，喝著符合自己喜好的茶，布麗姬娣感覺到緊繃的神經開始慢慢放鬆。長時間的護衛總是容易全身緊張，讓人非常疲憊。

「果然還是在自己的房間才能放鬆。」

布麗姬娣因為會透過奧多南茲與娜迪妮聯絡，所以她總能毫不遲延地作好準備，也十分了解自己的喜好，這讓布麗姬娣感到非常安心，雖然在神殿也有可以休息的房間，必要時妮可拉與莫妮卡也會幫忙照料生活起居，但是在神殿沒有魔導具，也沒有自己的侍從，做起事來還是容易覺得不便。

「布麗姬娣大人，請您別拿宿舍的房間和神殿相提並論。」

我可是貴族，怎麼能拿神殿灰衣巫女們的工作和我比較呢——娜迪妮的小臉淨是不滿。在親自前往神殿之前，布麗姬娣也同樣心想著「神殿不是貴族該去的地方」，所以可以了解娜迪妮的心情。事實上平民與貴族的能力確實有著差異，所以根本無從比較。

「但我也說過好幾遍了，羅潔梅茵大人與斐迪南大人周遭的環境都打理得非常整潔，和以前在傳聞中聽說的神殿非常不同。」

布麗姬娣喝著茶，這麼向娜迪妮反駁，但她看起來還是不會輕易改變想法，但比起布麗姬娣剛開始去神殿的時候，她的反應已經沒有那麼尖銳了。布麗姬娣第一次要在神殿守夜的時候，娜迪妮的雙眼還流露出了難以言表的絕望，注視著布麗姬娣，六神無主地說：「居然要在神殿度過一晚，我必須向基貝．伊庫那稟報。」但正是為了伊庫那，哥哥才答應讓自己侍奉領主的養女，所以只是因為工作要在神殿度過一晚，布麗姬娣不認為哥哥會因此大驚小怪。

……雖然不會大驚小怪，但哥哥大人會自責自己身為基貝不夠爭氣吧。

「連世人所說的神殿裡的不潔勾當，至少在羅潔梅茵大人的觸目可及之處，也是一丁點類似的跡象也感覺不到，因為騎士團長一家非常寶貝羅潔梅茵大人。」

羅潔梅茵擁有太過強大的魔力，但即便判斷讓她成為領主的養女是最好的選擇，要讓可愛的女兒離開自己身邊，還是很捨不得吧。騎士團長卡斯泰德一家十分擔心成了奧伯養女的羅潔梅茵。

「這我知道。每次布麗姬娣大人參加訓練，騎士團長一定會傳喚您，柯尼留斯大人也會詢問您在神殿的生活，艾薇拉大人更邀請您參加自己人的茶會。任誰看了都一目了然吧？」

娜迪妮說得沒錯。由於他們都是當著其他貴族的面做出這些舉動，所以他人也明白地意識到，如今布麗姬娣正與騎士團長一家往來密切，周遭人們的眼光也因此產生了變化。背地裡的中傷不僅減少了，以前不著痕跡地避著她的友人們，最近也開始會向她搭話。

「布麗姬娣大人成為羅潔梅茵大人的護衛騎士，確實是正確的選擇，我也認為這麼做能為伊庫那帶來益處。不過一個季節而已，布麗姬娣大人便得到了騎士團長一家的信賴，也是您努力的成果……但我不甘心的是，貴族間對布麗姬娣大人的評價。」

娜迪妮悲傷垂眼。布麗姬娣也知道周遭的人都怎麼評論自己，「解除了婚約後，因為對結婚不抱希望，於是自暴自棄出入神殿」。有一半說對了，雖然她並不是自暴自棄，但若是沒有解除婚約，她確實從未想過要侍奉羅潔梅茵，如今也不會進出神殿。

「比起周遭人們的評價，能否為伊庫那帶來幫助更重要吧？明天下午按照原訂計畫，有艾薇拉大人的茶會，妳已經準備好了嗎？」

「當然。不光是布麗姬娣大人的，我自己也準備就緒。」

娜迪妮挺起胸膛，笑得十分開心，因為在艾薇拉的茶會上可以分得珍貴的點心，所以要與布麗姬娣同行參加的娜迪妮非常期待。

……真的很感謝艾薇拉大人的貼心。

不只布麗姬娣在背後被人指指點點，也有人會嘲笑娜迪妮，「有個會出入神殿的主人可真辛苦」、「連妳也放棄結婚了嗎？」。自從騎士團長一家開始關照布麗姬娣，娜迪妮才終於又展露笑顏。

「既然妳已經作好了參加茶會的準備，那我上午會去參加騎士團的訓練。」

「但正是因為神殿的護衛工作休息，下午才要參加茶會唷？您還要去訓練嗎？」

娜迪妮很是驚訝，布麗姬娣苦笑著點頭。

回想起舒翠莉婭之夜那天的情景，布麗姬娣認為有必要加強訓練，雖然未被告知詳細原因，但當時是在採集舒翠莉婭之夜的材料，而且羅潔梅茵明明身體虛弱、也還未進入貴族院就讀，卻還特意帶她前往採集。綜合這兩點來看，布麗姬娣猜想一定是在搜集尤列汾的材料。如果需要的材料當中包含瑠耶露果實，明年恐怕要再去一趟。她得多加訓練，才能長時間與那麼大量的魔獸對抗。

「雖然神殿的護衛工作要長時間處在警戒狀態下，但並沒有時間磨鍊自己。我想應該趁著有時間的時候多多參加訓練。」

「是嗎……但我身為見習侍從，還是建議您別在茶會之前進行訓練，免得讓自己受傷呢。」

娜迪妮邊說邊擔心地看著布麗姬娣，布麗姬娣對娜迪妮的關心表達了謝意後，躺上床舖。

隔天上午，一如對娜迪妮說過的，布麗姬娣前往了騎士團的訓練場。收穫祭期間與羅潔梅茵同行、舒翠莉婭之夜也一同奮戰過的艾克哈特也出現在了訓練場。他手上揮著長槍，練習著如何消滅大範圍的敵人，可以看出他也正在為明年的採集作準備。

布麗姬娣也同樣拿好武器，開始揮舞。要橫向劈倒低處的敵人並不難，最大的麻煩在於若不確實一舉殲滅，敵人會一點一點地越變越強大。

「布麗姬娣，騎士團長找妳。」

稍微停下來歇息時，一名騎士對她喊道。布麗姬娣道完謝後，走向騎士團長室。房內不只有騎士團長卡斯泰德，還有艾克哈特。

卡斯泰德先是摸向鬍子，然後開口說了：

「布麗姬娣、艾克哈特，收穫祭這麼長一段時間與羅潔梅茵一同遠行，辛苦你們了。斐迪南大人已經向我報告過，瑠耶露的果實最終未能成功取得。他說他是中途才與你們會合，所以詳細情況要我來問你們……」

卡斯泰德把目光投向布麗姬娣與艾克哈特，催促他們說明舒翠莉婭之夜當晚發生的情況。艾克哈特於是簡單呈報了採集期間每個人的行動。

「布麗姬娣，關於艾克哈特的說明，是否有誤以及需要補充的事項？」

「這次採集失敗並非羅潔梅茵大人的責任，因為羅潔梅茵大人曾一度成功採下瑠耶露果實。然而，果實卻被薩契搶走了。我認為原因出在於本該護衛羅潔梅茵大人的我們，反應不夠及時迅速。」

他們本該保護羅潔梅茵，卻讓魔獸接近了她。就算被罵無能也是應該的。甚至薩契在吞下羅潔梅茵的魔石、進化成了巨大的戈爾契後，還是由羅潔梅茵做出了風盾來保護所有護衛騎士。

「思及戈爾契的強大與魔力量，當時確實是別無他法，但身為護衛騎士實在是非常沒有臉面。」

布麗姬娣說完，艾克哈特也點頭。

「我認為此次採集之所以失敗，是因為舒翠莉婭之夜十分特別，但我們卻沒有足夠的情報，護衛騎士的人數又遠遠不及魔獸的數量，再加上我們能力不足。最終，甚至還請求了斐迪南大人前來救援。」

當時因為遵照了斐迪南的指示，所以對周遭幾乎沒有造成什麼危害，便成功討伐了戈爾契，但險些需要出動騎士團。

「嗯。如果真會引來那麼大量的魔獸，明年需要加強戰力。」

「為此，我希望能夠換掉下級騎士達穆爾，增加上級騎士或中級騎士。」

面對數量過多的魔獸，達穆爾明顯應付不來。畢竟是魔力較少的下級騎士，這也無可厚非，但布麗姬娣認為明年不該再帶他前往，這和在沒什麼人擁有魔力的神殿擔任護衛是兩回事。

聞言，卡斯泰德慢條斯理地撫著下巴，陷入長考。

「但是，因為採集一事不好對外公開，所以我還是希望能以少人數進行。既然是個人私事，不便動員騎士團，有下級騎士在也是聊勝於無吧。」

「您說得是。」

如果只有熟知羅潔梅茵各種內情的人才能前往採集，那麼即便達穆爾戰力不高，也確實是聊勝於無。

「明年的採集，斐迪南大人和我也會在舒翠莉婭之夜那晚與你們會合，所以你們要為明年作好準備，加強訓練大範圍的攻擊。」

「是！」

回應的同時，布麗姬娣不由得心想，騎士團長同時也是奧伯的護衛騎士，居然為了採集女兒所需的材料，不惜花費時間往返杜爾潘，真的是過度保護，但是，這樣的過度保護並不令人討厭。騎士團長一家深厚的感情教人莞爾，這也是他們為什麼會認同正為哥哥發憤努力的自己，所以她很高興。

「……那麼，羅潔梅茵在神殿過得怎麼樣？妳在工作上有無任何不便？」

針對舒翠莉婭之夜的採集失敗一事反省完後，卡斯泰德問起了慣例的老問題。布麗姬娣敘述了羅潔梅茵在神殿生活的情況後，再轉述了從前輩騎士聽來的消息。

「我聽聞前些日子，曾有三名女騎士志願成為羅潔梅茵大人的護衛騎士，但在向騎士團長請示之前，便被柯尼留斯大人拒絕了。我猜是因為女騎士們看見安潔莉卡只在城堡內負責護衛，所以才提出請求，希望自己也能擔任只在城堡的護衛。」

其實安潔莉卡只是因為尚未成年，不能離開貴族區執行任務，但成年之後，無論神殿還是平民區都必須同行。志願成為護衛騎士的女騎士們並不知道這件事，但柯尼留斯在拒絕時並沒有告訴她們理由。

「告訴我這件事的人還提醒我，安潔莉卡因為不必出入神殿，卻仍能擔任羅潔梅茵大人的見習護衛騎士，很可能招來那些女騎士的嫉妒，得要小心留意。」

柯尼留斯時常耳提面命，「羅潔梅茵很可能因為意想不到的理由突然喪命」，對於接近羅潔梅茵的人都保持著高度警戒。過度保護的模樣固然可愛，卻也經常因此有些視野狹隘。這可能是因為柯尼留斯還是個孩子吧，但他的身分是上級貴族，所以布麗姬娣不便提出意見。

「……原來如此，因為一下子便看穿了志願者們的意圖，所以才未特別告知安潔莉卡在成年後也會前往神殿，但若產生這方面的嫉妒就棘手了。我會告訴柯尼留斯，要他也記得說明拒絕的理由。」

「感激不盡……此外，據說也有人是盤算著只在成年之前服侍羅潔梅茵大人，在從貴族院畢業的同時，便會返回家鄉準備結婚。像安潔莉卡這樣，公開宣稱自己在成年後也不介意前往神殿的人可說是非常少見，還請您對此稍加留意。」

「考慮到女性的婚期，確實有這可能……非常感謝妳從女性角度提供的建言，因為男人根本不會注意到。今天就到此為止。妳下午還有茶會吧？好好去享受茶會吧。艾薇拉可是興匆匆地在命人準備點心。」

在卡斯泰德輕柔的語氣中，感受到了確切無疑的信賴，布麗姬娣不由自主微笑。

當晚，布麗姬娣寄出了奧多南茲給身在伊庫那的哥哥。

「哥哥大人，身為領主一族的近侍，我好像漸漸地得到了大家的信賴。同行前往收穫祭的時候，羅潔梅茵大人還對擁有多種木材的伊庫那表現出了興趣。我是否為伊庫那幫上了一點忙呢？我當時作的選擇非常正確。羅潔梅茵大人非常可愛，在各方面上都是位不可思議的人。今年冬季的社交界上，羅潔梅茵大人也將首次亮相，還請哥哥大人拭目以待吧。」

韋菲利特的一日神殿長

明明我在春天就舉行了洗禮儀式，是羅潔梅茵的哥哥大人，很多事情卻讓我覺得很不公平，心裡很不高興。雖然蘭普雷特說「羅潔梅茵也很辛苦」，但他一定是在說謊袒護妹妹。只是跑幾步路就會暈倒，還差點死掉，羅潔梅茵根本什麼事情也做不了吧。

就只有羅潔梅茵可以自由出入城堡，也沒有教師跟著她，每次晚餐時間父親大人和母親大人也都是在稱讚她。明明大家不准我去父親大人的辦公室，說會妨礙父親大人工作，羅潔梅茵卻可以去……真是太奸詐了！

聽了我的抗議，羅潔梅茵於是提議和我交換一天的生活。這主意真是太棒了！我要離開城堡，遠離那些囉哩囉嗦的近侍，和羅潔梅茵一樣過得逍遙自在。換羅潔梅茵待在城堡裡頭，過過看那種受到教師們監控、絲毫沒有自由可言的生活吧！

「韋菲利特大人，我們出發吧。」

蘭普雷特讓我一起坐上騎獸後，騎獸張開偌大的翅膀，飛上廣闊的天空。飄浮在半空中的感覺讓我非常興奮。居然比我還先體驗到這種感覺，羅潔梅茵果然很奸詐。

「蘭普雷特，我以後如果要創造騎獸，也會和斐迪南一樣是獅子嗎？」

看著帶領我們去神殿，飛在前方的斐迪南的騎獸，我問蘭普雷特，他點一點頭。

「是的。領主的孩子可以創造有一顆頭的獅子，等日後韋菲利特大人成為領主，便可以和徽章上的圖騰一樣，做出有三顆頭的獅子。」

雖然我沒有看過父親大人的騎獸，但父親大人果然厲害，一定是威風凜凜吧。我想像著自己預計要創造的獅子騎獸，突然想到一件事。

「……可是，我記得羅潔梅茵的騎獸並不是獅子吧？」

「她算是特例吧，我也從未見過那樣子的騎獸。」

和蘭普雷特聊了一會兒後，可以看見神殿了。神殿就坐落在白色貴族區與一大片褐色髒亂地帶的交界處。我聽說在貴族區外面，但想不到這麼近。

「蘭普雷特，那片髒兮兮的褐色區塊是什麼地方？」

「那裡是平民居住的平民區，韋菲利特大人與那裡不會有任何交集。」

騎獸在神殿降落後，一名穿著灰色衣服的男人上前迎接。一看見我，他瞪大眼睛。

「法藍，拿去。這是羅潔梅茵給你的信。直到明天的第四鐘為止，要換人當神殿長。」

看到跳下騎獸的斐迪南把羅潔梅茵寫的信交給那個男人，他一定是羅潔梅茵的侍從吧。

「韋菲利特，他是法藍，是羅潔梅茵在神殿的首席侍從。待在神殿期間，你要好好聽從他的指示。法藍，你一個人面對韋菲利特恐怕應付不來，稍後我會和你一起巡視。」

「神官長，感激不盡。韋菲利特大人，那我們先去更衣吧。」

「嗯。」

法藍接著帶我前往羅潔梅茵在使用的神殿長室。法藍還向羅潔梅茵的侍從宣布，我將擔任一天的神殿長，羅潔梅茵的侍從們於是把一件白色衣服套在我身上的衣服上。這好像就是神殿長服。

「請問您喜歡哪一種茶呢？」

法藍看著羅潔梅茵的信時，名叫妮可拉的侍從泡了好喝的茶給我，還端出了我至今從沒吃過的點心。吃起來彷彿入口即化，甜味還在口中擴散開來，非常不可思議。

「我從沒吃過這樣的點心。羅潔梅茵果然奸詐。」

居然都在神殿吃這些好吃的東西——我邊說邊再拿了片點心。妮可拉大概是聽到了我說的話，臉龐發亮。

「這款點心是羅潔梅茵大人所構思的，如果韋菲利特大人喜歡從未吃過的點心，也可以自己製作唷。韋菲利特大人知道哪些沒人知道的點心嗎？我很喜歡做點心呢。」

但也更喜歡吃——妮可拉的雙眼充滿期待，笑著說道，但我怎麼可能知道有哪些從沒吃過的點心。

……這款點心是羅潔梅茵構思的？點心是可以自己想出來的嗎？

我歪過頭，大口吃著點心。「您不往下分送嗎？」蘭普雷特這麼問的時候，已經剩下不到幾片了。我有些捨不得地往下分送。

在我喝著茶時，法藍對名叫莫妮卡的侍從說了些什麼，莫妮卡快步走出了神殿長室。彷彿算準了我喝完茶的時機，換上藍色衣服的斐迪南走了進來，是在羅潔梅茵的洗禮儀式上見過的藍色神官長服。

「依據羅潔梅茵的行程表，今天她要去孤兒院聽取報告、巡視工坊。由蘭普雷特和達穆爾擔任同行的護衛騎士，侍從是法藍和莫妮卡。」

和斐迪南一同走進來的侍從，以及羅潔梅茵的女護衛騎士往後退了一步。然後我與斐迪南一起走出房間，經過走廊，前往另一棟建築物。

「此處是收留了無父無母孩子的孤兒院，這裡是食堂。」

法藍打開了門，裡頭是大廳般的寬敞房間，擺了好幾張又大又簡陋的木頭桌子。我感到新奇地左右東張西望，只見在場所有人都立即跪在地上，等著迎接我。所有人都穿著一樣的灰色衣服，我想就類似於文官他們的制服吧。

「神殿長、神官長，這邊請坐。」

居然要我直接坐在木板上，我有些猶豫，然而斐迪南卻一派理所當然地坐了下去，我也只好不得已地坐在簡陋的椅子上。

「我聽說本日要向神殿長進行報告，負責人迅速上前，開始報告。」

一名有著橘色頭髮的女性走上前來，對著我滔滔不絕地報告起我完全聽不懂的內容。斐迪南不時點頭，法藍也在手上的木板上寫字。

「……她在說什麼？」

「是孤兒院一個月來的結算報告。」

「這種事跟我又沒有關係。」

我話才說完，斐迪南一掌拍向我的頭。我根本無法明白發生了什麼事，因為衝擊更加強烈，只能按著腦袋猛眨眼睛。蘭普雷特也震驚得瞪大了眼，看向斐迪南。

「斐迪南大人?!」

「……什?!什、什麼?!」

我一時間甚至說不出話來。直到開始感覺到了陣陣發麻發熱的痛意，我才瞪向斐迪南大吼：「你做什麼?!」

「你這個笨蛋。羅潔梅茵是神殿長，同時也是孤兒院長。既然你說要和她交換工作，怎麼會和你沒有關係？即使聽不懂，也要安靜傾聽，這是羅潔梅茵的工作。」

我明明在生氣，斐迪南卻只是不悅地反瞪回來，對我說教。我不甘心得瞪向不知道在報告些什麼的女人說：「這麼無聊的事情快點結束！」但她只是咯咯笑著，沒有停止報告，甚至看著報告書唸到了最後。氣死我了。

……她看不出來我很生氣嗎？真是遲鈍的女人！

因為太無聊了，我中途想跳下椅子，在孤兒院內到處參觀，斐迪南卻伸來大掌狠狠地掐了我的大腿。

「好痛！斐迪南，你做什麼?!」

「我剛才說了，要安靜傾聽，你沒聽見嗎？還是聽不懂？你是腦袋不聰明還是耳朵不好？還是兩者皆有？」

斐迪南連珠炮似地說，用打從心底瞧不起人的冰冷眼神看著我。我還是第一次受到這種侮辱，氣得猛然站起來，想朝斐迪南甩去耳光，卻反而被他用力扣住我的頭，把我按壓在椅子上。

「坐好，安靜傾聽，聽清楚了嗎？」

「嗚唔唔……蘭普雷特！」

我大聲呼叫明明是我護衛卻不來救我的蘭普雷特，斐迪南更是在扣著我頭部的手指上用力。

「你要我說幾次才明白？坐好，安靜傾聽。」

看到我被斐迪南壓制在椅子上，孩子們在對面吃吃竊笑。還聽到他們說：「他怎麼就是聽不懂呢？」、「明明只要乖乖聽報告就好了呀。」

「我、我聽就是了，手快放開！」

「別再因為無謂小事為周遭的人造成困擾了，你這蠢蛋。」

斐迪南哼了一聲，總算把手放開。頭部一直傳來感覺都留下了指印的疼痛感。直到女人報告完為止，我都無法離開椅子，只能累積著滿腔的怒火，斜眼瞪著斐迪南。

……可惡，斐迪南這混帳！

「本月的報告就此結束。我還有事情須與神官長和法藍商量，神殿長是否要先和孩子們一起玩歌牌呢？」

聽到「玩」這個字，我看向斐迪南。斐迪南看著對面的孩子們，慢慢點頭說：「……好吧。」

終於可以離開椅子了。我稍微伸了伸懶腰後，帶著蘭普雷特和達穆爾，走向聚集了很多小孩子的地方。

「歌牌是什麼？」

「我教您，我們一起玩吧。」

先不說和大人一起玩的時候，但我可從來沒輸給過來城堡玩耍的孩子們，得讓剛才笑過我的這些孩子們知道我的厲害才行。

「這個遊戲是一個人負責朗讀詠唱牌，其他人再從排在這邊的奪取牌裡頭，搶走圖案與詠唱牌的內容對應、頭一個字也一樣的牌，搶到最多牌的人就贏了。神殿長因為是第一次玩，可以和成年的護衛一起組隊喔。」

確實我是第一次參加，他們卻是平常就有在玩，那我和蘭普雷特一起比賽也算是很公平吧。況且是他們主動這麼提議，所以不是我卑鄙。我這樣心想後，和蘭普雷特組成一隊，開始玩歌牌。

還以為詠唱牌會由達穆爾來唸，想不到是一個看來和我差不多大的小孩子在唸。

「你看得懂字嗎？我都還看不懂，好厲害喔。」

我佩服地開口稱讚後，在場的孩子們卻不是感到高興，而是訝異地歪過頭。

「……咦？您是神殿長卻看不懂字嗎？」

「這些歌牌和繪本都是羅潔梅茵大人為我們做的，在孤兒院所有人都看得懂喔。」

「啊，只有戴爾克還看不懂，就是那個小嬰兒……」

有個人指向在地板上爬行，追逐著一名紅髮孩子的小嬰兒說。對這裡的小孩子來說，看得懂字好像都是理所當然，只有比弟弟麥西歐爾還小的那個小嬰兒看不懂。

……也就是說，我的程度就和那個小嬰兒一樣嗎？

由於受到了意料之外的衝擊，結果玩歌牌時，只有蘭普雷特搶到了一張剛好在自己前面的歌牌，其餘的全被其他孩子搶走了。

「真是不忍卒睹的慘敗。沒了那些父母耳提面命過的孩子來當你對手，你也只有這點程度而已。」

「斐迪南大人！您說得太過分……」

「這是事實，快點面對吧。」

斐迪南哼笑一聲，說著「走吧」邁開腳步。

嗚唔唔唔唔……斐迪南，你給我記住！

接著經由孤兒院的男舍前往工坊。裡頭有一群人不知道在做什麼，手和臉都弄得黑漆漆的。從和我一樣大的小孩子到大人都有，所有人全穿著簡陋的衣服，感覺很奇怪。

「這位是韋菲利特大人，他將代替羅潔梅茵大人擔任一日的神殿長。」

法藍介紹完後，有兩名少年稍微上前跪下，說起對貴族的問候語。

「在這風之女神舒翠莉婭護佑的結果之日，得以在諸神的引導下與您會面，願能蒙受您的祝福。」

雖然我還不太拿手，但還是往戒指注入魔力。

「為新的良緣給予祝福。」

今天倒是很成功嘛。我「嗯」地點一點頭，抬頭看向蘭普雷特。蘭普雷特也咧嘴微笑，對我輕輕點頭。

「路茲、吉魯，你們兩個都起身吧。你們今天似乎有事要找羅潔梅茵，怎麼了嗎？今天由韋菲利特代為處理。」

「因為新繪本已經完成了，打算呈交給羅潔梅茵大人。這一本請轉交給羅潔梅茵大人，這本再給韋菲利特大人。做為友好的見證，還望您收下。」

那個碧眼少年朝我遞來了兩本書，我伸手接下。但是，這只是把一疊紙疊在一起的粗糙成品，既沒有封面，還又薄又小，怎麼看也不像是書。

「繪本？……這種東西要用來做什麼？」

「用來閱讀啊，這是羅潔梅茵大人開始製作的東西，她非常期待成品呢。」

……這也是羅潔梅茵做的東西？

我望向有著大張黑白圖畫的繪本，上頭也和歌牌一樣寫著文字。

我稍微翻了翻繪本，覷向兩名少年。他們的雙眼都洋溢著自信，挺著胸膛，看起來年紀和我差不了幾歲。

「……這本書你們也看得懂嗎？」

「那當然，看不懂就無法工作了。」

紫眼少年得意地笑說「我們非常認真學習喔」。

「平民看得懂字確實很少見，但如果是工作上有需要，平民也會學習文字。對於不識字的人，初次見面就贈送繪本可能十分失禮，但既然韋菲利特大人是貴族，我想肯定識字，應該不至於失禮吧？」

碧眼少年一派戰戰兢兢地向斐迪南確認。斐迪南先用瞧不起人的冰冷視線瞥向我後，哼笑一聲。

「是啊，若接受過貴族應有的教育，當然看得懂文字，送給貴族並不會失禮。」

「那我便安心了。」

……連平民有必要都會學習文字，貴族更是應該要識字嗎？

我臉頰抽搐，低頭看向繪本。

「你們繼續工作吧，我們接下來要參觀你們都在做什麼工作。」

斐迪南下達指示後，跪著的人們便站起來，一邊在意著我們的情況一邊繼續做事。開始參觀後，我發現剛才給了我繪本的那兩名少年，會負責清點紙張的張數，還會指示手空下來的人接下來要做什麼工作。

「斐迪南，這裡明明有這麼多大人，為什麼是那兩個孩子在發號施令？」

「他們一個是侍從，一個是商人學徒，兩人都是羅潔梅茵栽培的心腹，直接接受羅潔梅茵的指令，運作工坊，還要向她報告結果。也許是因為肩上的重擔比起同年的孩子要重，也或許是以羅潔梅茵為目標，他們兩人的成長都非常顯著。羅潔梅茵說不定有培育人才的才能。」

明明只會對我說些瞧不起人的話，斐迪南現在卻在稱讚工坊的孩子們，還誇獎栽培了他們的羅潔梅茵。我覺得胸口有種悶悶的不舒服感覺。

「已經第五鐘了，我們回房吧。你們工作都辛苦了，接下來也別懈怠。」

「感激不盡。」

聽了斐迪南的慰勞，工坊裡的人都露出自豪的笑容，迅速跪下回應。

我抱著進獻給我的繪本，回到神殿長室。平常下午的學習到第五鐘就結束，之後是自由時間，所以我還以為回到房間後，今天接下來也是自由時間，法藍卻拿了好幾片木板堆在桌面上。

「這是什麼？」

「這是秋天前往收穫祭時必須背下的祈禱文，雖然韋菲利特大人實際上並不會真正前往，所以無須了解注意事項，但祈禱文在使用魔法上相當有用，還請您背下來吧。」

蘭普雷特很快地掃過寫在木板上的各種祝福，瞪大眼睛指著木板。

「……難不成羅潔梅茵都在背這些東西？」

「當然，因為羅潔梅茵大人是神殿長。」

法藍文風不動，一副這是理所當然的表情點頭。

「想必兩位也知道，一旦在貴族之間得到了不好的評價，不好的評價便一輩子也不會消失。成為了領主養女的羅潔梅茵大人，不能容許任何失敗。這一年來每當要舉行儀式，她都必須背誦新的祈禱文，所以十分辛苦，但她也非常努力。」

法藍扳著手指，計算了神殿長該給予祝福的儀式總共有多少。羅潔梅茵因為是在盛夏時期成為神殿長，目前還只經歷了一個季節的祭典儀式，但是，她已經成功舉行了星結儀式、夏季的成年禮和秋季的洗禮儀式，接下來還要前往直轄地的收穫祭。神殿長該做的事情多到我不敢置信。

「但我沒辦法，我看不懂字。」

看著寫有祈禱文的木板，我搖搖頭。這些東西也許羅潔梅茵非背不可，但對我來說並不是。我把木板還給法藍，法藍迅速接下後，接著又遞給蘭普雷特。

「那麼請由蘭普雷特大人朗誦，您再複誦默背下來吧，背完便用晚餐。」

「什麼?!」

「有心想背，一定背得下來……神官長，我為您泡茶吧，您累了吧。」

法藍說完馬上走向廚房。看到他根本不理會我的要求，我氣得對著他的背影怒吼。

「我不要！我才不背這種東西！」

我用力往地板跺腳吼道，法藍有些為難地皺起眉，轉過身來。我正打算繼續開口訓斥，讓他說不出話來，斐迪南卻十分故意地長嘆口氣。

「唉……法藍，看來韋菲利特不需要用晚餐。萬一第六鐘響後他還沒有背好，你們先吃晚餐吧，否則趕不上分送神的恩惠的時間。」

「遵命。」

……可惡的斐迪南，居然多嘴！

我狠狠咬牙，瞪著斐迪南，但他只是半瞇起眼冷冷回望，完全不怕我。

……私生子就是這樣才討人厭！

我在心裡面大喊著祖母大人經常掛在嘴邊的話，才覺得稍微吐了口怨氣。反正就算沒有背好祈禱文，也不可能真的不讓我吃晚餐。至今就算沒有學好文字、在學習的時間逃跑，也沒有遭受過這麼嚴重的懲罰。斐迪南的命令根本白費工夫，我只要等到他離開就好了。

第六鐘響了，斐迪南說著已到用餐時間，便離開了神殿長室。我瞄了眼前去恭送斐迪南的法藍，發現在斐迪南離開的同時，他也開始準備晚餐。

……看吧，比起斐迪南的命令，果然是我更重要。

我哼一聲，等著餐點準備完畢。蘭普雷特十分期待地說過「這裡的餐點比騎士宿舍更好吃」，我也因為剛才吃到的點心很美味，所以很期待。

「蘭普雷特大人，讓您久等了，餐點已經準備就緒。布麗姬娣大人說她可以稍後再用餐，請問您介意先與達穆爾大人一同用餐嗎？」

「啊，嗯，我是不介意與達穆爾一起用餐……」

蘭普雷特一臉焦急，視線在我和法藍之間來來回回。

「布麗姬娣大人會代替您監督韋菲利特大人，還請您不必擔心。但若在這裡用餐，想必會對還不能用餐的韋菲利特大人感到過意不去，所以我們在為護衛騎士準備的另一個房間裡準備好了餐點。」

對於蘭普雷特的視線和法藍的發言，我感受到了難以置信的衝擊。法藍竟然真的照著斐迪南的吩咐，不打算讓我吃飯！

「法藍，你真的以為你可以這麼做嗎?!」

「我方才已經告訴過您，要背好祈禱文才能用餐，斐迪南大人也這麼吩咐過了。」

法藍一臉若無其事地回答。換作是城堡裡的侍從，早就臉色大變地遵從我的指示，法藍卻根本不聽我說話，這是怎麼回事？

「法藍，你以為我和斐迪南誰的地位更高?!」

「當然是斐迪南大人。」

「什麼?!我可是擁有純正血統的領主兒子！別把我和私生子混為一談！」

在城堡大家都說，我的地位比生來就是私生子的斐迪南還要高，法藍居然連這種事也不知道！我這樣心想著怒聲咆哮。這次總該明白了吧？於是我抬頭看向法藍，他卻只是露出無言以對的表情，完全沒有改變自己的想法。

「現在的韋菲利特大人，正代替羅潔梅茵大人擔任神殿長一職。羅潔梅茵大人也對我下了嚴命，在面對您的時候，不能視您為領主的兒子，要當作是得到了斐迪南大人庇護的羅潔梅茵大人，絕不能因為您是領主的兒子就加以縱容。」

「縱容……嗎？」

出乎意料的話語讓我睜大眼睛。同時，我想起了午餐時羅潔梅茵對我說過：「那麼，我的侍從若不對您特別禮遇，應該也沒有問題吧？」我記得自己還回答了「那當然」。可是，我不明白。

「……我說我想吃飯，這樣算是任性嗎？」

「韋菲利特大人一味倚著自己的身分，不去完成自己被交代的任務，還想逃避懲罰，這樣的行為正是任性。倘若您的這些行為一直都理所當然地被眾人接受，那麼和羅潔梅茵大人不一樣，您至今真是備受眾人的縱容呢。」

法藍態度冷淡地說完，重新轉向蘭普雷特。

「蘭普雷特大人，請您用餐吧。在這裡，用完餐後還得把剩下的餐點送去孤兒院，所以不能耽擱太多時間。」

「可是我……」

「您偶爾也該把韋菲利特大人託付給他人，因為韋菲利特大人的身邊平常總是有您在，他才會不由自主便任性妄為。」

法藍面帶沉穩的笑容，卻散發出了不容分說的氣息，把蘭普雷特帶到了其他房間。我被留在了身邊的人都不認識的空間裡，感到手足無措。

「韋菲利特大人，由我來唸木板上的內容給您聽吧？這裡的侍從雖然都很溫柔，很為主人著想，但也十分嚴厲，一定讓韋菲利特大人大吃一驚吧。」

名為布麗姬娣的女騎士拿起木板，站到我旁邊。這個女騎士是在羅潔梅茵的洗禮儀式上才被任命為護衛騎士，應該能從貴族的角度告訴我神殿的情況吧。

「這裡的侍從對羅潔梅茵也很嚴格嗎？」

「是的。羅潔梅茵大人身為領主的女兒，身為神殿長，他們平日都輔佐著她，不讓她出任何差錯。剛開始服侍的時候，我也向法藍抗議過，覺得羅潔梅茵大人該承擔的事情太多了，但是，他卻告誡說是我多嘴了。」

布麗姬娣拿著木板，露出苦笑。如果當時的情況連護衛騎士都想插嘴說「事情太多了」，表示羅潔梅茵的生活真的很辛苦吧。

「羅潔梅茵平常要背的東西，比這些還多嗎？」

「是的。不只這些祈禱文，還會整理儀式的流程、注意事項，還有要給予祝福的對象以及人數，寫在木板上後堆疊在桌面上……當天更出色地完成了任務。」

聽見羅潔梅茵身處的環境和我周遭的環境相差這麼多，我啞然失聲。我從來沒有想過，大家至今對我真的是非常縱容。

「……妳唸給我聽吧。」

「遵命。」

我讓布麗姬娣唸出木板上的內容，跟著複誦了好幾次背下來。

用完餐回到神殿長室的蘭普雷特看見我後，瞪大眼睛。

「您今天非常努力，真是太了不起了。」

這天法藍第一次開口稱讚了我，並為我在桌上準備好一人份的餐點。在第七鐘快要響起之前，我總算勉強背好了祝福的祈禱文，雖然只有我一個人這麼晚才吃晚餐，餐點卻還冒著溫暖的熱氣。好像是廚師一直在等我，讓我能吃到美味的餐點。

……原來如此，溫柔卻又嚴厲，指的就是這樣嗎？

我一邊吃著溫暖的飯菜，一邊悄悄嘆氣。突然間好想回城堡，真想向父親大人和母親大人報告，自豪地說「我今天背了祈禱文」，再聽他們稱讚我說「你做得很好」。

「……一個人吃飯有點無聊呢。」

「羅潔梅茵大人也經常這麼說。」

「是嗎……羅潔梅茵在這裡也是一個人吃飯嗎？」

用完餐，沐浴完畢，侍從們再向我報告今天工作的進度。這種事還是生平頭一次，因為我的侍從們都是如影隨形地跟著我，不然就是在找我，從不會在沒有我的地方做著其他工作。

聽完報告，總算可以上床睡覺，我累得全身無力。我還從來沒有這麼累過，用大腦用到筋疲力盡也是第一次，雖然睡覺時間比平常還要早，但我一下子就失去了意識。

「韋菲利特大人，早上了。」

有人這麼呼喚我的同時，「唰」地拉開了布幔。明亮的陽光照射進來，我用力閉上眼睛。

「我還想睡。」

「起床時間已經到了。」

「少囉嗦！我說了我要繼續睡！」

我拉起棉被蓋住頭，鑽進被窩裡頭，但棉被緊接著被人用力扯開。是誰啊！居然這麼粗魯地叫我起床——我這麼心想著張開眼睛，發現眼前的臉孔和平常熟悉的人完全不一樣。法藍硬是讓我坐起來，再把我從床舖上拉下來。

「我說過起床時間已經到了。請您換好衣服用早餐，而且我也已經等您等到最後一刻了。」

在神殿大家都很早起，這種被別人硬生生叫醒的經驗也是頭一次。法藍逼我換下衣服，為我擺好早餐，因為平常這時間我還在睡覺，所以腦袋有些迷糊地吃了早餐。

「吃完早餐以後，要練習飛蘇平琴。」

羅潔梅茵的樂師說完，拿來了飛蘇平琴。看著平常大概是羅潔梅茵在用的孩童用飛蘇平琴，我皺起臉龐。

「我很不會彈飛蘇平琴，不喜歡。」

「那麼更是需要練習，琴藝才能進步，音樂可是貴族的愛好。」

我知道樂器是貴族的愛好，可是，擅長橫笛的卡斯泰德說過，不是每個人都擅長彈奏飛蘇平琴，我只要以後找到適合自己的樂器就好了。我說完，樂師把頭一偏。

「祈福儀式當時，我也和卡斯泰德大人一同在場，但卡斯泰德大人只是比起飛蘇平琴，更擅長吹橫笛，並非不會彈奏飛蘇平琴唷？首先必須透過飛蘇平琴學習音階、歌詞和曲子，再以此為基礎，尋找適合自己的樂器。尋找其他的樂器，並不構成是可以不練飛蘇平琴的理由。」

「妳、妳說什麼？」

卡斯泰德和我的樂師從沒說過這種話。

「再者韋菲利特大人已經受洗過了，那和羅潔梅茵大人一樣，今年冬天將會首次亮相吧？神官長告訴過我，屆時會有孩子們演奏飛蘇平琴的活動。倘若毫不練習飛蘇平琴，在所有人都會彈奏的情況下，卻只有韋菲利特大人一個人不會彈奏，難道您不會因此感到臉上無光嗎？」

聽到樂師說「只有我一個人不會」，我想起了昨天玩歌牌時，就只有我一個人看不懂字的情景。一想到同樣的情景會再一次在其他貴族面前上演，我就覺得自己好沒用、好不甘心，有種臉部和大腦好像都在發熱、非常討厭的感覺。

「……羅潔梅茵每天都會練習嗎？」

「偶爾會因為有其他行程而無法練習，但只要在神殿的日子，羅潔梅茵大人必定每天都會練琴，因為若不練習，手指的動作很快會變得生疏。」

說完，樂師拿著樂譜走來。

「要彈好飛蘇平琴無法一蹴可幾，關鍵在於每天的練習。請您練習到至少能在冬天之前彈奏一首曲子吧。其他先別多想，只要能彈奏一曲便足夠了。」

……如果只要在冬天之前練到能彈一首，我應該還做得到。

於是，這天明明是要練習飛蘇平琴，我卻一次也沒有碰到琴，直到熟記樂譜為止，一直重複唱著音階。

第三鐘響，練習結束後，樂師露出了美麗的笑容稱讚我。

「您表現得很好。回到城堡以後，請配合今天學會的音階做運指練習吧。韋菲利特大人能在這麼短的時間內便熟記樂譜，表示您吸收速度很快呢。」

因為平常很少被人稱讚，我感到非常難為情。樂師還鼓勵我說：「只要會彈奏這首曲子，在剛受洗完的首次亮相上便十分足夠了。」

這時如果在城堡，上午的教師會在第三鐘響後進來，但是，這裡沒有教師。終於有自由時間了——我才放鬆緊繃的肩膀，就看見法藍手上拿著許多東西走過來。

「接下來是幫忙神官長處理公務的時間。」

「……啊？」

「除了儀式的祝福，神殿長的大半工作都由神官長承攬下來。為了盡可能幫忙分憂解勞，羅潔梅茵大人從第三鐘直到第四鐘為止，都會前往神官長室幫忙處理公務。請蘭普雷特大人也快點移動吧。」

在法藍的催促下，我和蘭普雷特被帶到了斐迪南的房間。斐迪南的房間裡有好幾名侍從，每個人看來都在做著各自的工作。想到要在這裡和大家做一樣的工作，有種自己也成了大人一員的感覺，我感到有些自豪。我要像昨天在工坊看到的孩子們那樣，努力工作——我幹勁十足地踏進房內，斐迪南從資料當中抬頭看向我們。

「嗯，來了嗎？韋菲利特，你坐在那裡練習寫字。我已經準備好了範本，在石板上練習文字吧。蘭普雷特，你負責計算這些資料。」

斐迪南指著桌子說，四周的侍從們便搬來石板、紙、木板，堆放在我和蘭普雷特的面前。眨眼間桌上就放好了木板、墨水和計算機。

「你要我抄寫文字?!不是幫忙工作嗎？」

「笨蛋，連文字也沒辦法讀寫的人，能幫忙什麼工作？」

斐迪南回道，甚至沒有從資料當中抬起頭來。

「可是羅潔梅茵……」

「她早在我教導她之前，就已經會寫所有的基本文字了。單字也是一教即會，而且只要把她丟進圖書室，她自己就會興高采烈地看起聖典，所以幾乎不需要教她文字。」

原來羅潔梅茵早在斐迪南教她之前，就已經會寫字了。

……我的妹妹到底是何方神聖？

「再加上羅潔梅茵因為會在工坊與商人接觸，計算也十分擅長。蘭普雷特面前的那些，都是羅潔梅茵平常可以算完的量。既然說了要代替她，就要確實完成她的工作。」

蘭普雷特望著堆在自己面前的木板，眼睛張得老大。在要求我學習時，蘭普雷特曾說過，「我明白您不想學習的心情，但您非學不可」，所以他一定是不擅長計算。

「還以為是要我工作，結果是練習寫字嗎？這種事我才不做，我不管。」

我跳下椅子，想和平常一樣逃跑，但斐迪南在此同時取出了思達普，很快地唸了某些咒語。一條光帶於是從思達普飛出，把我團團地捲起來。被絕對無法解開的魔力光帶束縛住後，我動彈不得，狼狽地摔倒在地。

「斐迪南大人?!您做什麼?!」

蘭普雷特焦急大喊，但斐迪南像要打斷他般大步走來，把我像行李一樣扛上肩膀，再用粗魯的動作把我扔在椅子上。

「就算你想要逃跑，我也不會讓你得逞。你自己說了，要和羅潔梅茵交換一天的生活。既然是領主的兒子，就該對自己說過的話負起責任。」

我就這麼被魔力光帶綑成一團，被迫坐在椅子上，直到用真正的繩子把我綁在椅子上後，斐迪南才鬆開光帶。

這麼粗魯又無禮的對待讓我呆若木雞。為什麼大家可以容許他對我做這種事情？都不說點什麼嗎？簡直無法理解。

「蘭普雷特，快點計算，不要發呆，別浪費時間。」

看到蘭普雷特挺直了背，開始計算，我不得不明白到我們贏不了斐迪南，無奈下我也只好拿起石筆。斐迪南的辦公室裡，就只有寫字的聲音、撥弄計算機的聲音，和小聲向斐迪南請求許可，不然就是向他提交已完成項目的交談聲，非常安靜又具有壓迫感。我覺得自己快沒辦法呼吸了。

總之我先練習了寫字，開始覺得手痠之後，把石筆放下來。大概是注意到了，斐迪南起身走來，低頭看向石板。

「……就這樣而已嗎？」

「斐迪南大人，韋菲利特大人這樣子已經非常努力了。」

……沒錯，我已經很努力練習了，換作平常的我根本不可能。再多說一點。

我在心裡為蘭普雷特聲援，斐迪南卻把投向我的冰冷視線，轉到蘭普雷特身上。

「正因為你們都這般縱容他，韋菲利特才會長成如此怠惰又愚蠢的人。」

蘭普雷特倒吸口氣，瞪大眼睛。緊接著他好幾次張開又合上嘴巴，想要反駁，但最後只是緊緊咬牙。斐迪南低頭看著這樣的他，哼了一聲，那雙冰冷至極的金色眼眸又轉過來看我。

「韋菲利特，在城堡誰也不敢對你說真話，但我就告訴你現實吧。你絲毫沒有身為領主孩子該有的氣魄、覺悟和努力，只是個空有領主血統，任性又愚蠢的小孩。」

我當然也有領主孩子該有的氣魄，況且斐迪南以外的人，從沒說過我是「任性又愚蠢的小孩」，所以一定是斐迪南在亂說。

「斐迪南，你太無禮了！」

「無禮？我只是陳述事實。明明已經結束了洗禮儀式，卻還不會讀寫文字也不會計算，甚至只會倚仗自己的身分，逃避所有應盡責任，不過是一無是處的廢物。連領主的工作也無法幫忙，毫無用處的無能之人就別再任性妄為。」

我「唔唔唔唔」地低吼，抬頭瞪著斐迪南，雖然很想大聲反駁說「我才不是！」，卻沒有足夠的詞彙可以反駁。

「斐迪南，請您到此為……」

「蘭普雷特，為何連你也如此懶散？換作是羅潔梅茵，那些資料她老早就算完了。你動作太慢了，主僕二人同樣無能。」

斐迪南這麼說著打斷蘭普雷特，再筆直地注視我。

「韋菲利特，你父親因為自己在繼承人一事上，有過不好的回憶，所以只要魔力量沒有問題，便打算讓身為長子的你繼承領主之位。」

這我知道。祖母大人和父親大人都說我是繼承人。

「齊爾維斯特似乎認為，縱使上位者無能，只要能在他身邊聚集優秀的人才，一切都不會有問題，但是，集結優秀的人才，和優秀的人才願意留下來輔佐你是兩回事。和齊爾維斯特不同，我完全不認為你具有足夠強大的凝聚力。」

「斐迪南大人，面對這麼年幼的孩子，您說得太過分了。」

「雖說年幼，但他也已經舉行過了洗禮儀式。更何況他還不是一般的孩子，是領主的兒子。原本比起身為養女的羅潔梅茵，韋菲利特更該有自覺和責任心。然而，如今的韋菲利特具有更甚於羅潔梅茵的自覺和責任心嗎？我絲毫看不出來。」

斐迪南說得完全沒錯。來到這裡以後，我不得不意識到羅潔梅茵有多麼優秀，每天又有多麼努力。所有侍從全都團結一心，讓她身為神殿長，身為領主的女兒絕對不會蒙羞，訂定了許多她該完成的目標。相比之下，我至今到底都在做什麼？腦海中只浮現了自己在逃避各種事情的畫面。

「斐迪南大人，您說得確實沒錯，但是……」

蘭普雷特才開口說話，斐迪南兇狠又凌厲的目光便轉向他。比起低頭看著我的時候，斐迪南這時雙眼裡的怒氣更是明顯。就在他淡金色的雙眼好像稍微變了色時，蘭普雷特「嗚」地倒抽口氣。接著他像是被斐迪南的視線固定住了，動也不動，身體還微微發抖。斐迪南再稍微往前傾身靠近他後，蘭普雷特還發出了小聲的痛苦呻吟。

「毫不努力的無能之人不光韋菲利特，你也一樣。如果真為主人著想，就算要把他綁在椅子上，也該強迫他學習，蘭普雷特，薇羅妮卡已經不在了。」

這是在說什麼！──我張大眼睛，斐迪南在這時候很快地瞥了我一眼。

「羅潔梅茵因為在各方面上都十分特殊，不能當作比較的對象，所以我也不會要求韋菲利特該展現出一樣的成果，但是，既然他是領主的孩子，如果要獲得周遭人們的認可，至少也該做到和羅潔梅茵同等程度的努力，難道不是嗎？」

「……您說得是。」

蘭普雷特看來很痛苦地擠出聲音。他簡直像被斐迪南下了咒語一樣，但現在的斐迪南手上又沒有思達普。完全不明白斐迪南對蘭普雷特做了什麼，只有難以言喻的恐懼在我心裡不斷累積。

「法藍已經向我報告過了，聽說昨晚韋菲利特最終背好了祝福的祈禱文，也熟記了飛蘇平琴的樂譜吧？這代表他並非從一開始就如此愚昧，我也重新修改了對他的認知。只要他有心便能做到，並不是無法努力。既然如此，就是你們周圍這些人慣壞了他，讓他成為了這般愚蠢的主人，還不意識到這是你們的責任嗎！」

斐迪南說完呼一口氣，垂下目光後，蘭普雷特馬上渾身癱軟地趴倒在桌上。

「蘭普雷特！斐迪南，你對他做了什……」

「韋菲利特。」

斐迪南打斷我，用聽來非常沉重的嗓音叫我的名字。會覺得聲音很沉重好像很奇怪，但是我在聽見後，真的覺得好像有什麼東西沉甸甸地壓在肩膀和肚子上。

那雙陰鬱且冰冷的金色眼眸朝我看來，眼神冷酷，當中完全沒有對我的半點善意，我不禁輕吸口氣。從來沒有人對我露出那麼可怕的眼神，但斐迪南現在卻正面直視著我，我的牙齒在不知不覺間開始打顫。

「像你這種不付出半點努力，也不懂得何謂困難與勞苦的人，我死也不想奉你為主人。倘若你一直沒有改變就要登上領主之位，那我一定會傾盡全力栽培你的妹妹和弟弟，徹底把你擊垮。」

因為父親大人和祖母大人都說我是繼承人，我也一直以為自己一定是繼承人。甚至從來沒有想過，會有人想推翻這句話。被逼著意識到自己的地位並非絕對不會動搖，我感到想哭。

「能夠成為領主的，原本就是正妻孩子中魔力量最多的人，你給我記好了。」

我用力吞下口水，就在這時第四鐘也響了。

說好要交換生活的一天期限終於到來。

哈塞的孤兒

「托爾，幸好天氣放晴了呢，今天要去森林。」

吃完早飯，瑞克換上了要去森林的破爛衣服，一面說一面大伸懶腰。工坊的造紙工作都結束了，卻因為連續兩天下雨，害我們沒辦法外出。我邊同意邊很快換上衣服。

「我也鬆了口氣，因為一直學習禮節實在太膩了……雖然我也知道非學不可啦。」

我們之前是哈塞的孤兒，所以從動作儀態到遣詞用字為止，很多事情都要從頭學起，日子一點也不會無聊。可是，待在感覺非常封閉、所有事情都力求平等的艾倫菲斯特神殿，我常常覺得喘不過氣來。

……但我也知道這是奢侈的煩惱。

只要自己沒有意願，姊姊和瑪塔就絕對不會被賣掉。三餐也和鎮長那邊不一樣，分量不會因為孤兒之間的勢力關係而有所不同，也不需要搶來搶去。剛進來的我們可以和大家吃到完全一樣的飯，也不會有人蠻不講理地對我們拳打腳踢。

我很慶幸跟隨了羅潔梅茵大人，也很感謝她。既覺得幸運，也覺得這件事很神奇，雖然大腦明白，但神殿的生活和以前的生活差太多了，總覺得很彆扭，無法適應。

和習慣平常都被關在神殿裡的神官他們不一樣，我們比起穿著規規矩矩的灰衣神官服練習文字與用語，反而是穿著雖然破爛又滿是補釘，但也感到熟悉且方便行動的舊衣，在森林裡採集，內心更能感到平靜。大概是因為從小到大都在哈塞做農田的工作，所以天氣晴朗的時候，比起窩在工坊裡工作，我們更迫不及待地想要外出。每天我都期盼著去森林採集和做事的日子快點到來。

走下男舍的樓梯，來到位在底樓的工坊，羅潔梅茵大人的侍從吉魯正把刀子和籃子分配給採集組的人。明明大家各自拿走就好了，但吉魯說「這樣子不好管理」，堅持要親手分給每一個人。

「來，托爾，這個給瑞克。」

我和瑞克拿著吉魯遞來的揹籃和小刀，走到屋外。陽光很亮，但風變冷了，可以切身感覺到冬天就要來臨了，但這還不算很冷，等到進入森林採集後，應該就幾乎不會覺得冷了。

「托爾、瑞克！」

聽到平常不會出現在這裡的姊姊呼喚我，我吃驚地回過頭，看見姊姊正揹著木架，瑪塔揹著籃子，而且她們身上不是穿著灰衣巫女服，而是和我們一樣，換上了要去森林的服裝。

「除了在食堂，好久沒有和托爾跟瑞克一起行動了呢。」

「因為在這邊實行徹底的男女分工啊。」

待在哈塞小神殿的時候，不論是練習寫字、去森林採集還是打掃神殿，我們都是四個人一起做，但來到艾倫菲斯特的孤兒院以後，可能是因為人數眾多，工作會男女分開，和待在哈塞的小神殿那時不同，四個人無法再一起行動。男生通常都負責在工坊和森林做事，女生負責在孤兒院煮飯和打掃神殿。

「哥哥，今天我們也要去森林喔。葳瑪要我們多撿一些木柴和果實回來，為過冬做準備。對不對，諾拉？」

瑪塔說完，笑著仰頭看向姊姊。現在孤兒院正忙著製作過冬用的保存食品。為了去森林多採集點東西回來，才派了些灰衣見習巫女也一起去森林吧。

「因為我和瑪塔還不習慣怎麼照著神殿這邊的方式煮飯和打掃，而且去森林採集，也比待在神殿更能幫上忙，我的心情也比較輕鬆呢。」

神殿的孤兒院本來就人數眾多，現在在準備過冬時，還要再追加突然多出來的我們四個人的份。光是增加一人份就夠頭痛了，更別說是四人份。我們若不比孤兒院裡的其他人更認真工作，大家會覺得我們在白吃白喝，冬季期間會一直抬不起頭來吧，而且到了冬天尾聲，萬一糧食吃完了，當然是突然多出來的我們四個人會最先拿不到東西吃。就算大家講得再好聽，說這裡講求平等，但這個世界就是這樣。

……我得努力工作，不要讓姊姊和瑪塔受到委屈。

我使勁握緊了揹籃。

「呼……一來到外面，全身都放鬆了。」

「是呀。」

一出南門，外面就是廣闊的農地，接著可以看見森林、遼闊的藍天，空氣也一下子變得清新。門外的景色和我們出生長大的哈塞很像，看著感覺熟悉的景色，我的身體有些放鬆下來。我還是完全無法習慣神殿裡的景象，還有艾倫菲斯特平民區的空氣。灰衣神官們走出大門後，看到地面從石板路變成了雨後的泥濘路面，沉下了臉開始移動。

「真希望門外也是石板路……但領主大人的力量只能在城內維持呢。」

在神殿出生，平常行走路面都是石板路的他們這樣說道，但跟這個比起來，我更討厭平民區下過雨後，積水在蒸發時那種溼悶又讓人作嘔的騷臭味。

「……其實只要沿著大道兩邊的雜草走，就不用擔心踩到泥濘的地面啊。」

「因為神殿太乾淨了，在那裡長大的人受不了走在泥地上吧。就和我們無法適應太乾淨的神殿一樣，神官他們應該做不了農活吧。」

姊姊吃吃地笑起來。的確，如果要耕田，神官他們很可能才走進田地就會滿臉厭惡。其實耕作久了，土壤會越變越軟，這件事很好玩，但在孤兒院大概沒有人能理解吧。

「第四鐘一響，請大家到河邊集合。」

到了森林，吉魯開始決定工作的分配。他把工作分成了做紙、撿木柴和採集，我們四個人負責採集果實和菇類，這是我最喜歡的工作。

聽到開始工作的指示，我「嘿嘿」笑著轉過頭說：「大家，走囉！」但回應的人卻不是瑞克和姊姊，而是一個我還沒記住名字的灰衣神官。

「托爾，所有人若一起行動，會使得效率大打折扣。還有，也請你要注意遣詞用字，這時候應該說『大家一起走吧』才對。」

……我說的「大家」又不包括你們！

雖然很想這麼反駁，但感覺只會讓對方訓斥得更久，所以我只是說「我以後會小心」，便牽起姊姊的手走開。回頭一看，發現瑞克和瑪塔也小跑步跟上來。好久沒有機會可以四個人聚在一起了，為了不被打擾，我抬高音量對灰衣神官說：

「我們去那邊採集洛芬露果實！」

「嗯，因為托爾你們擅長爬樹嘛，那我們在這邊撿陀拿耶吧。」

舉止穩重的灰衣神官說完，分成幾人一組走進森林。一年前灰衣神官他們甚至還沒有踏進過森林，所以老實說，他們的動作很遲鈍。不只跑得慢，也不會爬樹，分辨菇類的眼光也不牢靠。居然會下定決心讓這些人進入森林，我覺得羅潔梅茵大人真的是個怪人，也覺得接下了這種奇怪命令，得率領這些人的路茲很辛苦。要是我才不幹。

「啊，我看到洛芬露了。」

不遠前方出現了洛芬露樹，瑪塔笑著往前飛奔。洛芬露果實是秋天的美食，雖然外觀和夏天盛產的藍舒露很相似，但咬起來更有彈性，味道也比較酸。還可以把洛芬露切成小塊，泡在蜂蜜裡，冬天再拿出來吃也很好吃。

「……啊。」

瑪塔突然間停下來。我們急忙跑向瑪塔。

「瑪塔，怎麼了嗎？」

「因為這兩天下雨，好多都掉下來了。可是我和戴莉雅約好，要摘很多洛芬露果實回去……」

瑪塔指著洛芬露樹底下落了一地的破碎果實，消沉地垮下肩膀。戴莉雅在孤兒院裡頭有個名為戴爾克的弟弟，因為可以明白我們想一家人團聚在一起的心情，所以就這方面而言相當少見，雖然有時候講話很嚴厲，但也很會照顧人，又因為年紀差不多，瑪塔很親近她。聽說是因為瑪塔稱讚了戴爾克很可愛，兩個人的感情才變好。

「我還和戴莉雅說好，要一起做很多的蜜漬洛芬露，因為戴莉雅不能離開孤兒院，我要代替她摘很多回去……」

聽說戴莉雅在大約半年前的春天尾聲犯下了重罪，雖然在羅潔梅茵大人的大發慈悲下保住了一命，但也接受了處罰，永遠不能離開孤兒院，雖然戴莉雅本人說，「只要可以和戴爾克在一起，我就心滿意足了」，所以對這個懲罰好像沒有怨言，但居然連來森林透透氣也不行，我很同情戴莉雅。

瑞克拍拍瑪塔的肩膀，指著洛芬露樹上方。

「瑪塔，妳別這麼沮喪。仔細看，並不是所有果實都掉下來了，上面那邊還有，而且洛芬露如果要浸泡蜂蜜，也是挑還沒有完全熟透的會比較好吃吧？為了戴莉雅，我們一起採很多果實回去吧。」

瑞克還是老樣子，對瑪塔非常溫柔。他一面安慰瑪塔，一面從瑪塔的籃子裡拿出了布，準備用來承接果實。既然瑞克在作接果實的準備，那我的工作就是爬到樹上把果實丟下來。確認了腰上有小刀後，我開始攀爬，朝著樹上結有果實、而且大小可以做成蜜漬洛芬露的地方前進。

「喂～我要丟了喔！」

「等一下、等一下！托爾，你太快爬上去了啦！」

瑪塔把布攤開，笑著仰頭往上看。看到兩人作好了接果實的準備，我用小刀割下洛芬露果實，然後往下丟。

「呀啊——！」

瑪塔發出了開心的尖叫聲，和瑞克一起接住洛芬露果實。我看見姊姊在檢查掉到地上的果實，再用小刀把還可以吃的部分切下來。熟透的果實可以在吃午飯的時候，先在河邊洗乾淨，吃起來一樣好吃。

「托爾、托爾，再多丟點下來！」

「噢，包在我身上！」

四個人一起分工合作後，我覺得好像回到了哈塞。大家一面嘻笑玩鬧，一面採了許多洛芬露果實，接著再採集密利露。密利露的季節好像已經進入尾聲了，幾乎沒有剩下多少果實。

「啊，第四鐘了。我們快回河邊。」

吃午飯的時間到了。我們抱著裝有果實的籃子，回到河邊。灰衣神官們正在那裡蒸著樹枝和考夫薯，一邊也在煮湯。我們筆直走到河邊，清洗切過的洛芬露果實。

「哦，那是……？」

在河邊洗手的神官注意到了姊姊手上的洛芬露。

「我們打算在午飯時吃，所以撿了掉在地上的洛芬露，把還能吃的部分切下來……」

「這主意真不錯，但數量不足以分給大家，那再切成小塊吧。」

姊姊搜集切好的洛芬露果實本來就打算我們四個人一起分，所以數量並不多。聽到要在場所有神官一起平分，我瞪大眼睛。

……為什麼要把果實分給你們啊?!

我不禁火冒三丈，瑞克拉住我的手臂把我壓下來。

「托爾，你有小刀對吧？諾拉，我們也來幫忙切。」

瑞克很快地開始切成小塊。看到神官走回鍋子的方向，我瞪向瑞克。

「瑞克，你幹嘛聽他們的話？這些是我們採回來的吧？要是這麼多人一起平分，根本連一口都不到。」

「當然是因為這是神殿的做法啊。新來的我們都能得到和大家一樣分量的食物，所以我們的食物當然也要和大家一起平分。要是現在捨不得把洛芬露分出去，等到他們冬天捨不得把糧食分給我們，我們就完蛋了。」

對喔！經瑞克提醒，我才想起來。在這裡因為講求大家平等，所以也沒辦法。我也拿出小刀，開始切洛芬露。

「因為四個人聚在一起，玩得很開心，我正覺得好像回到了哈塞那時候呢。好久沒有這麼高興了，好像連高興的心情也被破壞掉，所以我有點不爽。」

「托爾，我明白你的心情，其實我也有點不甘心。」

瑞克看著不斷被切作小塊的洛芬露果實，輕輕嘆一口氣。

「看來以後都要先偷偷吃掉了。」

姊姊露出淘氣的笑容這麼說完，四人一起小聲笑了起來，雖然只是微不足道的小事，但大家還是一起出主意，討論著要怎麼偷偷吃掉掉在地上的洛芬露果實，還想到可以先在皮袋裡裝水。漸漸地，煩悶的心情也稍微變好了一點。

「好久沒有四個人聚在一起了，今天真開心。對吧？」

到了就寢時間，我倒在瑞克旁邊的床鋪上。

「是啊……可是，我們以後會怎麼樣呢？」

「什麼怎麼樣？」

「啊，嗯，因為以前我們在哈塞生活的時候，都是心想等到成年以後就能拿到土地，所以只要忍耐到那個時候就好了吧？雖然一樣是孤兒，但神殿的孤兒完全不是這樣。諾拉和瑪塔可以不用被賣掉，我是很高興，但我們以後會怎麼樣呢……」

瑞克這些話正好說出了我心裡的不安。我確實很慶幸姊姊和瑪塔不會被那個鎮長賣掉。就算有無數次機會可以回到原來的地方，但為了保護姊姊，我還是會選擇跟隨羅潔梅茵大人吧。

……我很感謝羅潔梅茵大人救了我們。可是，以後呢？

我本來以為不管去到哪裡，反正都是孤兒，不會有什麼差別，但其實差別非常大。神殿的孤兒在成年之後，既不會得到田地，也無法離開孤兒院，就只是從灰衣見習神官變成了灰衣神官。如果想離開孤兒院，就只有被納為青衣神官的侍從，或是被賣給貴族，以及死掉的時候而已。我一直以來想像的未來全都幻滅了，從今以後，我不知道我們要怎麼繼續前進。

「……我也沒想到居然不能參加收穫祭。」

收穫祭是一年中規模最大的祭典，就只有這一天，不管你是從農村回來的人還是孤兒，大家都可以玩在一起盡情吵鬧，可說是完美的一天。然而明明大家都引頸期盼，卻無法參加近在眼前的收穫祭。當我被告知這個消息時，完全無法理解神官和巫女在說什麼。不過，他們好像也一樣無法理解我們的主張。他們露出納悶表情，用再認真不過的語氣說：「為何我們可以參加？」

「我們既未參與農活，也沒有任何收成。況且這座小神殿並不屬於哈塞，屬於羅潔梅茵大人。並非哈塞鎮民的我們，為何可以參加哈塞的收穫祭？青衣神官與青衣巫女會在收穫祭時祈求豐收，舉行地方的儀式，但不是我們可以參加的活動。」

聽了這些話，我才真正地體會到，自己來到了和以往生活的世界完全沒有交集的另一個世界，雖然我很慶幸我們逃離了哈塞的鎮長，但對未來生活的不安，也和慶幸的心情一樣強烈。

羅潔梅茵大人心地很善良，在我們說了不希望家人被賣掉以後，她幫助了我們。可是，因為孤兒都要擁有一樣的待遇，所以在灰衣神官強迫我們要保持著既是家人卻又不像家人的關係時，她也沒有任何表示。也不肯在孤兒院裡作安排，讓我們可以一家人自己開心地生活在一起，因為在孤兒院必須一切平等。

「希望春天快點來……至少我想回去小神殿。」

我鑽進棉被裡咕噥說，瑞克傳來簡短的回應：「我也是。」

不同於小神殿那時候，現在身邊的神官們不會來配合還不習慣神殿生活的我們，而是我們必須配合大家。即使走到屋外，也看不見熟悉的景色，又只有吃飯時間可以和姊姊及瑪塔待在一起。

我好想念有著遼闊的農地與藍天，一走出去就是森林的哈塞，雖然現在都還沒有進入冬天，但我已經想回哈塞了。如果可以，我真想逃離被高聳的圍牆環繞住、只能看見狹窄天空的神殿。我強烈地明白到，我們不屬於艾倫菲斯特，而是哈塞的孤兒。

……希望至少可以在夢中回到哈塞。

我這樣心想著，閉上眼睛。

尤修塔斯的
潛入平民區大作戰

「尤修塔斯，你去過平民區嗎？」

去年初夏，我和艾克哈特一起受到斐迪南大人召見，他在當時提出了這個問題。

「我曾有多次為了搜集材料，喬裝成旅人進出農村，但還沒有踏進過這裡的平民區，因為這裡也沒有什麼稀奇罕見的材料……平民區發生了什麼事嗎？」

「平民區有個名為梅茵的身蝕女童，今後將以青衣見習巫女的身分進入神殿，我希望你盡可能打聽到她的消息。這是商業公會送來的調查結果，裡頭都是工坊的資料，沒有任何有關本人的詳細資訊。」

我接過斐迪南大人遞來的工坊報告書，很快看了一遍。上頭有每月須提交一次的營運報表副本、工坊長存放於商業公會的存款金額，以及工坊的主要交易對象等資料。

「工坊長是梅茵，員工有……沒半個人？上面寫著她的工坊隸屬於植物紙協會，植物紙協會又是什麼？」

「我正是需要能夠解開這些疑惑的情報，另外還有梅茵的個人資訊。我只知道她有著夜空般的藏青色頭髮、金色眼眸，以及雖然已經受洗過了，卻因為發育不良，看來像是只有五歲。明明身體虛弱到了無法每天來神殿，卻愛書愛到不計一切，甚至直接找上神殿長，表示她願意付一枚大金幣，請讓她成為見習巫女看書……總之，是個奇怪的孩子。不管什麼情報都好，去幫我搜集吧。」

……一個為了看書不惜拿出大金幣，還主動進入神殿的小女孩？這太離譜了。

從貴族的常識來看，首先想進入神殿這件事本身就讓人不敢置信。斐迪南大人說的這些話讓我腦袋陷入混亂，但同時，也感到很有意思，我還是第一次聽說有這麼古怪的小孩。聽了斐迪南大人命令的「什麼情報都好，去幫我搜集吧」，我不由自主咧開嘴角。內心油然升起一股預感，有什麼好玩的事情要開始了。

「如果你想混進商業公會，再去和梅茵工坊有所往來的店家打聽消息，需要隨從或護衛吧。這部分我想拜託艾克哈特協助你。艾克哈特，你願意去一趟平民區嗎？」

「既是斐迪南大人的命令，自當赴湯蹈火……」

艾克哈特微微一笑，跪下回答。自從妻子海德瑪莉去世以後，艾克哈特工作起來一直是了無生氣，此刻終於展現出了久違的士氣。身為同僚，我稍微放心了。

「那麼，你們回去作好要潛入平民區的準備吧。先搭乘我的馬車前往神殿，在神殿換好衣服後，再從下人的通道進入平民區。一直到通往平民區的後門為止，我會吩咐神殿的侍從為你們帶路。」

「感激不盡。」

貴族要潛入平民區十分困難，因為貴族的馬車既不可能在平民區停留，買東西也都是把商人叫到宅邸來，不會親自前往店家。如果駛著華麗的馬車離開貴族區，走出來的人卻是一身農民和旅人裝扮，怎麼看都十分可疑。若能先搭乘斐迪南大人的馬車移動到神殿，再從神殿進入平民區，便能輕鬆潛入。

回到家後，我找出了之前採集材料時在旅行當地搜集來的衣服。有農民和旅人的服裝，再試著加上商人出入貴族區時穿的服裝。這樣一來，便和有些降級的貴族服裝差不了多少。我向艾克哈特捎去奧多南茲，要他參考商人出入自家宅邸時所穿的衣物。

潛入平民區當天，我們先穿著貴族服裝進入斐迪南大人的宅邸，再麻煩宅邸裡的侍從拉塞法姆為我們換上商人服裝。

「啊，對了。拉塞法姆，你幫我隨便找個袋子，裝好蔬菜了嗎？」

「已經準備妥當。收到奧多南茲時我還大吃一驚，不知道您這次又要做什麼了。」

然後我抱著拉塞法姆準備的裝有蔬菜的袋子，以及裝有替換衣服的袋子，坐上馬車。馬車緩慢地開始移動。

「尤修塔斯、艾克哈特，這是這次的活動資金。第五鐘要響了吧？看你們要住宿還是用來打聽情報，任你們使用。」

斐迪南大人遞來了發出噹啷聲響的小皮袋。裡頭放有六枚小金幣和六枚大銀幣。住宿並不需要這麼多錢，這算是指示我們潛入平民區的額外補貼吧。我接過小皮袋，再把一半的錢分給艾克哈特。

馬車抵達了貴族門，進入神殿，因為斐迪南大人不准我們來，所以這還是我頭一次進來。本來很期待可以入內看看，斐迪南大人卻讓馬車一路移動到了後門的方向，再把我們放下來，雖然很好奇神殿內部的模樣，負責侍奉斐迪南大人的又是哪些人，但斐迪南大人說萬一被神殿長拜瑟馮斯發現就麻煩了，也只能作罷。

「守衛，帶這兩人前往徒步用的後門。」

正想打開馬車用大門的一名守衛隨即為我們帶路。

「這扇門外便是平民區。」

聽著響亮的第五鐘，我們從神殿的後門跨出一步，進入平民區。剎那間，強烈的惡臭與環境的髒亂程度讓我大吃一驚，不由得皺起臉龐。連我為了採集材料偶爾出入的農村也沒這麼髒亂，更沒有這種惡臭。

「尤修塔斯，這比我們坐著馬車經過時還嚴重數倍，我們真的要進這種地方嗎？」

「嗚，沒辦法，這是斐迪南大人的命令。」

首先，我想前往梅茵父親所在的南門，因為曾騎著騎獸，飛越過平民區的上空進行調查，所以我還有點方向感。我和艾克哈特朝著大道開始南下。不同於貴族區，五顏六色的高樓層建築物密密麻麻地建在狹窄的土地上，還有許多馬車和運貨馬車熙來攘往。路上行人也多得教人吃驚，與貴族區截然相反，毫無秩序可言。

「嗯，越往南邊身分地位越低，這點倒是不管貴族區還是平民區都一樣……」

沿著大道筆直南下後，來到了設有噴泉的中央廣場。這裡行人的穿著形形色色，有的看來非常窮困，也有的打扮得像是旅人，也有的衣裝還算體面，但是，自以為打扮成了商人的我們，在這當中卻顯得無比突兀。

「……看樣子最好換身衣服，我們去找旅館吧。」

「那太好了。惡臭讓我感到頭痛，這項任務比露宿野外採集材料還艱難。」

看來是很難帶著艾克哈特去南門了。現在我們又沒有比這身服裝更窮酸的衣服，艾克哈特又不肯改掉貴族的高姿態，無法在北邊以外的地方行動吧。

我們前往多數行人都穿著旅人裝束的東邊，在中央廣場附近找了間看來比較乾淨的旅館，決定在此投宿。一進旅館，老闆娘瞪大眼睛，從頭到腳把我們打量了一遍。

「兩位客人，你們看來就是富商，怎麼沒坐馬車就跑來呢，真是嚇了我一跳。這身裝扮看來是要去面見貴族大人吧，是馬車壞了嗎？」

……原來如此。商人在平民區與前往貴族區時，服裝也會不一樣嗎？

雖然出入過各地的農村，但我從來沒有來過平民區，這時切身感受到了因此帶來的壞處。看來我行遍農村所訓練出來的假冒平民能力，在這裡派不上什麼用場。我一邊這樣想著，一邊走到站姿凜然的艾克哈特面前，與老闆娘交談。

「馬車確實是壞了，當時還弄髒了平常穿的衣服，我們才只能換上這身最貴重的衣物。請給我們一間符合我家老爺身分的大房間吧。」

「沒問題，但你們還真倒楣。如果要洗衣服，可以打水井裡的水，這個季節應該晒一晚就乾了。要是馬上就需要另一套衣服，從我們旅館後面的巷子走出去，過兩家店就有間舊衣舖了。」

「太感謝妳了，我們之後會去看看。」

向老闆娘道了謝，接過鑰匙後，走進房間，雖然要求了大房間，但其實還是十分狹小，但因為是平民的旅館，也只能將就了。

「艾克哈特，放好行李我們去買套衣服吧。」

我們衝進老闆娘說的舊衣舖，表示：「其他衣服都髒了，只剩下這件最好的衣服。請幫我們挑件適合明天在城裡談生意的衣服吧。」老闆見了我們身上的衣服，傻眼地說：「你們居然敢穿這麼高級的衣服走在路上，乾脆繼續穿著髒衣服還比較好吧？」一邊手腳俐落地為我們挑選衣服。在店裡請人幫我們換上後，終於可以大大方方走在路上，不用在意他人眼光。

「對了，老闆聽說過梅茵工坊嗎？聽說是植物紙的工坊，但我不知道在哪裡……」

「……梅茵工坊？不知道，我從沒聽說過。」

畢竟是服飾店，沒聽過也不奇怪。沒能在這裡打聽到消息，我並未特別感到沮喪，暫且回到旅館。

「艾克哈特，難得換上了商人的衣服，要去奇爾博塔商會看看嗎？」

「我不舒服，動不了，先讓我休息一會兒。」

艾克哈特忍受不了平民區的惡臭，也嫌棄衣服的臭味，使用了潔淨魔法後，結果好不容易開始習慣惡臭的嗅覺又因此恢復了原狀。他發出呻吟，按著鼻子說：「我想吐。」我斜眼看著他，迅速換上農民的衣服。

「我先去南門看看，好歹在明天之前稍微適應吧。」

「抱歉。」

我拿著裝有蔬菜的袋子，離開旅館。我打算在南門找到昆特，尾隨他回家，查出住家的所在位置。然後在梅茵的生活周遭，取得他人對於梅茵未經修飾的評論與情報。我朝著南門走在大道上，觀察四周，讓自己的走路方式和姿態可以融入平民區。

……南邊講話比較粗俗，那用在農村學來的講話方式應該行得通吧。

大概是因為我一邊察看四周，一邊走得很慢，接近南門時，似乎已經快到關門時間了。大約十個孩子形成的隊伍正揹著籃子，穿過南門回到平民區。真是太巧了，我決定向孩子們打聽梅茵的消息。

我打算假扮成農夫，謊稱梅茵曾經親切地幫助過我，所以帶來了自己栽種的蔬菜要當謝禮，再向孩子們攀談。

「喂，孩子們！你們認識一個有著藏青色頭髮，名字叫梅茵的小女孩嗎？前陣子她好心幫了我的忙，我想送點回禮，所以在找她……」

我一邊說，一邊稍微舉高手中裝有蔬菜的袋子。

「不知道，沒聽過這個名字，不是住在我家附近的人。」

又有一群孩子從大門走了進來。我上前問了一樣的問題。結果這群人好像剛好認識梅茵，有個孩子歪過頭說：「梅茵嗎？不是多莉？」

「多莉？」

「就是梅茵的姊姊啊。說到會好心幫助別人的人，應該是多莉，不是梅茵吧。叔叔，你一定是和多莉搞錯了。」

原來梅茵有個名為多莉的姊姊。緊接著，我不斷得到了有關多莉的情報。聽起來她是個性情溫馴的孩子，對任何人都很親切，也很會照顧身體虛弱的妹妹。由於大家開口閉口都是多莉，完全沒有提到我真正想了解的梅茵，甚至到了我都想反問「她們真的是姊妹嗎？」的地步。

「呃……那梅茵是個怎樣的孩子？」

「不知道耶。她老是臥病在床，很少外出，我也幾乎沒有跟她說過話。」

得到了梅茵非常虛弱的消息。應該可以肯定就是我在找的梅茵沒錯，對此我心懷感激，但是，斐迪南大人已經說過她體弱多病，所以這點我早就知道了。我想要的是新情報。

「如果你這麼好奇，可以問多莉啊。看，她就在那裡。多莉！」

一名有著藍綠色頭髮的小女孩帶著年幼的孩子走過來，聽到呼喚，眨著眼睛靠近，雖然她的衣服滿是補釘，也因為從城外回來，全身都是污泥，但頭髮比起四周的孩子們更有光澤，顯得和大家不太一樣。

「這個叔叔說他在找梅茵，因為梅茵好心幫了他的忙，想送蔬菜來當謝禮。大家都說梅茵是多莉的妹妹……」

「梅茵確實是我妹妹，但她好心幫了忙嗎？不是認錯人了？」

明明是梅茵的姊姊，多莉卻對我露出了非常訝異的表情。梅茵平常不會做些幫助農夫的善舉嗎？對於今後要以青衣見習巫女的身分進入神殿，由斐迪南大人照看的梅茵，我開始非常擔心她本人的性格。

「……也可能是我名字聽錯了，但記得她確實說自己叫梅茵。難不成是多莉的妹妹梅茵對人很冷漠，脾氣很壞嗎？」

「沒有，並不是這樣……那叔叔見到梅茵的時候，有沒有人和梅茵在一起呢？」

要是說太多謊，之後要圓謊就更困難了。為了不露出馬腳，我回答：「她那時候是一個人。」下一秒，多莉便笑容滿面地回答：

「那絕對是認錯人了啦！因為梅茵絕對不會自己一個人外出，因為太危險了，很多人都禁止梅茵一個人出門喔。」

原來梅茵的身體虛弱到了甚至無法獨自出門。但是，除了體弱多病外，完全打聽不到其他消息，而且一旦她的姊姊多莉認定我是認錯了人，很難再用這個設定搜集梅茵的情報吧。必須改變作戰計畫。

「那你們聽過梅茵工坊嗎？我聽說她是那裡的工坊長……」

「沒有聽過，那是什麼工坊啊？這附近沒有這個工坊吧？」

孩子們異口同聲地說不知道，多莉卻用警戒的眼神看我。看來這不是這一帶的人都知道的消息，反而還會讓她的家人產生戒心。

「聽說是造紙的工坊，但我也不清楚。既然沒人知道，那就算了，可能真的是我聽錯了吧。不好意思叫住你們，這些菜給你們，早點回家吧。」

現在最好趕快撤退。我說著「這些菜到了明天就不新鮮了」，把手上的蔬菜分送給孩子們，然後走向南門，途中好幾次感受到了多莉從背後投來的視線。回頭一看，孩子們正走進小巷子裡。

我馬上掉頭，尾隨在巷弄間轉彎的那群孩子，先確認了梅茵家的所在位置。從住家外觀來看，實在很難相信梅茵為了進入神殿，拿得出一枚大金幣。

後來我也去了趟南門，但因為昆特是值早班，所以不在。我試著改向士兵們打探昆特女兒的消息，結果只得到了昆特有多疼愛女兒、又有多重視家人的情報。

「我勸你別深入追問昆特家人的事情，因為他只會沒有止境地炫耀自己可愛的女兒和老婆，不然就是威脅你，別對他的家人心懷不軌。」

好幾名士兵還一臉非常擔心地這麼給我忠告。

……雖然查清楚了家庭成員，但在這裡也沒有多少關於梅茵的消息。明明是工坊長，在她的生活周遭卻完全打聽不到情報，到底平日過著怎樣的生活？

「所以只查到住家位置和家庭成員嗎？」

「是啊。真沒想到在她的生活周遭，能打聽到的消息這麼少。聽說她很少出門，還虛弱到了出門的時候一定要有人跟著。再這樣下去，就算想搜集情報也不會有進展。」

「那怎麼辦？」

艾克哈特問，我換下農民的衣服穿上商人服裝，看了眼窗外。

「入夜後潛進商業公會吧。關於梅茵工坊，應該還有其他資料。」

既然生活周遭打探不到消息，只能從工作方面找線索了。

艾克哈特說他沒辦法在這麼髒亂的地方吃飯，我也同意他的看法，所以兩人吃了騎士團的口糧當晚餐後，決定先睡一陣子。

第七鐘響後過了不久，人聲鼎沸的大道逐漸安靜下來。醉漢洪亮的嗓門與挑釁的怒吼，還有負責維持治安的士兵們的腳步聲與調停的說話聲，也都一點一點漸漸消散。這時候艾克哈特的鼻子好像也慢慢習慣了。

我們在夜深人靜的平民區裡奔跑，前往商業公會。半路上遇到想找碴的醉漢，也被艾克哈特很快趕走。

「這是魔法鎖，但鎖這麼簡單，都不怕出事嗎？」

「因為平民沒有魔力，或許覺得這鎖根本打不開吧。」

如果是物理性的金屬製鎖，我本來想請艾克哈特用蠻力破壞，但商業公會的鎖是魔法鎖。

……這是下級文官的工作吧，這點程度小意思。

我取出思達普迅速解鎖，溜進屋內，利用蠟燭和增強火光的魔導具照亮腳邊，走上樓梯。往上走後，又在盡頭看見了魔導具。這棟商業公會似乎用到了好幾種魔導具。提供給這種地方的魔導具，都是用注有了下級文官魔力的魔石在維持。也是下級文官重要的收入來源。

「尤修塔斯，這個魔導具是什麼？」

我用思達普輕觸魔導具的魔石部分，仔細觀察上頭的魔法陣。

「這個魔導具具有簡易的辨識功能。只要對魔法陣進行魔力登記，應該就能通過。」

登記了兩人的魔力後，階梯前方的柵欄便融化般消失。

樓上是只有富裕商人能夠進出的場所吧。腳底下變成了帶有厚度的地毯，整體空間也變得遼闊。我們一一打開門扉尋找資料室，翻找資料，因為資料按著工坊的名稱排列，整理得有條不紊，找起資料來非常方便，進度也飛快。這裡的員工顯然相當優秀。

「梅茵工坊的主要交易對象是奇爾博塔商會，但也向木材行和工藝師下過訂單。明天就去奇爾博塔商會和這幾個地方打聽看看吧。」

隔天，我們穿著商人的服裝前往奇爾博塔商會。才剛靠近，站在店門口疑似是守衛的人便向裡頭通報了消息。很快地，一名有著深棕色頭髮、看來非常精明幹練的員工走了出來，在胸前把右拳貼在左掌心上。

「兩位好，我是奇爾博塔商會的馬克。請問今日前來本店有什麼要事嗎？」

對方的笑容雖然和善，但看得出來非常警戒，至少這不是歡迎客人的態度。看到他這麼嚴加戒備，我想起了昨天的多莉。難道是我們在調查梅茵工坊的事情，已經傳到這裡來了？我偷偷覷了眼奇爾博塔商會。還以為是專賣植物紙的店家，但主要業務似乎是服飾類。

……是昨天的舊衣舖嗎？

與其草率接近，讓他們又再加強戒心，還是去其他地方打探消息比較保險。

「我們只是在外面看到了稀奇的髮飾，有些好奇而已，沒有打算進去。」

「原來如此，那請兩位慢慢參觀。」

稍微觀察了奇爾博塔商會的客人與員工的出入後，我離開原地。

「尤修塔斯，我們不進去嗎？」

「奇爾博塔商會已經對我們起了戒心，還是去其他地方吧。」

我決定去梅茵工坊下過訂單的工匠們那裡問問看。既然是工作上有過交易的對象，應該可以挖出其他消息吧。

「梅茵？她是誰啊？我沒印象。」

木材行老闆歪過頭這麼回答。為了幫助他回想，我描述了梅茵的特徵。

「她是個與奇爾博塔商會有往來，個性有些奇怪的小女孩，而且還是工坊長，向你下過訂單……」

「噢，是班諾身邊的那個小丫頭吧！因為平常不會叫她的名字，才沒有想起來。」

「還不是因為師傅不喜歡做文書工作。」

「少囉嗦！去做自己的工作！」

一個男人用傻眼的語氣調侃說道，師傅立刻往他敲了一拳，再轉向我們。

「你們為什麼想打聽小丫頭的消息？」

「因為她也來向我們提出委託，但又不知道她是怎樣一個工坊長，感到擔心，才想來打聽看看。」

就算她是工坊長，但要和年紀那麼小的孩子做生意，還是教人不安——我嘟囔發了牢騷後，師傅也同意說「嗯，會擔心也是正常的」。

「不過，她的話你們不需要擔心。班諾是她的監護人，她也非常清楚自己需要哪些東西，雖然外表和言行舉止兜不起來，是個奇怪的小鬼，但能力很優秀。她可以當場就流利地寫好訂單，買東西的大手筆也不輸給大人，付錢也沒問題。」

總算獲得目前為止最像樣的情報了。看來最好先聲明是「奇爾博塔商會負責監護的奇怪小鬼」，比較好向工作上的合作對象打聽消息。我的直覺也沒有出錯，只要向工匠和有過接觸的店家員工說「奇爾博塔商會負責監護的奇怪小鬼」，再表示因為工坊長還太小、懷有疑慮，每個人都把想到的事情告訴我。

於是我接二連三地獲得了許多情報。例如她明明看來不像是已經受洗過，卻會訂做一些至今從未見過的東西；花錢的方式非比尋常；手腳很不靈活；買過大量絲線；曾在路邊突然暈倒，奇爾博塔商會的男員工嚇得急忙把她帶了回去等等，先前的處處碰壁彷彿只是一場幻覺。

「雖然不管到哪裡都形容她是奇怪的孩子，但比起奇怪，我覺得更該說她是太優秀才對。既然她是個可以確實完成工作的優秀小孩，那麼斐迪南大人收她為青衣見習巫女，應該也不會有問題吧。」

我說，艾克哈特也點頭。

「是啊，這下子可以向斐迪南大人回報了。」

我點頭回應艾克哈特，心情無比舒暢地環顧市場。今天似乎是在西門附近擺設市集的日子，出現了不少稀奇罕見的攤販。貴族區不會有露天攤販，我也從沒在農村見過這麼大規模的露天攤販。

「機會難得，要不要稍微逛逛？」

「……不早點回去嗎？」

於是我指示一臉不悅的艾克哈特先回旅館，收拾行李，自己再感到新奇地四處閒晃。市集當中，有個露天雜貨店亂糟糟地擺了許多我完全不知作何用途的東西。在一片雜沓中，有個櫃子格外氣派，不知為何裡面居然擺了本書，而且還豪華到了一般根本不該出現在這種地方。

「老闆，這個是怎麼回事？這種東西不應該出現在這裡吧？」

我指著書問老闆，他看著書垮下肩膀。

然後老闆一臉悔恨莫及地開始講述，他在大約兩年前突然被商業公會長叫去，要他去找一位貴族。聽到要和開店時願意關照自己的下級貴族會面，老闆便興高采烈地帶著對方要求的金額，前去面見貴族。豈知那位貴族竟然說：「你就是要借我錢的人嗎？」當場命令老闆借錢給他，還強塞了這本書給他當作抵押品。結果還錢的日子快到了，他再登門造訪，卻發現那座宅邸住的似乎其實是另一位貴族。不認識的貴族走出來，趕走他說：「你是哪來的商人？我不認識你。」

「他們就是為了逃避還款，才故意找上像我們這樣的商人。大店老闆因為可以簽訂魔法契約，我們這些以後想要開店的底層商人才成了目標。」

這真是太過分了——老闆說他也向商業公會的公會長投訴過，但是，因為貴族當時也是以開店的名義向公會長找人會面，所以公會只提供了少許的慰問金。

「是貴族大人互相勾結，欺騙平民吧。其實這種事並不少見……」

雖然同是貴族，但我一點也不想幫那名貴族說話，附和著老闆的抱怨，打量起書本的裝訂。

……不過，這本書是下級貴族的嗎？未免太精美了。

裝幀華美得說是上級貴族的持有物也不奇怪。裝幀如此精緻的書籍，內容通常多與魔法有關。如果是手頭拮据的貴族把魔法相關書籍賣給了平民，日後不是應該買回來嗎？這種書中一般也會蓋有持有貴族的徽章戳印。只要翻看內頁，也許可以查出是哪個卑鄙貴族使了這種不入流的手段，搶奪貧窮平民的錢財。

「對了，老闆，我家老爺愛書，更有搜集沒看過書本的興趣。如果你不介意，可以讓我看看那本書嗎？這個算是擔保。」

我猜想老闆應該會很警戒，擔心我把書搶走，所以在老闆面前放下一枚小金幣。老闆的表情像是發現了一絲光明，慎重地打開櫃子，把書拿出來。

「希望你家老爺沒有這本書。對這本書有過興趣的，就只有在這本書還是抵押品時，一個跑來拜託我讓她看一眼的怪孩子。」

「怪孩子？怎麼個奇怪法？」

因為今天一直反覆提到奇怪的孩子，我不由自主反問。

「她說她第一次看到書，突然間就趴在地面上，說她想用臉頰磨蹭書，還想聞書的味道呢。真是嚇了我一跳，好奇怪的孩子。」

我忍不住「噗哈」地失笑出聲，因為這和斐迪南大人對梅茵的形容完全一致。

……是梅茵嗎？難不成是梅茵？好想看看。好想親眼看看這麼奇怪的孩子。

「怎麼，你認識嗎？」

「不，我只是聽說過有個孩子一樣這麼奇怪，雖然不知道是不是同一個人，但聽說那個孩子直接跑去神殿，說她願意支付一枚大金幣，只要能讓她看書。」

「啊？那也太誇張了吧。有那麼多錢，都可以買下來了。」

「但我沒聽說過她還想聞墨水的味道，所以應該是不同人吧。」

說完我和老闆一起大笑，內心卻很肯定是同一個人。畢竟會做出這些稀奇古怪的舉動，就只為了接近書的怪孩子不可能有好幾個。

「那我看看吧。」

我接過書後，審慎翻開，發現通常會繪有徽章圖騰的最後一頁已被小心切除。看來賣了這本書的人不希望徽章被人看到。說不定這本書是偷來的。內容如我所料與魔法有關，不應該出現在平民區。

……雖然想買下來，但身上的錢不夠吧？

我悄悄往斐迪南大人給我的皮袋內部瞄了一眼。除了當作擔保的一枚小金幣外，還有兩枚小金幣，但不足以買下裝幀如此華美的書籍吧。

「怎麼樣？你家老爺有這本書嗎？」

「他沒有這本書，雖然我也想買下來，但現在手頭上的錢就只有這些。」

我從皮袋裡掏出了剩下的兩枚小金幣。我很想補償老闆被卑劣貴族騙走的錢財，但得先回貴族區才有錢。

「露天商人只有擺市集的日子才會來這裡吧？我也是今天就要離開這裡……」

「這些就夠了！我本來還以為根本沒機會賣掉了！」

考慮到這本書的價值，三枚小金幣還算太便宜了，但老闆歡天喜地地賣給了我。

幾天之後，斐迪南大人傳喚我前往他的宅邸，報告在平民區搜集到的情報。

「……以上，在梅茵的生活周遭，只能打聽到她的身體很虛弱，但從梅茵工坊那邊往她的活動範圍打聽後，眾人都說她是個優秀又奇怪的孩子。」

聽完我的報告，斐迪南大人嘀咕說著「從一開始我就知道她很奇怪」。

「此外，梅茵應該曾想嗅聞這本書的味道。」

我轉述了在雜貨店得來的消息，也就是「對書表現出興趣的怪孩子」後，斐迪南大人的眼神稍微遙望向遠方。

「這麼說來，初次見到她的時候，她也曾把臉靠向聖典，聞了墨水的氣味。」

……連在斐迪南大人面前也那麼做了嗎！梅茵，妳到底是個什麼樣的孩子！

「斐迪南大人，這本書要放在神殿的圖書室嗎？」

「你說過這是魔法相關書籍吧？放在我宅邸裡的圖書室吧。」

說完，斐迪南大人拿出三枚小金幣放在我面前。

在雜貨店買下的書籍，最終擺在了斐迪南大人宅邸裡的書架上，很遺憾地梅茵再也沒有機會能聞到味道了。

◆

「尤修塔斯，指派給羅潔梅茵的徵稅官居然是你嗎……你本來是斐迪南大人的侍從，又不是文官，竟然可以幫你安插這個職位。」

艾克哈特的口吻相當錯愕，我輕笑一聲搖頭。

「我本來就具有文官的資格，在斐迪南大人進入神殿以後，也一直在城堡裡頭負責文官的工作。只要斐迪南大人說了他不信任其他文官，再由奧伯任命，沒人敢反對吧。更遑論她的父親卡斯泰德大人也表示贊成。」

此刻我們正在會議室裡，等著斐迪南大人與羅潔梅茵大小姐到來。我終於可以一睹梅茵的廬山真面目，因為魔力量豐富，從平民被提拔為了青衣見習巫女，更在排除了神殿長拜瑟馮斯之後，成為了領主的養女。

……雖然已經知道是個奇怪的孩子，但現在究竟變成了怎樣一位大小姐呢？

「羅潔梅茵大小姐可是得到了斐迪南大人的庇護，之前搜集情報的時候還讓我吃盡苦頭，我實在很好奇她究竟是個什麼樣的孩子。既然你現在成了她的哥哥，對她有什麼看法？」

「看到斐迪南大人那麼愉快，比任何事都來得重要……只希望別再要求我們去平民區進行調查了。」

大概是想起了被迫去平民區幫忙搜集情報時的情景，艾克哈特厭惡地皺起臉龐。這時，房門打開了。

「艾克哈特、尤修塔斯，讓你們久等了。」

後記

大家好久不見了，我是香月美夜。

非常感謝各位購買本作，《小書痴的下剋上：為了成為圖書管理員不擇手段！【第三部】領主的養女（Ⅱ）》。

本集中，小神殿的孤兒院增加了四名哈塞的孤兒，因為至今的生活方式又與艾倫菲斯特不同，因而衍生出了與他們也與哈塞有關的難題。羅潔梅茵在成為領主的養女後，得到了權力，但是，她在不了解會對周遭帶來什麼影響的情況下，便使用了權力拯救身陷困境的孤兒們，未料看在哈塞鎮民眼中，她卻成了為了一己之私，強行奪走鎮上共有財產的貪婪掌權者。

斐迪南更下達了新任務，要她學會陷害別人，羅潔梅茵只好哭著向奇爾博塔商會一行人請求協助。在羅潔梅茵哭哭啼啼時，願意伸出援手的果然還是路茲。

努力做著自己不想做的事情時，韋菲利特卻還頻頻抱怨她「奸詐」，羅潔梅茵於是心生一計。透過交換一天的生活，在城堡的圖書室裡得到了置身天堂般的短暫時光，雖然代替她前往神殿的韋菲利特，那一整天都過得水深火熱。

而第三部最主要的目標，就是製作尤列汾藥水，材料的採集也正式開始了。這集當中要在一年一度名為舒翠莉婭之夜的神奇夜晚，採集只在夜間才會出現的紫色瑠耶露果實。希望成功營造出了奇幻的氛圍。

在此也稍做宣傳。TO BOOKS網路書店預計在二〇一六年十二月二十日開始販售《小書痴的下剋上資料設定集》與「羅潔梅茵工坊徽章鑰匙圈」，僅限在網路書店販售。歡迎有興趣的讀者上官網查詢。

http://www.tobooks.jp/booklove

至於本集封面，出場的還有齊爾維斯特和韋菲利特這對父子檔，雖然齊爾維斯特的內在並沒有這麼帥氣，但畢竟是封面，所以還是要求了請把他畫得具有領主風範。是不是很迷人呢？衷心感謝椎名優老師。

最後，要向購買本書的各位讀者獻上最高等級的謝意。

第三部第三集預計在初春發行。期待屆時再相會。

二〇一六年十月　香月美夜

面對全新的挑戰，
「艾倫菲斯特的聖女」即將蓄勢待發！

小書痴的下剋上

第三部 領主的養女 III

香月美夜 著　**椎名優** 繪

冬天的腳步逐漸逼近，羅潔梅茵每天除了社交應酬，還要參加洗禮儀式和奉獻儀式，並教導尚未進入貴族院就讀的孩子和成績不佳的護衛騎士。她的影響力也越來越大，不但與古騰堡的工匠們挑戰改良印刷機，更要與騎士團一同前往討伐「冬之主」……

每回都出場的
卷末漫畫
輕鬆悠閒的家族日常
作畫 椎名優
到此為止。用餐時間到了。
黎希達，等一下。再讓我看一下
不行。
現在正好到精采的地方
用餐更重要。
啊嗚……
つかつかつかつか
沒收

讚美促進成長

父親大人、母親大人。
我完成今天的目標了！

知道了！我明天也會繼續加油!!
噠噠噠…啪噹！

哎呀，韋菲利特真是太優秀了。
很好。就照現在這樣繼續努力吧。

小聲 ボソ
……要是我以前也這樣就好了。
他真的很討厭小時候的學習呢。

成長途中

羅潔梅茵大人。
筆直

呃、呃……得、得以在諸神的引……引道下？
結結 たどたど
與您會面？
巴巴

願能為您……
どーーん 打擊
獻上祝福。
いてっ 好痛

嗯……各方面都需要加強。
接下來換我嗎？
要再多加油喔！
咬到舌頭了

體力值

神殿長職務

各種報告、會議

收穫祭
哇—
吵吵鬧鬧
蹣跚…

路茲
急速上升
ギュー

國家圖書館出版品預行編目資料

小書痴的下剋上：為了成為圖書管理員不擇手段!.
第三部，領主的養女.Ⅱ / 香月美夜著；許金玉譯.
-- 初版. -- 臺北市：皇冠，2018.12
面； 公分. --（皇冠叢書；第 4732 種）(mild；
15)
譯自：本好きの下剋上 司書になるためには手段
を選んでいられません. 第三部，領主の養女. Ⅱ
ISBN 978-957-33-3408-8(平裝)

861.57 107017511

皇冠叢書第 4732 種
mild 15

小書痴的下剋上

爲了成爲圖書管理員不擇手段！

第三部 領主的養女 II

本好きの下剋上
司書になるためには
手段を選んでいられません
第三部 領主の養女 II

《Honzuki no Gekokujyo Shisho ni narutameni ha syudan wo erande iraremasen Dai-sanbu Ryousyu no Youjo 2》
Copyright © MIYA KAZUKI "2016-2017"
Chinese translation rights in complex characters arranged with TO BOOKS, Inc.
Complex Chinese Characters © 2018 by Crown Publishing Company Ltd.

作　　者—香月美夜
譯　　者—許金玉
發 行 人—平　雲
出版發行—皇冠文化出版有限公司
台北市敦化北路 120 巷 50 號
電話◎ 02-27168888
郵撥帳號◎ 15261516 號
皇冠出版社（香港）有限公司
香港銅鑼灣道 180 號百樂商業中心
19 字樓 1903 室
電話◎ 2529-1778　傳真◎ 2527-0904
總 編 輯—許婷婷
美術設計—嚴昱琳
著作完成日期— 2017 年
初版一刷日期— 2018 年 12 月
初版五刷日期— 2023 年 11 月
法律顧問—王惠光律師
有著作權 ・ 翻印必究
如有破損或裝訂錯誤，請寄回本社更換
讀者服務傳真專線◎ 02-27150507
電腦編號◎ 562015
ISBN ◎ 978-957-33-3408-8
Printed in Taiwan
本書特價◎新台幣 299 元 / 港幣 100 元

•「小書痴的下剋上」粉絲專頁：
www.facebook.com/booklove.crown
•「小書痴的下剋上」中文官網：www.crown.com.tw/booklove
• 皇冠讀樂網：www.crown.com.tw
• 皇冠 Facebook：www.facebook.com/crownbook
• 皇冠 Instagram：www.instagram.com/crownbook1954
• 皇冠蝦皮商城：shopee.tw/crown_tw